継続は魔力なり 7

~無能魔法が便利魔法に進化を遂げました~

continuity is the father of magical power

リ

JN073026

TOブックス

主な登場人物

レオンス・ミュルディーン……この物語の主人公。前世の記憶を持った転生者。
幼少期に頑張ったおかげでとんでもない魔力を持っている。愛称はレオ。

シェリア・ベクター……主人公の婚約者で、帝国のお姫様。美人だが、嫉妬深いのが玉に瑕。愛称はシェリー。

リアーナ・アベラール……主人公の婚約者で、聖女の孫。シェリーとは凄く仲が良く、いつも一緒にいる。愛称はリーナ。

ベル……主人公の専属メイド。真面目だけど緊張に弱く、頑張ろうとするとよく失敗してしまう。

カイト・エミ……王国が新たに召喚した勇者。電気魔法を使った超高速移動が得意。

エレメナーヌ・アルバー……アルバー王国の第一王女。宝石狂いの姫と人々から呼ばれている。

Leonce

Shelia

Rihanna

Belle

Kaito

Elemenanu

ルー……悪徳商人に騙されて奴隷にされ、闇市街に閉じ込められていた女の子。現在はレオの奴隷。

エルシー……ホラント商会の若き会長。元はレオの師匠であるホラントの奴隷だった。

フランク・ボードレール……ボードレール家の次男で、次期当主。レオとヘルマンは親友であり、学校ではいつも一緒にいる。

ヘルマン・カルーン……勇者の右腕と名高いカルーン家の末っ子。レオのことを師匠として慕っており、今はレオを守る騎士である。

アルマ……ミュルディーン家の騎士団に所属する少女。ベルと同じ孤児院に所属しており、剣の腕はヘルマンと並ぶ。

ホラント……レオの魔法具作りの師匠。元は潰れる寸前だった小さな店の店主だったが、レオに助けられた。

ゲルト・フェルマー……レオと同じで前世の記憶を持つ。付与魔法を使い、恐ろしい兵器を王国に提供している。

国王……アルバー王国の王様。色欲の塊で、気に入った女を手に入れる為には手段を選ばない。

ラムロス・ベックマン……王国の宰相。髪の毛が少ないことが特徴であり、悪巧みが得意。

目次

continuity is the father of magical power

イラスト／キッカイキ　デザイン／舘山一大

第十一章　王国戦争編

continuity is the father of magical power

第一話　レオ成人

カイトの結婚式から少し間が空いて、俺《おれ》は十六歳になった。

遂に、俺も大人の仲間入りだ。

とは言っても、三国会議の準備でまだ成人パーティーを開けていないから、正式にはまだ大人として認めてもらったことにはなっていないんだけどな。

王国が戦争を仕掛けてくるタイミングによるけど、三国会議が終わってシェリーの成人と俺たちの結婚を一纏《ひとまと》めにして祝う形になるのかな？

もし、戦争が長引いたり、王国がなかなか攻めてこなかったりしたら、全て延期になってしまうんだけどね。


三国会議に話を戻すと、三国会議は十日後から始まる。

大体、一、二週間はどの国もここに滞在するみたい。

俺はその間、各国のお偉いさんたちの接待をしないといけない。

そして現在、皇帝たちと三国会議前に最後の会議を行っていた。

ミュルディーン城の会議場に、皇帝、クリフさん、エリーゼさんとその部下、俺がいる。

今回の件でクリフさんに久しぶりに会った。クリフさん、今は元気そうだけど、これから皇帝の補佐として忙しくなるだろうな……。相変わらず真面目だから、こっちとしては助かっているけど。

今日も、そんなクリフさんが会議を仕切っていた。

「早ければ……明日から各国のお歴々《れきれき》がここに到着するという話でしたが、今のところ帝国に入ったという報告はあるのですか？」

今、話し合っているのは、各国の進行状況《じょうきょう》についてだ。

遅くても速くても、主催地としては対応しないといけなくなるからね。

「はい。教国《きょうこく》は先行して、教皇の右腕であるフォンテーヌ家が帝国に入ったという報告がありました。王国のほうからは、まだ報告はありません」

クリフさんの質問に、エリーゼさんの部下がすぐに答えた。

王国は相変わらずとして、教国のフォンテーヌ家、どこかで聞いた名前だな……。

「王国は、ギリギリまで来ないつもりだろう。それにしても、フォンテーヌ家といえば現聖女がいる家ではないか。何が目的だ？」

現聖女？　ああ、リーナたちを追い出した後に聖女になった人か。

となると……リーナのことを邪魔に思っていそうだな。何か仕掛けてくるのか？

「いえ、敵意はないと思われます。フォンテーヌ家は帝国寄りであることで有名な家ですから」

へえ、そうなんだ。意外だな。

「先日、フォンテーヌ家の長女がボードレール家の次期当主と婚約しましたからね。そこまで警戒する必要もないでしょう」

ああ、そうだ思い出したぞ。フォンテーヌ家ってフランクの婚約者の家じゃないか。

道理で聞き覚えのある名前だと思ったよ。フランク、二人の婚約者と上手くやっているかな……？後で、久しぶりに手紙を書こうっと。

「そうだな。それじゃあ、早く到着したフォンテーヌ家の対応は、レオに任せた。聖女も同行しているだろうから、聖女の相手はシェリーに任せておけ」

「はい。了解しました」

皇帝の言葉に、俺はすぐに頷《うなず》いた。これが今回、俺が任された仕事だからな。

最高のおもてなしをしてみせますよ。まあ、相手の態度次第で、ちょっとその気も失せてしまうかもしれませんが。

「次、王国についてですが、国王以外に王女と勇者は三国会議に参加できそうですか？」

「はい。妊娠《にんしん》されて、参加を見送ると思われていたエレメナーヌ王女ですが、勇者とこちらに向かっていると報告を受けています」

そう。エレーヌ王女、最近妊娠したらしい。だから、安全を取って三国会議には参加しないと思われていた。

エレーヌ王女がいないと、王国とはまともに話もできないだろうから困っていたんだけど……どうやら心配ないみたいだ。

「そうか。王女の安全確保、任せたぞ」

「はい。お任せください」

皇帝の念押しに、俺は力強く返事した。まあ、カイトがいればエレーヌが暗殺される心配なんてないと思うんだけどね。

それからいろいろと最後の確認を終え、俺は自室に戻った。

「ただいまー」

『レオ、成人おめでとう！』

「うわ！　え？」

部屋に入ると、ドアの前で待ち構えていたシェリーたちが抱きついてきた。

不意を突かれた俺は、勢いに負けて倒れてしまった。

「ふふ。驚きました？」

俺の上に乗っているリーナが嬉《うれ》しそうに聞いてきた。

「うん。超ビックリした。俺が会議に行っている間、ずっとドアの前で待っていたの？」

「そうですよ。折角《せっかく》の成人なんですから、私たちだけでも祝ってあげないと寂しいじゃないですか？」

「と、言いたいところだけど、待ちくたびれてさっきまで皆椅子《いす》に座っていたけどね。ベルが匂いで近づいてくるのを教えてくれなかったら、失敗していたわ」

ハハ、なるほどね。会議、予定よりも長引いてしまったからな。

そりゃあ、あの時間ドアに張りついているなんて無理だ。

俺はベルの頭を撫《な》でてあげた。

「皆ありがとう」

起き上がった俺は、改めて五人を纏めて抱きしめた。

「どういたしまして。ということで、はい。私たちからのプレゼント」

「わあ。ありがとう。開けるね」

シェリーが掌《てのひら》サイズの箱を渡してくれた。何だろう……？

受け取った俺はすぐに中身を確認した。

すると……綺麗《きれい》に輝いている魔石《ませき》が入っていた。

「もしかして、皆の魔力が詰まった魔石？」

魔石からシェリー、リーナ、ベル、ルーにエルシー、五人全員の魔力が感じられる。しかも、凄《すご》い量。これは、随分と前から準備していたな？

「悩みに悩んだ結果、こうなりました」

「これなら、レオくんでも造れませんからね！」

「うん。これはどんなに頑張《がんば》っても造れない。一生の宝物だよ……」

エルシーの言うとおり、無理だな。この魔力の量……一年くらいかけて用意してくれたのかな？

本当、最高のプレゼントだ。

「それで何か魔法アイテムを造ってもいいのよ？」

「いや、これはお守りにするよ。どこにいても皆を感じられるからね」

せっかくのプレゼントを魔法アイテムの素材にするなんて俺にはできないよ。

これは魔石として残しておきたい。

「それは嬉しいわね」

「喜んでもらえてよかったー」

「うん。皆、素敵なプレゼントをありがとう」

魔石をポケットに仕舞い、皆にお礼代わりのキスをしていった。

「えへへへ。レオに初めてキスされた」

「あれ？　そういえば、ルーとキスしたことなかったか」

何気なく流れでルーともキスしたけど、そういえばルーとは初めてのキスだった。

珍しく顔を赤くしているルーを見ながら、ファーストキスがこれでは良くなかったかな？　などと思ってしまった。

「ルー、意外と恥ずかしがり屋ですからね」

「恥ずかしくて、言い出せなかったんだよね？」

「うるさい！」

シェリーとエルシーの言葉に、ルーがさらに顔を赤くしながら怒っていた。

見た目は成長したけど、ルーはまだまだ子供だな。

「ハハ。皆、仲が良くて嬉しいよ」

「そりゃあ、五年近く一緒に生活していればね」

「そうか。ルーと出会ってからもう五年も経つのか……」

時間が経つのは速いな。

「私たちも、もうすぐ成人するしね」

「そしたら、遂に結婚ですね」

「結婚ですか……。レオ様とこれだけ一緒に生活していると、実感が湧きませんね」

まあ、ベルは特に俺と一緒にいたからな。

最近、やっとメイドと主人の関係から恋人として俺を見られるようになってきたくらいだしね。

「まあ、結婚すれば実感が湧くと思いますよ。シェリーさんは特に」

「え？　何で？」

「正妻は逸速《いちはや》く、お世継ぎをつくらないといけませんからね」

「そ、そうね……頑張らないと」

ニヤリと笑ったエルシーの言葉に、シェリーが頬《ほお》に手を当てながら顔を赤くしていた。

「ま、まあ。そんな気負わなくてもいいと思うよ。うん」

「アハハ。レオもシェリーも顔真っ赤～」

うるさい。お前もさっきはキスされただけで真っ赤だったろ！

そういう話は、俺がいないところでしてくれ。

「あ、そういえば、明日には教国が到着するみたいだよ」

気まずくなった俺は、話題を一気に変えた。

「随分と早いですね」

「うん。といっても、教皇の部下が先に来ているだけなんだけどね」

「ああ、そういうことですから。どこの家が来るのか聞いていますか？」

「えっと……フォンテーヌ家っていっていたかな。ほら、フランクが婚約した」

「なるほど。あそこは、帝国派の貴族ですからね」

「帝国派？」

「はい。教国には帝国と仲良くしたい帝国派と王国と仲良くしたい王国派の貴族がいるんです」

そういえば、帝国寄りの貴族だから、敵意はないだろうって会議でも言われていたっけ。

それにしても、教国には小さい頃しかいなかったはずなのに、リーナはよく覚えているな。

「そうなんだ。次期教皇が帝国派というのはありがたいね」

「そんなことありませんよ。フォンテーヌ家の当主は、自分に都合が悪くなったら、平気で妹を殺す人です。ですから、あの家を信用するのはよくありません」

「え？」

「私のお母さんは、教皇と兄であるフォンテーヌ家の当主に殺されました」

ちょっと待って……急に思わぬ事実が飛び込んできて、頭が追いつかないんだけど。

まず……帝国派のフォンテーヌ家の当主は、何か都合が悪いことがあって自分の妹を殺した。

そして、その妹がリーナのお母さんであると……。

だから、フォンテーヌ家を信用してはいけないと。

うん。理解できた。

「そうだったんだ……。それなら、教国も信用しないほうがいいか」

教国は王国と違って帝国と仲良くしたい貴族がいるんだ。と思ってさっきまで喜んでいたけど……現実はそんなに甘くないよな。

「はい。あそこは信用するべきではありません」

「忠告ありがとう」

思い出したくない過去をわざわざ話してくれたんだ。

しっかりと、この情報を活《い》かさないと。リーナをギュッと抱きしめながら、俺はそう心に誓った。

「いえ……」

「ねえ。それじゃあ、リーナはその……フォンテーヌ家に会わないほうがいいよね？」

俺がリーナの頭を撫《な》でていると、シェリーが遠慮がちにそんなことを訊《き》いてきた。

明日から、シェリーとリーナには貴族たちを出迎えるときに一緒にいてもらうことになっていたからね。

しかも、教国の聖女の接待はシェリーたちに任せる予定だったし。

うん。シェリーが大変になっちゃうけど、リーナには休んでいてもらおう。

「いえ。心配しなくても大丈夫ですよ。流石《さすが》に、何かしてくることはないと思います。今は、帝国派として活動しているわけですから」

「そう？」

「大丈夫です。いつまでも怖がっていたら前に進めませんから」

「うん……わかったよ」

本人が頑張るって言っているんだ。それを邪魔するのは余計だろう。

「大丈夫。何かあったら、私が守ってあげるから！」

「ハハ。ルーが守ってくれるなら安心だ」

今のルーは、俺でも勝てないからね。

本当に、美しくもなったけど、それ以上に恐ろしさが増したからな。

第二話　はじめの来訪者

翌日、夕方ごろ予定どおりフォンテーヌ家がミュルディーンに到着した。

父さんと同じくらいか、父さんより少し年上くらいの男と俺と同じくらいの少女が馬車から降りてきた。

「はじめまして。フォンテーヌ家当主ガエル。レオンス殿、これから三国会議が終わるまでどうぞよろしくお願いします」

「はい。こちらこそよろしくお願いします」

「それと、娘のレリアです」

「レオンス様、これからよろしくお願いします」

「はい。よろしくお願いします。それじゃあこちらも……僕の婚約者であるシェリアとリアーナです」

「シェリア様にリアーナさん、これからよろしくお願いしますね」

「「よろしくお願いします」」

「それでは長旅でお疲れだと思いますので、中にお入りください」

一通《ひととお》り自己紹介が終わったところで、二人を中に案内した。

そして、それから二人に滞在してもらう予定の部屋を案内し、レリアさんはシェリーとリーナで旅の汗を流しに風呂へ向かい、その間ガエルさんと俺は少し話すことになった。

「レオンス殿、昨日成人なさったと聞いたのですが……申し訳ございません。先ほどその事実を知ったもので、祝いの品を用意することができませんでした」

そう言いながら渡された手土産も十分高そうな彫刻品だった。これは、粗品《そしな》ですがってことかな。

「いえいえ。そんな、お気になさらず。といっても、まだ僕は正式に成人したわけではないのですがね」

「ああ、そうだったのですか？　それでは、いつごろ成人する予定で？」

「三国会議が終わって……落ち着いた頃にでも、と考えています。たぶん、結婚式と合わせて行うことになるはずです」

「そうだったのですか……。それでは、時期を見計らって祝いの品を贈らせて頂きます」

「ありがとうございます」

うん……今のところ何かぶっ込んできそうな雰囲気はなさそうだな。

まあ、流石に初日で何か大きなことを言うはずもないか。三国会議までまだまだ時間はあるしね。

「それにしても、レオンス殿はとても私の娘たちと同じ年には見えませんね」

「そうですか？　あ、レリアさんも今年で成人なのですね」

「はい。レリアは双子の妹でして、ボードレール家に嫁いだ長女のアリーンと同じく三カ月後に十六になります」

「あ、そういえば双子でしたね。ボードレール家の次期当主とは小さい頃からの友人でして、たまにアリーンさんの話を聞かせてもらいますよ」

「そうですか。アリーンとフランク殿の関係は良好そうでしょうか？」

「はい。話を聞く限り、良好だと思いますよ」

ジョゼとも上手くいっているみたいだし、三人で仲良く魔法学校を楽しんでいるみたいだ。

忙しくなかったら、フランクの成人パーティーで会いたかったんだけどな～。

まさか、皇帝が到着する日に領主が領地にいないわけにもいかないし。

くそ……絶対、結婚パーティーには参加するぞ。

「それはよかった。アリーンは、妹のレリアに劣等感を抱いていて、教国にいたころは人と会うのを拒んでいて社交慣れしておらず、とても心配だったのです」

へえ。まあ、フランクが相手ならその辺は大丈夫だろう。フランクは真面目で優しいからな。

事実、フランクは仲良くなれたわけだし。

「そうでしたか。やっぱり、アリーンさんの劣等感というのは、レリアさんが聖女になったことが原因ですか？」

「まあ、そうですね。双子ですと、見た目はほとんど同じですから……どうしても普通の姉妹よりも比べられてしまうのですよ」

なるほどね。確かに、双子だとその辺大変だろうな。

うちの兄弟は、皆優秀だから特に何か言われることはなかったけど、俺が創造魔法に目覚めなかったら、同じような扱いを受けていたのかもな。

「そうだったのですか……。でも、今は帝国で楽しく暮らせているようで、良かったですね」

フランクと結婚できるなら、結果オーライなはずだ。

「そうですね」

ＳＩＤＥ：リアーナ

夕食前にレリアさんの汗を流そうとお風呂に来ました。

「わあ～立派な浴場ですね。シェリア様たちは毎日ここに入っているのですか？」

「はい。基本的に毎日入っていますね」

贅沢《ぜいたく》なのはわかっていますが、毎日入ってしまうのです。

教国で自給自足の生活をしていたころには、自分がこんな生活をしているなんて想像さえしませんでした。

「流石、世界で一番勢いのあるミュルディーン家ですね」

「ふふ。といっても、フォンテーヌ家も教国では今一番勢いがあるんじゃないの？」

ですよね。次期教皇になるのですから。

「そうですかね？　確かに、次の教皇にはお父様がなりそうですが……まだまだ敵も強いですよ？」

「そうなのですか？」

うん……王国派に対抗できる家はありましたっけ？

小さいころの記憶と、おばあちゃんに聞いたことだけだから、しっかりとは覚えられていないんですよね……。

「はい。お父様が教皇になれる大きな要因は、私が聖女に任命されたからです。でも、私なんか、国から追い出された本当の聖女様やその孫のリアーナさんに比べたら天と地の力量差がありますからね。私を聖女として認めない人が王国派だけでなく、仲間の帝国派にもいるのですよ。私なんかよりリアーナさんのほうが後継者に適任だって」

なるほど、帝国派も完全に纏まっているわけではないってことですね。

「だから、まだレリアさんのお父様が教皇になれるとは限らないと？」

「はい。だから、お父様はレオンス様に何か頼みごとをする予定だと言っていました。これが成功すれば、フォンテーヌ家は安泰《あんたい》だと」

「だとするとちょうど今、レオは何か頼まれているのかな？」

頼み事……何でしょうか？

資金援助？　それとも、何かレオ様の技術を使いたいとか？

何かよからぬことを頼まれていないといいのですが……。

SIDE：レオンス

「実は、レオンス様に頼みたいことがございまして……」

ん？　頼み事？

しばらく世間話を続けていると、急にガエルさんがぶっ込んできた。

今日はぶっ込んでこないと思っていたんだけどな。

「頼み事とは、何でしょうか？」

絶対、面倒なことを頼んでくるんだろうな……。

「私の姪《めい》であるリアーナを返してもらえないでしょうか？」

はい？

「……返す？」

突拍子《とっぴょうし》がなさすぎて、しばらく何を言われたのかわからなかった。

いや、今も何を言われたのかよくわかってないんだけど。

「はい。元々、リアーナはフォンテーヌ家の人間です。彼女は教国で暮らすべきなのです」

いや、そんな自信満々に言われても……。こいつ、本気で言っているのか？

「……教国が追放したのですよね？」

なんなら、今からでもお前らが出した声明文を持ってこさせるか？

「それは、先代の聖女だけです。孫のリアーナには何の罪もございません」

そうだったっけ？　かなり前のことだから声明文は忘れたけど、リーナも含めていなかったか？

いや、そんな事実はこの人にとって簡単に変えられることなんだろう。はあ、初日から本当に面倒な人の相手をしないといけないのか。

「でも、リアーナは僕と結婚するんですよ？」

「申し訳ございません。その分、迷惑料をしっかり払いますので……。それと、代わりにレリアを差し出します」

「は？」

と言ってみたが、なんとなくこいつの意図《いと》がわかった。

リーナをレリアの代わりにするんだ。

当初は、聖女とリーナがいなくなれば自分の思いどおりになると思ったのかな？

でも、前聖女を支持する貴族たちが思っていたよりも多かったのだろう。

で、困ったこいつはリーナを聖女にして、誰にも文句を言われないようにしようって魂胆《こんたん》に至ったわけか。

「ですから、リアーナを返していただけるなら、レリアを好きにしてもらって構いません。教国一の美女と言われておりますから、さぞレオンス様もお気に召して頂けるでしょう」

リーナの言っていたとおりの男だったな。

最初は、娘を心配している優しい親だと思ったけど、あれも演技だったんだろう。

「いや、そういうことじゃなくて……レリアさんは聖女ですよね？　その扱いはおかしくないですか？」

「いえ、彼女は本当の聖女がいない間に任されただけの仮初《かりそめ》の聖女ですので、問題ございません」

そう言うだろうと思ったよ。こいつ、本当に屑《くず》だな。

「てことは、リーナを聖女にするってことですか？」

「はい。彼女なら、実力も血統も問題ございませんから。誰にも文句を言われない聖女です」

「なるほどね……」

「どうか、お願いします。もし、今回の三国会議で王国が宣戦布告を行った際には、教国の帝国派一同が逸速く駆けつけますので」

そんな言葉、信用できるかよ。

「お断りします。リアーナは渡しません」

「どうしてか……聞かせてもらっても？」

いや、普通に考えて断られるだろ。婚約者を捨てるとか、俺がそんな馬鹿に見えるか？

「単純に、リアーナを渡したくないからです」

理由としてはこれだけで十分だ。

「どうやら……私はあなたの評価を誤っていたようですね。政《まつりごと》に私情を持ち込むとは……まだあなたも子供ということですか」

「なんと言われようと構いませんよ」

お前からの評価が下がろうと、俺は痛くも痒《かゆ》くもないからな。好きに罵《ののし》ってくれ。

「よく考えてください。これは、お互い国の利益に関わることなんですよ？　この交渉が成立すれば、教国は醜《みにく》い争いが終息し、帝国は楽に王国を手に入れることができる。どうでしょう？　もう一度考え直してみては？」

ウィンウィンみたいなこと言っているけど、別に帝国は教国の助けなんて要らないし。

なんならお前ら、平気で背中を狙ってきそうだし。

「それでも断ります。国の利益よりもリーナの幸せのほうが大切ですから」

「いえ。リアーナだって、教国で聖女になったほうが幸せです。彼女は聖女になるべき人間なのですから。彼女だって、自分が聖女として認められたいときっと願っているはずです！」

「そんなのはあなたの妄想ですよ」

利用されるだけとわかっていて、帰りたくなるやつなんていないだろ。

本当に交渉が下手だな。いや、それだけフォンテーヌ家に余裕がないってことかな。

目の前の男は、具体的な対価が出せないのかも。

「妄想⁉　いえ、わかりました……今日はこの辺にしておきましょう。また、来ます」

「はあ……何が今日はこの辺にしておきましょう、だよ。ベル〜助けて。俺、これから毎日あいつの相手をしないといけないとか嫌だよ〜」

ガエルが出て行った後、俺は後ろで控えていたベルに泣きついた。

ストレスが溜まった時は、ベルに甘えるのが一番だ。

「お辛いと思いますが、頑張ってください。リーナさんを守れるのはレオ様だけですから」

俺に抱きつかれたベルは、優しく頭を撫でながら励ましてくれた。

もう、これだけで俺の心は全回復だ。

「そうだよね……。よし、頑張るか」

リーナのためだ。頑張るぞ！

第三話　平和的解決

ＳＩＤＥ：ガエル
「やってしまった……私はとんでもないことをしてしまった。いくら焦りがあったとしても……」

一夜過ぎ、私は自室で頭を抱えていた。

友好を深めようと一番に到着したにもかかわらず、昨日の自分がしたことは真逆であったからだ。

利益があれば頷くと思って強気に出たが……対価の交渉すらせずに断られてしまったからな。

まさか、レオンス殿ほどの男が愛などという戯言《ざれごと》にとらわれているわけではあるまい。

教国が内輪《うちわ》揉《も》めしているほうが、これから王国と戦争をしないといけない帝国からしたら都合がいいのだろうよ。きっとそうだ……。

「過ぎたことを悔やんでいても仕方ありません。次の手を考えましょう」

老いた声に顔を上げると、参謀《さんぼう》のブルーノが部屋に入ってきていた。

ブルーノは、先代から頼りにしているフォンテーヌ家にはなくてはならない参謀だ。

「そうは言うが……お前に何か案があるのか？」

「そうですね……。ここは、待つべきではないでしょうか？　今のレオンス様は、きっと何を言っても首を縦に振りませんでしょう」

「待つ？　待って何になるというのだ？　あの二人が結婚してしまえば、聖女にすることはできないんだぞ？」

「わかっております……。ですが、ここで帝国との関係をこれ以上悪化させてしまえば、本末転倒《ほんまつてんとう》です。レオンス様と完全に敵対してしまえば、派閥《はばつ》での立場が危うくなりかねません」

「それもそうだが……聖女がいなければ私が教皇になるのは難しいぞ……」

くそ。どうすればいいんだ。

「ガエル様、焦りすぎです。次の戦争が終われば、政局は帝国派有利になるのですから」

「もともと王国派など眼中にない。敵は、教皇子飼いの中立派と同じ帝国派の奴らだよ。今は、王国派という敵がいるから纏まっていられるが、王国派が弱体化してみろ。身内で争うのは目に見えているだろ」

教皇はまだまだ元気だ。まだ十年は退位することはないだろう。

十年、十年もあれば、何があるかわからないのだ。それこそ、新たな勢力が誕生してもおかしくないのだぞ？

「そうですね……。ですが、リアーナ様が教国に戻らないとしたら、どちらにしてもレリア様が教国一の聖魔法使いになります。結局は、レリア様を聖女にすることで落ち着くのではないでしょうか？」

「いや、そんなことはない。レリアは、他と比べて圧倒的な差があるわけではない。いつ追い越されるかわからないのだよ」

十年もあれば若い者に抜かされるだろうよ。

それをわかっているから、今こぞって貴族は優秀な家庭教師を雇《やと》っているのだ。

「なら、レオンス様に頼ってみてはいかがでしょうか？」

「はあ、相変わらずお前は回りくどい男だな。レオンス殿に何を頼ませるつもりだ？」

ブルーノはいつもこうだ。助言をするときは、わざと私を試すような提案を何個か先に出す。

優秀でなければ即刻解雇《かいこ》してやるんだが……過去何度ブルーノに助けられたかわからないから仕方ない。

「この期間中、いえ、これから半年程レオンス様にレリア様を預けてみてはいかがでしょうか？」

はあ、また意図が読めない提案だな。

「預けてどうする？　色仕掛けでもさせるのか？」

「まさか。それは逆効果です。魔法の極意《ごくい》を教わるのですよ」

「魔法の極意？」

「ええ。なんでも、フォースター家と先代の聖女にしか伝わっていない特別な技法のようです」

「なるほど……フォースター家や聖女が最強と名高いのもそれが一つの要因か」

「そうですね」

「だが、国の奴らにはどうやって納得させる？　半年も聖女が不在なのは流石に許されないだろう？」

それこそ、フォンテーヌ家に批判殺到だろう。聖女を個人利用するなと。

「帝国での布教活動とでも言っておけばよいのでは？　布教活動と言われてしまえば、表だって批判する貴族もいないでしょう」

なるほど、歴代聖女も他国での布教活動を行っている。

それなら確かに、あいつらも聖女の役目だから個人的な利用と批判はできないだろう。

「わかった。その方向で、教会に手紙を書いておくとしよう」

「はい。お願いします」

「で、レオンスはその極意を教えてくれると思うか？」

国内を納得させるより、レオンス殿に許可をもらうほうが難しいはずだ。

なんせレリアに魔法の極意を教えたところで、レオンス殿に一切利益はない。

むしろ、私が力を得てしまうことは教国の安定につながり、レオンス殿にとって不利益になるだろう。

「必ず教えてくださるでしょう」

「必ずだと？」

どこからそんな自信が出てくる？

「はい。まず、レリア様を帝国に派遣していることで、教国からも攻められる心配がなくなります。

それに加え、彼はリアーナ様を助ける為《ため》なら、これくらいのことは引き受けてくださると思いますよ。

レオンス様は、リアーナ様をそれほど愛しているはずですから」

愛だと？

「……本気で言っているのか？」

「ええ。本気です」

「まさか……そんな甘い奴がここまで大きくなれるはずがない」

私がここまでフォンテーヌ家を大きくするため、あれだけ非情になってきたというのに……。

「確かに、常人にはこの甘さは致命的でしょう」

「彼は常人ではないから問題ないと？」

「ええ。彼にはダンジョンを踏破《とうは》した力があり、皇女と婚約することで権力を手にし、世界一の富豪と婚約することで富を得ています。そして何より、これだけのことを若くして成し遂げることを可能とした頭脳がある。とても、常人とは思えません」

ブルーノの言うとおりだろう。レオンス殿は天才。私は常人。だから、私は手段を選べない。

「はあ。とすると、あとはレリア次第か」

レオンス殿が了承するとして、後はレリアが魔法の極意を取得できるかどうかが気がかりだな。

「レリア様を信じましょう」

はあ、そうだな。信じるしかないか。

SIDE：レオンス
「できる参謀がいるんだな。最初からこの提案をしなかったのは、リーナを手に入れることができればそれに越したことはないってところか」

「上手く当主を操れていますね。ガエルさんも優秀なのかもしれませんが、どちらかというと参謀の存在が大きいのかもしれませんね。それで、魔力操作をレリアさんに教えてあげるのですか？」

今日はエルシーとモニターを見ていた。シェリーとリーナはレリアさんとお茶会中だ。

「リーナの誘拐《ゆうかい》とか警戒しなくて済むなら、それくらい喜んで受け入れるよ」

情に弱いとか言われたけど、俺はそこまでして大きくなりたいとは思わないからな。

「そうですね。それにしても、無事に平和的な解決で終わりそうで良かったです」

まったくそのとおりだよ。

「もし、教国とも敵対しないといけなくなったら……とか考えていたら昨日はほとんど眠れなかったよ」

「そうだったのですね。それで、昨夜はずっとベルさんとイチャイチャしていたのですか？」

「イチャイチャというか……添い寝だけどな。あと、リーナもいたよ」

昨日は寝られなかったからベルを誘って、横になりながら少し話をしていたら、同じく寝られなかったリーナが部屋にやってきて……そのまま三人で寝た。

イチャイチャじゃないよ。うん。

「あら、リーナさんまで？　気がつきませんでした。よくシェリーさんが許しましたね」

リーナが部屋に来たのは夜中だったからね。

寝室を監視しているエルシーもあの時間は流石に寝ていたのだろう。

それと、シェリーも別に嫉妬《しっと》の鬼じゃないからな？　流石に、辛そうなリーナを見れば許してあげられるくらいには広い器を持っているぞ。

「レオンス様、ガエル様がいらっしゃいました」

お、来たか。

「了解。エルシーも同席する？」

「聞いているだけでいいなら……」

エルシーの了承を得て、ガエルを部屋に案内した。

「大変申し訳ございませんでした。昨日の無礼な私の物言い、どうかお許しください」

部屋に入るなり、ガエルが土下座までしそうな勢いで謝ってきた。

「いえ。フォンテーヌ家もいろいろと大変でしょうから、あれくらい気にしていません」

こんな簡単に許すのも普通ならおかしい気もするけど、ここで許さないと話が進まないからな。

不自然でも、さっさと許してしまおう。

「あ、ありがとうございます……」

「それで、今日はどのような件で？」

「リーナを教国に返還の件、撤回させてください」

「本当ですか!?」

わざとらしいか？　いや、昨日あれだけ拒否していたんだから、これくらいの反応でいいか。

演技って難しいな。

「その代わり、レリアに魔法の極意を教えていただけませんでしょうか？」

「魔法の極意……とは？」

「おとぼけにならないでください。先代の聖女様やフォースター家にしか使えない魔法の極意があるはずです」

そういえば、魔力操作って極意なのか？　どっちかというと初歩なんだけどな。

まあ、そんな指摘をしても仕方ないか。

「わかりました。いいですよ。ただ……レリア様はもう成人間際。取得できるかはわかりません。できなかったとしても、私たちを責めないとお約束できますか？」

たぶん半年もあれば大丈夫だと思うけど、魔力の成長は年齢が小さければ小さいほどいいらしいからな。

もしダメだったときのために、保険はかけておかないと。

「え？　年齢が関係しているのですか？」

「一応。フォースター家にいた頃、私は初等学校に入る前には魔法の鍛錬《たんれん》をしておりましたので」

「そうですか……。わかりました。取得できなかったとしても、私たちは何も言いません。ですから、どうかお願いします。引き受けていただけるなら、金貨五箱出しますので」

五箱とは、金貨が百枚入った箱を五箱ということだ。教国には白金貨がないから、こういう単位でやり取りするらしい。

ちなみに、教国金貨五百枚はだいたい三～五億円くらいかな。白金貨がない分、教国は金貨の価値が高めに設定されている。

「わかりました。できる限り頑張ってみましょう」

「あ、ありがとうございます」

「いえいえ。これからもよろしくお願いしますね」

「もちろんですとも！」

交渉成立。ふう、さっさと解決できてよかった。

長引きそうな予感がしたんだけどな～。参謀が優秀でよかった。

よし。あとは三国会議だ！

第四話　到着

SIDE：カイト
「なあ……本当に大丈夫なのか？」

「だから大丈夫だって言っているでしょ。それに、ここまで来て、今更私に帰れとか言うの？」

「そういうわけじゃないけど……」

自分でもしつこいのはわかっている。王国を出てから、何回エレーヌに聞いたかわからないもん。

だけど、心配でつい聞かずにはいられなくなってしまうんだ。

「心配してくれてありがとう。でも、ここが頑張り時だから、ね？」

「……わかった」

「ありがとう」

エレーヌは本当に凄いな。

絶対、大変なはずなのに……こうして平気な顔で俺の気遣いまでできるなんて。

俺も頑張らないと……。三国会議、絶対エレーヌに無理をさせないぞ。

「それにしても……本当に帝国西部は廃《すた》れているわね。あの馬鹿たちは、本当にこれを手に入れたら王国が潤《うるお》うと思っているのかしらね？」

そう言うエレーヌは、窓からもう何年も手を加えられていないことが見て取れる荒れた畑を眺めていた。

確かに、こんな土地を手に入れても、王国は利益が手元に入ってくる前に、損失で国が破綻《はたん》してしまうだろう。

ダンジョンもないから魔石の供給源にすることもできないし……。どう考えても、王国にとって、ここは宝になり得ない土地だ。

「あいつらは、土地と人さえあれば勝手に金が湧いてくると本気で思っているからね。仕方ないよ」

だって、毎日食って遊んで寝ているような生活をしているような奴らだぜ？　頭も良くないし、世間知らずなのは間違いないだろ。

「そんな奴らが国を動かしているんだから、全くもって仕方なくないわ」

「そうだね。はあ……数少ない真面目な人も俺とエレーヌ以外にアーロンさんと将軍になっちゃったからな……」

「ゲルトが心配？」

「そりゃあね。奴隷《どれい》にされて、寝ずに働かされているんだよ？」

レオからゲルトさんが返還されたと思ったら、ゲルトさんはそのまま犯罪奴隷にされてしまった。

理由は、客人であるレオたちを自分の魔法具で殺そうとしたから。命令したのは、国王たちだ。ゲルトが責められるのは、おかしいだろ。

「でも、自業自得な気もするわ。結局、人を裏切るってことはそういうことなのよ」

「そうだけど……」

ゲルトさんは帝国を裏切り、前の主も裏切って王国に逃げてきた。

その間に、たくさんの人を殺したらしい。

それは、とても許されないし、人の信用を失っても仕方ない行為だ。

でも……俺の知っているゲルトさんは、優しくて頼りになる人だった。

「もう一度だけ会って……本当はどんな人だったのか、知りたいな」

ゲルトさんが本当はどんな人なのか、自分の目で確かめたいな。

「もうすぐ目的地に到着いたします。あちらに見えますのが、ミュルディーン領になります」

しばらくお互いに話さず、馬車に揺られていると窓から騎士の報告が飛んできた。

「あ、見えたわ！　ほら、あそこ」

エレーヌに急かされ、指が向いている方向に目を向けた。

すると……とんでもなく大きな街、いや都市が見えた。

帝都《ていと》じゃないのか？　などと疑いたくなってしまう。

「随分と立派な城壁ね……」

「恐ろしいな」

もし、戦争をするとして……果たして俺たちはこの大きな壁を突破できるのだろうか……？　俺にはとても無理な気がしてならない。


「あれがミュルディーン城……あんな立派な城だったのね」

壁の中に入ると、すぐにレオの城が見えた。

あれ……本当にレオの城なのか？　下手したら、王城よりも大きい気がするぞ……。

「この街がどれだけ栄えているかを象徴しているな」

あんな物を建てられる余裕がこの街にはあるってことだ。

そんなことを思いながら、人が溢れた街並みを眺めていた。

「王都よりも活気があるもんね……。聞いた？　ここの土地、店一つ建てるのに、王都で立派な屋敷が建てられるくらい高いんだって」

これだけ人がいればね……。どんな商売も上手くいきそうだもん。

逆に、今の王国は落ち目で、新しくあそこで商売を始めようと思う人はいないだろう。

「凄いな……。確かに、この街を手に入れられれば、王国の財政なんてどうにでもなってしまいそうだね」

「手に入れられればだけどね……」

国王は、この街を見てどう思ったのだろうか？

少しでも考える頭があれば、自分たちの力でここを手に入れることができないことはわかるはずなんだけどな……。

まあ、そんな国王だったら、ここまで苦労することはないか。

国王が乗る後方の場所に目を向けながら、そんなことを思った。


「ようこそミュルディーン領に。私がこの街の領主、レオンス・ミュルディーンでございます」

城に到着すると、レオとシェリー、リーナ、あとは……皇帝と皇太子？　が出迎えてくれた。

「ふむ。よい街を持っているな」

「ありがとうございます。さて、こちらが皇帝陛下、その隣《となり》におられますのがクリフィス殿下となっております」

やっぱりそうだったか。どちらも、うちの王様の数倍頭が回りそうだな。

「これから短い間だが、よろしく頼む」

「こちらこそ」

国王と皇帝が交わした言葉はそれだけだった。

まあ、会話なんてしたら馬鹿が露呈《ろてい》するからいいか。

SIDE：レオンス
出迎えが終わり、それぞれ部屋に案内が終わった後、俺はカイトとエレーヌを自分の部屋に招待した。

「二人とも久しぶり、元気にしてた？」

「俺は見てのとおり元気だ」

「私も元気よ」

「ふふ、あとどのくらいで産まれてくる予定なの？」

「あと二、三カ月後って言われたわ」

シェリーの質問に、エレーヌがお腹に手を当てながらニッコリと笑いながら教えてくれた。

まさか、ここまでお腹が大きいのに来てしまうとは。

それだけ、三国会議に立ち会いたかったということなのだろう。

「ねえねえ。触ってもいい？」

「いいわよ。ほら、手を出して」

「わあ。なんか緊張する……」

「王国、今はどんな状況なんだ？」

シェリーがエレーヌのお腹を触らせてもらっている間、俺はひそひそ声でカイトに話しかけた。

こうして堂々と会える機会は、三国会議が始まってしまえばそうそうないからな。

聞いておきたいことは、今聞くしかない。

「は？　お前なら全て知っているだろ？」

「まあ、そうだけど。外からと中からじゃあ、何か新しい発見があるかもしれないだろ？」

「はあ……。特に変わらないと思うぞ。強いて言えば、俺とエレーヌに対しての風当たりがあの結婚式から弱くなったことが疑問だな。特に、宰相《さいしょう》の派閥が足の引っ張り合いをやめて、戦争の準備を必死にやっているのが意味不明だ」

やっぱりそうか……。

「俺もそれがどうしてなのか知りたくて聞いたんだけど、本人たちも理由がわからないのか。なんか、気持ち悪いな。あいつら、何を企《たくら》んでいるんだ？」

エレーヌが王になっても構わないってことか？

それとも、戦争を目前にして、内輪揉めをしている場合ではないことにようやく気がついた？

うん……情報が少なすぎてわからないな。

エレーヌなら、何か感づいているか？

「おい、エレーヌには聞くなよ？　ただでさえ、お腹の子と今回の会議のことで気持ちが限界まで張り詰めている」

「ごめん。わかったよ」

まあ、たぶん知っていたら何かしているだろうし、聞く必要はないか。

「本当に頼むぞ……」

相変わらず、しつこい男だな。まあ、俺でも同じ立場ならカイトみたいになってしまいそうだけど。

「それにしても……カイトが父親か」

まだ、あの子供魔王と戦った時からそんなに時間が経っていないんだけどな。

「この国では、十代で子供がいても普通だからな。貴族だと二十代で結婚していない奴は、行き遅れって言われるくらいだし。てか、成人したレオももうすぐ結婚だろ？」

「そうだね。シェリーの誕生日に合わせて結婚になるかな」

子供も、他の四人が急かしてくるだろうし……もしかしたら、来年には俺も父親になっているかも。

確かに、俺も人のことは言えないな。

「そのときは、結婚式にぜひとも呼んでくれ」

「呼べることができたらいいな」

これから、王国と帝国の関係がどうなるかはわからない。

シェリーの誕生日までに戦争が始まっていないかもしれないし、もしかしたら終わっているかもしれない。

「その為に……明日から頑張るんだろ？」

「わあ！　今お腹が動いた気がします！」

「嘘!?　私ももう一回触ってみる！」

「ちょっと二人とも、くすぐったいわ！」

目線を少し動かすと、お互いの守らないといけない三人が仲良くしている姿が視界に入ってきた。

「うん。そうだね。お互い、大切なものの為に頑張るか」

あの三人の笑顔を壊さない為にも、俺たちが頑張るべきだな。

第五話　話しておきたいこと

「やあ、呼び出して悪いね」

カイトたちが到着した日の夜、俺はクリフさんに呼ばれていた。

何か、俺に話したいことがあるみたいだ。

明日から三国会議だし、そのことで何か確認しておきたいことでもあるのかな？

「いえ。遂に明日からですからね」

「そうだね。といっても、始まってしまえば大変なのは父さんだけなんだけど」

「そんなことありませんよ。クリフさんだって、やることはいっぱいあります」

「ありがとう。で、本題に入るけど……レオくんは、一国の主《あるじ》に興味はない？」

「一国の主？　質問の意図がわかりません」

いや、わかるよ。クリフさんは、俺が皇帝になりたいのか訊いたんだと思う。

シェリーと結婚すればクリフさんにとって俺は、皇帝になるのに邪魔な存在になるわけだ。

今、この国で一番の影響力を持っているのは俺だろうし、人気も高い。

そんな俺が皇族になるのをクリフさんが危険視するのは当然だろう。

「いや、別にあってもなくても何かする気はないよ。ただ、聞いておきたかっただけ」

うん……。まあ、素直に答えておくのがいちばんいいかな。

「そうですか。それでは、質問に答えさせてもらいます。興味など一切ございません」

「そう。ここまで上り詰めてきたのに？」

「ここまで上り詰めたのは副産物に過ぎませんよ。全て、大切なものを守る為に行ったことのね」

「はは。本当、君は王に向いているよ」

「いえ、そんなことありませんよ。私は基本的に自由に生きたい人間ですから」

領主をやっているだけでもとんでもなく大変なのに、皇帝なんてできるかよ。

俺はなるべく遊んで暮らしていたいの。

「王は自由じゃない？　はは、そんなことが言えるんだったら、十分に素質はあると思うよ」

「……」

もしかして、クリフさんは俺に皇帝の座を押しつけようとしている？

元々クリフさんはそこまで皇帝になりたがっていたわけじゃないし、ありえるぞ……。

「ああ、そんなに警戒しないでくれ。君が義弟《ぎてい》になる前に、言っておきたいことがあってね」

「言っておきたいこと……ですか？」

「君がシェリーと結婚することで、君は皇位継承権を得ることができる」

「……はい」

え？　そうなの？　初めて聞いたんだけど。

「要するに、僕は君にいつでも皇帝の座は譲るってことさ」

「はい？」

クリフさん、やっぱり俺に皇帝を押しつけるつもりなのか？

譲るとか言いながら、俺がシェリーと結婚した瞬間に姿をくらますとか平気でしそうだな……。

後で、兄さんにしっかりクリフさんを見張っておくように言っておかないと。

「僕の母は、側室でも皇妃でありながら帝国を裏切った。そして、僕はそれに少なからず加担していた。ましてや、妹を見殺しにしようとしていたなんて……とても皇帝にふさわしくない」

「その話はもう終わったではありませんか。その分、帝国の為に働く。それでいいのではありませんか？」

逃げたらマジで地の果てまで追うからな？

「まあ、そのつもりでいるけど、君に一応確認しておきたかったんだよ。君なら、いつでも皇帝になれるけど、どうする？　ということをね」

「もちろん。そのままクリフさんが皇帝になってください」

「わかったよ。僕は死ぬまで帝国の為に働くと君に誓う。ただ、僕は君ほどの力も頭も人望もない。これから何度も助けを求めるかもしれない」

「ええ。そのときは喜んで相談に乗りますよ」

なんとか押しつけられなくて済んだ〜。

でも、これから気をつけないといけないな。これから、俺を皇帝にしようってことを考える奴が出てくるかもしれない。

しっかりと、俺は皇帝になるつもりがないことをアピールしていかなくては。

「それはよかった。それと……あと一つ、僕の跡目は君の長男に継いでもらうつもりだから」

はい？

「え？　いや、クリフさんに男の子が生まれなかったらまだわかりますが……結婚する前からその発言はどうなのでしょうか？」

てか、いつクリフさんは結婚するつもりなの？

「どうと言われても、僕は結婚するつもりないし」

「はい!?」

この人は何を言っているんだ？

「わあ。君のそんな驚いた顔を見られるなんて、一生の宝になりそうだ」

いや、俺の驚いた顔を宝にされても困るって。

それより、クリフさんは自分の言っていることの意味を理解しているのか？

「何を言っているんですか……。皇妃がいないなんて……」

「あれ？　もしかして本気で気がついていなかったの？　だって、二十を過ぎても結婚してないんだよ？」

言われてみれば、皇帝になる男が二十四歳になっても結婚していないのはおかしいな。

「遅い気はしていました。ただ、ふさわしい相手が見つかっていないだけかと……」

「正解は、僕が父さんに結婚しないと宣言していたからだね」

「皇帝が許してくれたのですか？」

いや、だとしたら皇帝は何を考えているんだ？　跡継ぎが産まれてこないんだぞ？

「うん。ちゃんと話したら、了承してくれたよ」

「どう話したら許してもらえるのですか？」

「流石に、大罪人の僕が普通に皇帝をしているのはおかしいでしょ？」

「いや……」

もう、何度このやり取りをするつもり？　流石に、俺も嫌になってきたぞ。

「で、その罰として、僕は一代限りの皇帝として生きることに決めたんだ。どう？　納得でしょ？」

いや、納得できないけど……。

皇帝がそれでよしとしちゃったなら、断れるはずがないじゃん。

「だとしても……もし私とシェリーの間の子供が皇帝になりたくないと言ったら？」

俺は、自分の子供には自由に生きてほしいと思っているんだけどな。

「ああ。別にシェリーの子供だけじゃないよ。君の子供なら誰でもいい。君が王にふさわしいと思った子を皇帝に指名してくれ」

「え？　それはおかしくないですか……？」

流石に、皇族の血が流れていない人を皇帝にするのは違うでしょ。

絶対、貴族から反対の声が出るぞ。

「大丈夫だよ。皇帝になった僕がそうすると言ったら、誰も邪魔はできないから」

「確かにそうですけど……」

この国は皇帝が絶対だ。たとえ、それまでの慣習を壊すものであっても、皇帝が白と言えば白となる。

「まあ、君も一応何代も前の皇帝の血が混じっているから、心配しなくて大丈夫だと思うよ」

「どういうことですか？」

「確かに、君は勇者の孫で異質な血が大きく占《し》めている気もするけど、祖母の魔導師様は公爵《こうしゃく》家。確実に皇族の血は持っているはずさ」

「なるほど……」

一応、血筋の問題もなんとかなってしまうのか。

うん……どう頑張っても断れそうにないな。

「まあ、文句を言う人はいないと思うよ。どの公爵家も、次期当主たちは君の味方になってくれるはずだからね」

ボードレール家はフランク、ルフェーブル家は姉ちゃんと結婚したバートさん、フォースター家はアレックス兄さん……確かに、文句を言う人はいなさそうだな。

「……わかりました。でも、次期皇帝を選ぶのはクリフさんにしてください」

「いや、僕が選ぶよりもレオくんのほうがいいと思うよ？」

「いいえ。皇帝の指名権は皇帝にしかありません。このルールはしっかりと守ったほうがいいと思います。それに、私は忘れていませんよ？　クリフさんの得意魔法を」

人を見抜くことに特化した鑑識《かんしき》魔法。それがあれば、間違った人を皇帝に選ぶことはないでしょ。

「ははは。確かに、人を見極める能力だけは僕が唯一《ゆいいつ》誇れる力だったね。うん。そうだね。それくらいは僕がやってもいいか」

「そうですよ」

本当、しっかりしてくださいよ、次期皇帝。

「ふう。なんとか三国会議前に言えた……」

「何か、今回のことが三国会議と今回の話が関係しているのですか？」

「いいや。ただ、明日からの戦いに向けて、自分の進むべき道をしっかりとしておきたかったんだよ。単なる自己満足さ。本当は君が成人した日にお酒を飲みながら話そうと考えていたんだけど……思っていたより、君が忙しそうにしていたからさ」

確かに、あの日はフォンテーヌの対応で大忙しだったな。

「そうでしたか……。それじゃあ、全てが終わったら二人でお酒を飲みましょう」

お酒か……。そういえば、この世界に来てからまだ飲んだことなかったな。

俺には酒の種類とかわからないし、酒に詳しいコルトさんにおすすめでも聞いてみるか。

「いいね。それじゃあそれが楽しい酒になるよう、明日から頑張らないと」

「はい。頑張りましょう」

「ねえ、どんな話だったの？」

クリフさんが部屋から出た後、すぐにシェリーがやって来た。

「うん……明日から頑張ろうって話だよ。あと、全てが片付いたら一緒にお酒を飲もうって」

俺たちの子供が皇帝になるなんて話はできないから、適当に誤魔化《ごまか》しておいた。

嘘は言ってない。

「そう。明日の話なら、私が聞いても仕方ないわね」

「そんな大したことは話してないよ」

「ふ～ん」

「そういえば、こうしてシェリーと二人になるのは久しぶりだね」

「いっつも、あなたの傍にはベルがいるからね！　あと、最近はリーナも私に遠慮しなくなったし！」

話題を逸《そ》らそうと、思いついたことを口に出したら、どうやら虎の尻尾《しっぽ》を踏《ふ》んでしまったようだ。

「ご、ごめん。今度、シェリーとの時間をちゃんと用意するから許して」

「別にいいわ。レオが暇になったころを見計らって、一週間くらい私がレオを独り占めする気でいるから」

「ハハハ。一週間は長いな」

シェリーらしい解決策だけどね。

「そう？　エルシーには二日くらい譲ってもいいけど」

確かに、エルシーとの時間も作れてないな。

ルーは……俺と一緒にいる時間よりも、美味しいご飯をごちそうしたほうが喜びそうだな。

「まあ、仲良く頼むよ」

「そこは心配する必要ないわ」

「うん。俺もそこまで心配してないよ。ふぁ〜。明日も早いし、もうそろそろ寝るか」

「そうね。じゃあ、今日は私が一緒に寝てあげる」

「お、それは嬉しいね」


「じゃあ、おやすみ」

「おやすみ」

寝間着《ねまき》に着替え、先にベッドに潜《もぐ》り込《こ》んでいたシェリーにおやすみのキスをしてから俺は目を閉じた。

第六話　まさかの展開

王国が到着した次の日、遂に午後から三国会議が始まった。

それぞれの首脳は正三角形の机を間に挟み、無表情で目配《めくば》せしていた。

そして、その目配せの結果、国王から話を始めることになった。

とりあえず、開催を呼びかけた国が他の国に適当な感謝の言葉を述べてから、というところかな。

などと、丸々太った国王に目を向けたら……。

「我がアルバー王国は、ベクター帝国に対して宣戦布告をさせてもらう！」

何の前触れもなく、あいつは帝国に向かって喧嘩《けんか》を売りやがった。

いや、普通もうちょっと前置きを置かないか？

エレーヌと宰相がやってしまった……って顔を見るに、国王の暴走みたいだな。

前代未聞もいいところだ。阿呆な奴が王なのは、本当にどうかと思うぞ。

カイト……早いとこトップを変えないと滅びるぞ……。

「……期日は？」

流石皇帝、急な不意打ちにも顔色一つ変えずに質問を返した。

こうなってしまったら、戦争に向けて打ち合わせを進めるしかないからな。

まったく……戦争を起こさない為にあれこれと準備してきたというのに、全て国王のせいでパアになってしまった。

もしこれ、国王がわかっていて俺の準備した時間を無駄にするつもりだったなら、国王に対する評価を改めないといけない。

まあ、あれを見る限りそんなつもりはなさそうだけど。

「私が王国に入ったと同時に開戦する」

まあ、そう主張してくるよな……。

「自分が帝国にいる間は我々に攻撃するなと？」

「そうだ。今の私は客人だ。帝国は、客人を襲うのか？」

なんか、今日の国王気持ち悪いな……。

前会った時、ここまで頭が回るやつだったか？　もっと、バカ丸出しだった気がするんだが。

この流れはあの宰相の思惑どおりで、事前に答える言葉を教えておいたのか？

にしては、さっき国王の暴走に動揺していたんだよな。

「わかった。客人でいる間は、命を保証しよう」

「ふん。それで教皇殿は、この件に関して中立国の代表として何かあるか？」

先ほどから一言も話していなかった教皇に、国王が話を振った。

わざわざ中立国という言葉を出すところから、今回の戦争には手を出すなって言いたいんだろう。

「いいや。ただ、中立という点で一つだけ申しておこう」

「なんだ？」

「これから半年ほど、聖女がミュルディーン領で布教を行うことになった。もし、聖女に危害が及ぶようなことがあれば、教国は双方と争うことになるかもしれない」

双方と言いながら、顔を国王に向けているところを見るに、これは王国に言っているんだろうな。

もしかしたら、ガエルが何か教皇に働きかけたのかもしれない。

「なに!?　そんな話は聞いていないぞ！」

当然、国王は驚いた顔をしていた。教国が今回の戦争で自分の敵になるとは思ってもいなかったのだろう。

まあ、これは帝国も狙ってやったわけじゃないからな。

「知らないのも当然だ。先週決まったんだからな」

「なんだと……」

「それで、聖女の安全は保証されるのかな？」

「ご心配なく、王国兵士には指一本聖女様に触れさせません」

もちろん、皇帝は即答。

「……こちらも、ミュルディーン領を制圧する際には、聖女様には一切危害を加えないと約束しよう」

国王は、随分と遅れて教皇の問いかけに答えた。

「くれぐれも頼むぞ」

「あ、ああ……」

「それじゃあ、私から一つ。王国は何の理由があって帝国に攻め込むのか聞かせてもらいたい。元々、この三国会議は平和を維持するため、先代たちが行っていたもの。それを私的な戦争の為に利用したとは言わせないぞ？」

流れが来ていると感じた皇帝は、国王に畳みかけた。

これには、国王も何を答えていいのかわからないという表情になっていた。

うん。やっぱり、あの国王だったな。

「そのことに関しまして、私が答えても？」

「エレメナーヌ王女か。まあ、いいだろう。答えてみろ」

国王が黙り込んでしまい、代わりに後ろで控えていたエレーヌが答え始めた。

「はい。まず、事の発端は先代の勇者を帝国が王国から奪い取ったことです。魔王が討伐され、やっと人々に平和が訪れたあのときに行った帝国の愚行《ぐこう》は、とても許されるものではありません」

「それなら、どうして今なのだ？　もう、あのときから随分と時が経っているような気がするが？」

エレーヌの答えに、教皇がさらに質問を重ねた。

エレーヌは、顔色一つ変えずにその質問にも答え始めた。

「はい。今までも、王国は帝国に対して勇者を返還するように求めてきました。ですが、帝国は一切応じず、そして遂に八年前それが永久に叶うことはなくなりました。やられたままでは、私たち王国の民の怒りは収まりません。ですから、帝国に自らの行いがどれほど愚かだったのかを知らしめる為、準備期間を経てこの戦争を行うことになりました」

「なるほど。帝国からは何か異議はあるかな？」

「一つ、我々が勇者を奪ったというのは王国の勘違いだ。勇者は自ら王国から逃げ、帝国に亡命してきただけのこと。我々が非難される筋合いはない」

まあ、じいちゃんが勝手に帝国へ逃げて来ただけだからな。

といっても、これだけ勇者の恩恵を得ていると、この言い訳は無理があるよな。

「……なるほど。勇者が自らの意思で帝国に渡ったのかは、本人が既に死んでしまっている以上知ることはできず、いくら議論をしたところで何一つ解決することはないだろう。ということで、議論はこの辺にしようじゃないか」

はあ？　もう終わりにするのか？　まだ一時間も話していないんだよ？

「これで終わりにしてしまうのですか？　教国は、何か伝えたいことはないのでしょうか？」

「そうだね……。どちらが勝ったとしても、教国とこれまでどおり交易してくれることを約束してもらいたい。できないのであれば、我々も動かざるを得なくなってくる。どうかね？」

「もちろん約束する」

「王国も変えるつもりはない」

「では、私からは何も言うことはない。ということで、さっさと誓約書にサインしてお開きにしようじゃないか。私まで戦争に巻き込まれたらかなわんからな」

この言葉で、数十年ぶりに開催された三国会議は終わってしまった。

一時間も話し合っていないいんだぞ……。

教皇、何を考えているんだ？　教国から長い時間をかけてここまで来たんだろ？

「あれだけ準備したのにな……」

エレーヌとの裏合わせをしたり、皇帝に話してもらう言葉を考えたりと……随分と時間を使ったのに、それが全て無駄になってしまったのだ。

本当、あの時間を返せよ……。

「人生なんて、そんなものだよ。それより、次に気持ちを切り替えないと」

「クリフさん……。はい。そうですね」

俺が一人会議室に残って愚痴《ぐち》っていると、クリフさんが部屋に入ってきた。

はあ、クリフさんの言うとおり来週から戦争なんだから、さっさと準備を進めないと。

「まあ、と言いながら僕も切り替えられていないんだけどね……。普通、一言目で宣戦布告をするとは思わないでしょ……」

「あれはやられましたね」

「不幸中の幸いだったのは、中立だった教皇が帝国の味方になってくれたことかな」

「そうですね。あれも意外でした」

中立派の教皇は、今回の戦争を静観していると思ったんだけどな。

まさか、帝国寄りの発言をするとは。

「たぶん、聖女がフォンテーヌ家の娘で確定しそうだからなんだろうね」

ああ、そういうことか。

「帝国派が強くなるから、それに合わせたと？」

レリアが聖女確定したことでグレゴワールが次期教皇確実となり、必然的に教皇も帝国派を無視できなくなってきたってことかな？

「それもあるし、自分の最大の敵が教国に戻って来ないことがわかったのが嬉しいんじゃない？」

「なるほど……」

教皇は、国外に追放するくらい前聖女とリーナが恐ろしくて仕方なかったんだもんな。

それが完全に自分の敵ではなくなったんだから、その確認をしてくれたグレゴワールの要望にも応じてくれるか。

「お、二人とも、ここにいたのか」

「あ、兄さん」

今度は、イヴァン兄さんがやってきた。

「二人とも、陛下がお呼びだ」

お、やっと誓約書のサインが終わったのかな。

「了解」

「三国会議が無事終わったことに喜びたいところだが……。戦争が近い、すぐにでも準備に取りかかるぞ」

「「はい」」

「私とクリフは、戦争が始まったら帝都に戻るしかない。レオ、後は頼んだぞ」

「はい。任せてください」

戦争が始まれば、流石に皇帝とクリフさんは安全な帝都に帰ってもらわないと。

負けるつもりはないけど、戦争では何があるかわからないからな。

ということで、これからは俺一人で全てをどうにかしないといけない。

ふう、すぐに気持ちを切り替えないと。

「それと、クリフは帝都に戻る前に各貴族に戦争が来週から始まることを通達しなさい」

「了解しました」

「レオは、これからすぐに西に向かうのか？」

「はい。そうですね。騎士団と最後の打ち合わせが終わり次第、王国との戦争を始めたいと思います」

奴隷落ちしてからゲルトがどんなものを発明したのか、あまり情報を掴めていないのが怖いけど、西端で相手の兵器を破壊する作戦はそのまま進めるつもりだ。

「そうか。お前だけが頼りだ。無理して死ぬようなことはするなよ？」

「わかっています」

俺は今回の総責任者、俺が死んだ瞬間に帝国の負けが確定する。

皇帝の言うとおり、今までみたいに一人で無理しすぎて死ぬようなことは絶対にあってはならない。

一人での戦いじゃないことを忘れないようにしないと……。

第七話　戦争の前に

国王、教皇、皇帝のお見送り等をしていたら、三国会議から二日も経ってしまった。

戦争開始まで残り五日、急いで準備を進めないと。


「じゃあ、会議を始めようか。フレアさん、進行お願い」

会議が始まり、最近スタンに求婚されたことがミュルディーン領で噂になっているフレアさんに司会を頼んだ。

噂は本当なんだろうか？　そもそもスタンと付き合っていることすら知らなかったけど、フレアさんにはいつもお世話になっているし、早く幸せになってほしいんだけどな。

「了解しました。まず、西の国境付近での防衛戦についてですが……。本当にお一人で？」

おっと、会議に集中しないと。

俺はすぐに気持ちを切り替え、フレアさんの質問に答えた。

「うん。戦うのはゴーレムだから心配しないで。俺は安全圏にいるから」

この説明は何度目だろうか？

まあ、よく考えたら敵が一番元気な時に、当主が一人で戦おうとしているとか、誰でも止めようとするか。

けど、これが一番被害を少なく抑えられるから仕方ない。

「わかりました。そこで、敵の兵力と武器を確認するのですね？」

「そうだね。攻城兵器の破壊まで出来たら完璧なんだけど……カイトのスキルが厄介《やっかい》だね」

光の盾《たて》のせいで、確実に一つは壊せないだろう。

もしかしたら、全ての攻城兵器があれに守られてしまうかもしれない。

あいつ、本当に面倒だな。

「とすると……。やはり、移動中の油断した瞬間を狙うしかありませんね」

「うん。ただ、勇者と遭遇《そうぐう》したらすぐ全員に知らせること。絶対に一対一で戦わないように注意して」

今のカイトは、随分と主人公らしい強さになってきたからな。

今持っているスキルと合わせると、ヘルマンやアルマでも一人で戦うのは大変だろう。なるべく、囲んで倒したい。

「わかりました。あと、途中からはフォースター家が王国の足止めをしていただけるということでしたね」

「そうだね。けど。もしかしたら間に合わないかもしれない」

元々、こんなに早く戦争が始まるとは思っていなかった。

早くても、父さんたちの部隊が到着するのは三、四週間後らしい。

たぶん、間に合わない気がする。

「え？　そしたらどうするのですか？」

「皇帝の特殊部隊が引き受けてくれるみたいだ。あの人たちなら、問題ないでしょ」

「確かにそうですが……帝都での護衛はどうするのですか？」

「おじさんたち数人は残るみたいだから心配ないらしいよ」

まあ、皇帝がそう言っているんだから、甘えておこうよ。

全て俺たちがやるなんて、流石に無理があるんだから。てか、無理だ。数が足りなすぎる。

「そうですか……」

「で、最後はここでの防衛戦の話だな」

ここ、ミュルディーン領での戦いだ。なるべくここでの戦いを大きくしないため、その前の戦いで頑張らないといけないんだけど、ある程度大きくなることは想定していないといけない。

「開戦から王国がここに到着できるのは早くても二週間後、下手したら一カ月は先だろうね」

「はい。それ以上長引いた場合、王国は撤退するしかなくなります」

あの荒れた土地では十分に食料も調達できないだろうからね。

精々《せいぜい》、帰りの分も考えると一カ月が彼らの限界だろう。

「まあ、そうはいかないだろうな……」

あのバカ国王のことだ。帰りのことなんて考えないで突っ込んでくるだろう。

負けることとなんて頭にないだろうし。

「とりあえず、ここでの防衛戦になったら魔法が主力になるはず。というか、騎士たちの出番が回ってくるのは、本当に緊急事態だと思ったほうがいい」

あの壁をよじ登れるとは思えないから、敵が中に入らないと近接での戦いは起こりえないはずだ。

敵が中に入ってくるなんて事態は、もう負けへのカウントダウンでしかない。

「そうですね。スタンと彼らの活躍に期待しましょう」

「そうだな」

ベルノルトの言葉に、俺は大きく頷いた。

頷いてみせたけど、心の中ではそこまで自信があるわけではなかった。

発足したばかりの魔法部隊……ちょっと不安なんだよな。

卒業したばかりで経験不足だし、何より人数が少ない。

王国の兵士全員を倒せる程、火力が足りるのか非常に微妙なところだ。

最悪、俺も魔法部隊として働くしかないかもな。

「あと、ボードレール家の補給部隊はどうなっているの？」

「戦争の通達を受けて、動き始めました。元々、拠点は完成しておりますので、特に問題はないと思われます」

「了解。長期戦になればなるほど俺たちのほうが有利だから、彼らには頑張ってもらわないと」

相手の心を折るのも一つの戦術だからな。

相手に攻城兵器がなければ、魔法部隊に無理をさせる必要もないし、ジワジワと相手の数を減らすのもありだろう。

「そうですね」

「俺から聞きたいことは以上かな。誰か他に確認しておきたいことはある？」

俺の問いかけに、全員が首を横に振った。

まあ、元々決まっていることを確認するだけの会議だったからな。

「それじゃあ、今日はこの辺にしておこう。それぞれ、戦争に向けて英気を養っておいてくれ。五日後から、忙しい日々が続くからな」

戦争前の最後の休暇《きゅうか》だ。それぞれしっかりと体を休めてもらいたい。

「とは言ったものの、作戦開始まで俺は何をしていよう」

ずっと忙しかったせいで、休暇の過ごし方を忘れてしまった。

前、暇なときは何をしていた？　うん……。

「久しぶりに、シェリー様たちとゆっくりとした時間を過ごしてみては？」

俺が悩んでいると、ベルからありがたい教えがあった。

「まあ、それが一番だよね。皆、どこにいるの？」

「シェリー様のお部屋にいると思います」

「そう。それじゃあ、さっそく向かうか」

皆とゆっくりできるのはいつぶりだろうか。

「あ、レオ。会議は終わったの？」

シェリーの部屋に入ると、シェリー、リーナ、ルーにエルシー四人全員がいた。

「うん。元々決まっていることの再確認だから、そこまで時間はかからなかったよ」

「そうなんだ……」

「もう、笑顔でいようってシェリーが言ったんだよ?」

シェリーが悲しい顔をしていると、隣にいたルーがシェリーの頬をギューとつねった。

ルーがシェリーを注意するときがくるなんて……。

「そ、そうね。ふふふ……」

「そんな無理しなくていいって。大丈夫、俺たちは負けないよ」

無理に笑うシェリーの頭を優しく撫でた。

すると、シェリーは我慢《がまん》ができなくなったのか、俺に抱きついて泣き始めてしまった。

「レオ……」

「ふふふ。だから言ったのに」

「あ、エルシー。商会のほうには戦争の通達は済ませてくれた?」

「はい。といっても、ここで商売をしている人間は、そんなことをしなくても大丈夫だと思いますけどね」

「そうですね。あ、それと、商会員たちから、資金と物資援助の声が上がっています」

この街は商人で成り立っているわけだから、それを無視するわけにもいかないでしょ?

「そうかもしれないけど……。一応、形だけでもさ」

「そうなの? それは意外だな……」

商人たちは傍観していると思ったんだけどな。なんなら、裏切る人も出てきてもおかしくないからな。

「いえ、ちゃんと損得を勘定《かんじょう》しての結果だと思いますよ。商人にとって、ここが王国の管轄《かんかつ》になってしまったとしたら、とても困りますから」

確かに、王国に重税を課せられることを考えれば、俺たち側に着くか。

「なるほど。まあ、もらえる物はもらっておくけど」

「はい。それでいいと思います」

「ねえ……私も戦争に参加したらダメ？」

「はい？」

泣き止んだシェリーから突拍子もないことを言われ、俺は思わず聞き返してしまった。

いや、どういうこと？

「私の魔法……絶対役立つと思うんだ」

「いや、でも……」

「危ないのはわかってるの。けど、私もできる限り力になりたい」

「……」

これはなんて答えるのが正解なんだ？

魔法部隊の火力不足を考えると、シェリーの参加は凄くありがたいけど……それ以上に危ないことはしてほしくないという気持ちのほうが強いな。

「ねえ、お願い！　今回も守られているだけなんて嫌！　私、毎日ダンジョンに挑んで、凄く強くなったの……だから……」

わかっているんだ。シェリーが俺の力になりたくて強くなろうとしてくれていたことも。

あー。どうすればいい？

「うん……わかったよ。その代わり、ルーが必ず傍にいること。危なくなったら、すぐに逃げること」

俺は悩んだ末にそう答えた。

大丈夫かな……。ルーがいれば、大丈夫なはずだけど……うう、凄く不安だ。

とは言っても、シェリーの魔法があれば随分と防衛戦が楽になるはずだ。

「え？　私も戦っていいの⁉」

「いや……流石にルーが目立つのはダメだから。シェリーが危なかったら戦ってもいいけど、それまではおとなしくしておいて」

魔族の存在がバレてしまうのは非常に面倒だ。下手したら、教国も敵に回すことになる。

「そう……わかった」

残念そうな顔をしたルーの頭を撫でてあげた。

ルーに関しては、何も心配しなくて大丈夫なんだよな。

だって、俺よりも強いし。

「それと、二人には目立たないようにフード付きのローブを用意しよう」

もちろん、俺が創造魔法で極限まで防御力を高めたローブだ。

「ありがとう。それと、無理言ってしまってごめんなさい」

「気にしなくていいよ。実際、魔法部隊の火力が心配だったのは事実だし」

「そう……リーナとエルシー、ベルはどうするの？」

「私は……回復班に回りたいと思います。私には、傷を癒《い》やすことくらいしかできませんので」

「何を言っているんだ。十分凄いことでしょ。リーナがいるだけで、兵士たちは怪我を恐れずに戦えるんだから」

そう言って、リーナを抱きしめた。何も、戦うことだけが助けになるわけじゃないのにな。

リーナの聖魔法があれば、たとえ致命傷《ちめいしょう》を受けたとしても治してもらえるんだから。

「あ、ありがとうございます」

「エルシーは？」

「私は……戦うことはできませんので、作戦本部にいることにします」

「頼むよ。この領地の資金はエルシーがいないと動かせないからね」

エルシーは、ミュルディーンの財務担当だからな。

お金関係だと、俺よりもエルシーのほうが高い権限を持っている。

数週間俺がいなくても、エルシーとフレアさんがいればこの領地の運営は大丈夫だろう。

「ありがとうございます」

「ベルは？」

「もちろん、ずっとレオ様の傍にいますよ」

「ずっと？」

ずっとということは、西の国境まで着いてくるつもりか？

「はい」

「危ないよ……？」

「それはレオ様も同じでは？」

「そうだけど……」

皆に安全だと言っている手前、俺が反論できないのをわかっていて言っているな。流石ベル、俺の扱いを一番わかっているだけある。

「私の心配はしなくて大丈夫です。これでも、私はこの領地で三番目に強いんですよ？」

「三番？　ヘルマンとアルマの次に強いってこと？」

「いえ。レオ様、ルーさんの次に強いってことです」

「えっ？　いや、シェリーたちとダンジョンに挑んでいるといっても、普段はほとんど俺の傍にいるわけで……」

元々、ベルが強かったのは知っているけど、それは他よりもレベルが高かったからであって……。

「嘘じゃないわよ。なんなら、本気を出したらルーとも戦えると思うわよ」

「いや、流石に……」

それは流石に嘘だろ。だって、あのルーだぞ？

そう思いながらルーに目を向けると、ルーは笑いながら首を横に振った。

「本当だよ。あの姿になったベルは目で追えないから～」

「あの姿？」

「そ、そのことは、恥ずかしいのであまりレオ様に言わないでください」

俺がベルに聞こうとすると、何故かベルが恥ずかしがりながらイヤイヤと顔を手で隠していた。

いや、余計に気になるんだけど。

「はいはい。でも、そうやって恥ずかしがって報告してないから、レオに信じてもらえないんじゃない。普通に格好いいと思うわよ？」

格好いい？　一体、ベルはどんな姿で戦っているんだ？

「そうかもしれないですけど……恥ずかしいものは恥ずかしいのです！」

恥ずかしくて格好いい……想像できないな。

「まあまあ、わかったよ。それじゃあ、ベルに俺の護衛を頼むよ」

まあ、ベルが傍にいるのはいつものことだから良いか。

もし何かあれば俺が守ればいいだけだし。

「わかりました。任せてください」

「うん。頼むよ」

「はあ、レオは本当にベルに甘いわよね」

それは……否定できない。

「遺伝らしいですよ。勇者様も、獣人《じゅうじん》のメイドさんに甘えすぎて、魔導師様と修羅場《しゅらば》になったことがあったみたいですから」

ああ、死にかけたとか言っていたな。

「そんなことがあったのですね。まあ、貴族がメイドに浮気するのはよく聞く話なので、勇者様が特別悪いというわけではないと思いますが」

「へえ。メイドに浮気ってよくあることなの？」

「そうね。流石に貴族同士で浮気はハードルが高いからね。それと、浮気されるほうも、まだ相手がわかっているほうがマシってところかな。立場的に、魔導師様みたいに強くないと女は男に口が出せないのよ」

「そういうことか……」

確かに、どうしても権力は男のほうにあるわけだから、奥さんのほうは文句が言いづらいか。

「レオは浮気するの？」

「いやいや！　これだけ可愛い奥さんがいて、浮気をすることなんてできないよ」

五人の目が怖くて、俺は全力で否定した。

まあ、俺のメイドはベルだけだから、そもそもメイドと浮気なんてできないんだけど。

「まあ、普通に考えてここまで婚約者が増えるのもおかしいんだけどね」

「そ、それは……」

その自覚はあります。でも、後悔はしてません。

「まあ、いいじゃないですか。そんなレオくんのおかげで、私たちはこうして家族になれたわけですから」

「まあ、そうだけど……」

「それに、戦争が終わって時間ができれば、きっとレオくんは私たちとの時間を目一杯取ってくると思いますし。ね？　レオくん？」

「も、もちろん。そうだ。落ち着いたら旅行に行こうよ」

だから、皆怖いって。心配しなくてもちゃんと考えはあるから。

「旅行ですか？　いいですね」

「どこに行くのですか？」

「教国」

俺は即答した。もう、ずっと前から言っていることだからな。

「あっ……」

「それと、獣人族の国にも行ってみたいな」

「え？」

「二人の故郷巡り？　凄くいいじゃない。楽しみだわ」

そう。リーナとベルの故郷巡りだ。

俺は約束を絶対に果たす男だ。

「その為にも、何としても勝たないと」

楽しみを一つ胸に仕舞い、俺は戦争に向けて自分を鼓舞《こぶ》した。

でも、あと少しだけ皆に甘えさせてもらおうかな。

SIDE：エドモンド（将軍）

王国の最東端にある街、ここに王国の全兵士が集められていた。

これだけの数をよく集められたものだ。まあ、その分質は最悪なんだけどな。

今も何か悪さをしないか見張っていないといけないし、実際街で悪さをしている兵も少なくないはずだ……。

はあ、これでまた国王が国民から嫌われるな。

「将軍！　無事、宣戦布告がされたみたいです！」

「そうか。予定どおり、四日後からか？」

三国会議の初日から既に三日が経った。国王が予定どおり動いていてくれれば、宣戦布告から一週間後に開戦のはずだ。

報告に来た部下は、私の質問にすぐ頷いた。

「はい。陛下が国境を越えるのと同時に開戦される予定です」

「そうか。兵の状態は？」

「良好だと思います。ただ……」

部下は言いよどんでいた。まあ、仮にも陛下が用意した兵だからな。

まあ、俺はこれくらいのことは気にしないけどな。

「ただ、荒くれ者が多くて、始まってみないとどうなるかわからないか？」

「はい……正直、あんな奴らに頼るのは……」

「仕方ないだろう？　ちゃんとした傭兵《ようへい》を雇う金なんて我が国にはないのだから。それに、あいつらを王国から追い出せるなら、それだけで儲《もう》けものだろ」

少なくとも、貴族たちはそう思っているぞ。

まあ、命を懸《か》けて戦う俺たちからしたらたまったもんじゃないんだけどな。

「もしかして……将軍はあいつらに帝国で盗賊《とうぞく》行為をさせるおつもりで？」

「さあな。だが、あいつらに兵士としての規範を求めるつもりはないよ。好きに暴れてもらおうじゃないか」

言うこと聞かないチンピラ共に労力を割くよりかは、自由に暴れさせておいたほうがいいだろう。

「本当に大丈夫なんですか？　私は、戦況が悪くなったらすぐに裏切られると思います」

「俺もそう思うさ。だから、あいつらとは別行動で陽動になってもらおうと思う」

まさか、あいつらを連れて死地に向かうはずがない。それこそ、自殺行為だ。

「陽動ですか？」

「そうだ。あいつらには、帝国の西部にあるいくつかの主要都市で暴れてもらう。それに帝国が相手をしている間、俺たちはまっすぐミュルディーンを目指す」

元フィリベール領にある三つの主要都市にチンピラ共を送り込んで、その間に俺たちはまっすぐミュルディーンに向かう。

道は、前の時に全て確認してある。俺たちは最短で向かうことができるだろう。

「そんなに上手くいくのでしょうか？　盗賊たちを無視されて、ミュルディーンで待ち構えられたら……私たちはとても勝てませんよ？」

「無視はしないだろう。いくら衰退した街とはいっても、無視をすれば国民から反感を買う」

あと、金を手に入れた盗賊ほど厄介なものはない。それも奴ならわかっているだろう。

だから、あいつは絶対に対応してくれるさ。

「なら、陽動にはなりますか……」

そんな不安な顔をするなよ。

「まあ、無理がある戦争なのはわかっていたことだろう。いくら勇者が強かろうと、戦争は組織の戦いなんだ。厳しい戦いになるのは仕方ない」

我々の勝率はよくて五パーセントだ。幸運がいくつも重ならない限り、勝つのは難しいだろう……。

SIDE：レオンス

俺はモニターの電源を切った。

「なるほど……王国らしい戦術だな」

実に汚い戦術だ。でも、やられるととんでもなくウザい。

やっぱり、あの将軍は手強《てごわ》いな。

「どうします？　盗賊たちは無視しますか？」

一緒に見ていたエルシーが不安そうに俺を見ている。

そんな心配するなって。ちゃんと勝てるから。

ちなみに、シェリーやベルたちは早朝からダンジョンに行ってしまった。

戦争に向けて、少しでもレベルを上げておきたいらしい。

「戦争に勝つことだけを考えるなら、それで良いんだけどね。そういうわけにもいかないでしょ？」

「確かに、後でその対処をしないといけなくなるのは私たちですからね」

「そう。それに、領民も自分たちを見捨てた奴なんか信用しないだろ？」

盗賊たちはどうにでもなるが、人の信用は簡単には取り戻すことはできない。

よって、後々俺が統治しないといけない街を放置するのは得策ではないだろう。

「そうですね……。ですが、三つもの主要都市に兵を割いてしまったら、それこそ相手の思惑どおりなのではないですか？」

「そうなんだけど……。最悪、魔法部隊がいればここでの防衛戦は成り立つし。なんなら、街の冒険者を雇って魔銃《まじゅう》を使わせるのも有りだな。魔銃、結構な数ストックしていたよね？」

元々、魔法が使えない騎士たちには魔銃を使わせるつもりだったけど……別にその仕事は冒険者でも構わない。

騎士たちを各都市に向かわせて、残ったメンバーでどうにか時間稼ぎをするしかない。

はあ、足止め作戦は諦《あきら》めるしかないな。

「一応、冒険者に配れる程の魔銃は用意してあります。ただ、魔石が……」

「それなら、ここでの戦いが始まるまでに魔法部隊にはたくさんの魔石に魔力を注いでもらおうじゃないか。空の魔石を大量に手配しておいて」

足止めができないといっても、ここに到着できるのは早くても二週間後だろう。

それだけあれば、十分魔石をストックできるはずだ。

「了解しました。冒険者のほうも、いくつかの商会に手配しておきます」

「商会？」

冒険者なら、ギルドじゃないのか？

「はい。お抱えの冒険者です。ここの街で活動している冒険者のほとんどは有力商会に雇われていますから」

「なるほど。それじゃあ、それはエルシーに頼んだよ」

商人に関してはエルシーのほうが扱いをわかっているからな、俺が手を貸す必要はないな。

「はい。お任せください。それと……盾と鎧《よろい》はどうしますか？　騎士団の方々は必要ないと仰っていたのですが」

「まあ、あいつらはそれぞれ自分の装備があるからね。じゃあ、雇った冒険者たちに着せといてくれ。攻撃から身を守りながら撃つにはちょうどいいだろう」

せっかく、師匠が発明してくれたんだ。しっかり活用しないと。

そういえば、師匠はこれから戦争が始まることに気がついているのかな……？　できれば、知らないでいてほしいんだけど。

「そうですね。では、そう手配しておきますね」

「うん、ありがとう」

「いえ。私はこういうことでしか力になれませんから」

「十分だよ。凄く助かってる」

エルシーがいなければ、こんなスムーズに戦争の準備は進められなかったと思う。

本当に感謝しかない。俺はそう思いながら、エルシーをぎゅっと抱きしめた。

「ありがとうございます」

「それじゃあ、俺は魔法部隊に魔石の件を頼んでくるよ」

「わかりました。私も街の商会に冒険者を貸し出してもらえるよう頼んできます」

「さて、スタンはまだ城にいたはず……」

エルシーと別れ、俺はスタンのいる部屋に向かった。


「だから、もう少しお時間をください」

スタンの部屋に向かう途中、フレアさんの声が聞こえてきた。

少し困ったような声とその会話の相手を見て、俺は咄嗟《とっさ》に隠れてしまった。

いや、隠れる必要はない気がするけど、体が勝手に動いてしまったんだから仕方ない。

「もう一カ月は待っているんだぞ……。それに、もう戦争が始まる。これから何があるかわからないのに……」

「わかっています。戦争が始まるまでには……」

フレアさんはそう言って頭を下げると、スタンが止める間もなく行ってしまった。

あらら。

「戦争で焦る気持ちもわかるけど、男なら黙って待っていたほうが格好いいと思うぞ」

焦る気持ちもわかるけど、時には我慢も大事だと思う。

俺の尊敬するバートさんなんて、一体何年我慢したかわからないからな。

「レ、レオ様!?」

おっと、隠れていたのを忘れていた。

「驚かせてごめん。少し、二人で話そうか」


「フレアと交際を始めたのは……騎士団最強決定戦の少し後です」

スタンの部屋に入ると、スタンがぽつぽつと事情を説明し始めた。

「へえ。いつから好きだったの?」

「騎士団の入団試験の時です。面接をしていたフレアに一目惚《ひとめぼ》れしました」

「なるほど……。フレアさんは、スタンのことちゃんと好きなの? あ、いや、交際しているならそうか。ごめん」

でも、結婚するにはいい歳のフレアさんが結婚することを躊躇《ためら》っているということは、そういうことだよね……？

「いや……。正直、僕にもわかりません。たぶんですが……フレアは他に好きな人がいるんだと思います。ただ、それがかなわぬ恋で……その相手を忘れる為に私と交際することにしたんだと思います」

え、これはまた複雑な展開がきたな。

「他に好きな人……。フレアさん、確か魔法学校でアレックス兄さんと同級生だったはず。もしかすると……婚約者のいた貴族に恋をしていたのか？」

だとすると、もう相手は結婚しているだろう？

それでも諦められないのか……。

「そうなのかもしれません」

「うん……あ、そういえば、イヴァン兄さんが城に残っていたな」

兄さん、フレアさんと仲がよかったはず。何か知っているかも。

そして、思い立ったらすぐ行動ということで、俺たちは兄さんのところまでやってきた。

「フレアが好きだった人？」

「うん。兄さんは知らない？」

「もちろん知っているぞ。クリフだな」

「「はい!?」」

当たり前のことのようにとんでもない名前が出されて、俺とスタンは驚きの声を上げてしまった。

いや、クリフさんって……。

「まあ、今も好きかは知らんぞ。なぜなら、一度フレアは魔法学校時代にフラれているからな」

「どうして？」

「まあ、あのころのクリフは母親の顔色を伺って生きていたからな。庶民《しょみん》と結婚することはできなかったんだよ」

確かに、クリフさんの母親は庶民であるシェリーの母親を相当恨んでいたからな。

クリフさんもそんな状況で、結婚相手にとてもフレアさんは選べないか。

「なるほど……ありがとう」

「おう。スタンだっけ？　お前の部隊の活躍、期待しているぞ」

「……はい」

ぽんぽんとスタンの肩を叩いて、兄さんはどこかに行ってしまった。

スタン、今にも死にそうな顔をしているな。

そりゃあ、恋敵《こいがたき》が次期皇帝と知ればそうなるか。

「クリフさんか……。思っていたよりも敵は強力だったな」

「……はい。ですが、フレアが悩むのも納得できました」

戦争前なのに、ここまで元気がないのはよくないぞ。

ましてや魔法騎士団の団長という、今回最も重要な人間がこんな状態なのは非常によくない。

「相手が皇太子殿下なら、私は諦めたほうがいいですよね……」

どうしよう。手を貸してやろうと思ったら、なんか逆に余計なことをした感じになってしまった。

考えろ……。お前には嫁が五人もいるんだろ？

「えっと……いや、その必要はないと思うよ。なんなら、奪ってやるくらいの気でいなよ」

「え？」

「クリフさんはそんなことで怒る男じゃないよ。てか、もしかしたら興味も示さないかも……」

結婚しないって俺に宣言していたからな。

だからスタンが諦める必要はないと思う。まあ、俺としてはクリフさんにも幸せになってほしい思いもあって、凄く複雑な気持ちなんだけど。

「どういうことですか？」

「まあ、そのうちわかるさ。とりあえず……フレアさんの気持ちをどうスタンに向けるかだな」

「どうしたらいいのでしょうか？」

「デートとかには行ったの？」

「いえ。お互い忙しくて……三回しか」

それだけの期間があって三回か……少ないな。

いや、忙しいのは俺のせいだった。

「確かに、お互い休みがなかったな。ごめん」

「い、いえ。気にしないでください」

「そうか……。なら、戦争が終わったらどこか遠出してみたらどうだ？　答えを聞くのは、その後でもいいと思うぞ」

どうせ俺たちも故郷巡りで領地にいないだろうし。

その間、思う存分羽を休めてほしい。フレアさんも、この忙しいときよりも落ち着いたときのほうが、スタンとの関係についてしっかりと考えられるだろうからな。

「そうですね……わかりました」

「よし、そうと決まったら……」

それから、スタンにフレアさんに返答はまだしなくていいことと、戦争が終わってからどこかに行こうってことを伝えさせ、俺は満足して自分の部屋に戻った。

そして、魔石の件をスタンに伝えないといけなかったのを俺は忘れてしまうのであった。

あ、ちゃんと次の日の朝すぐスタンに伝えました。はい。

SIDE：カイト
「これからレオと戦争しないといけないのか……」

帰りの馬車の中で、俺はうなだれていた。

この二年間、戦争をしない為に頑張ってきたというのに、全てが無駄になってしまった。

それに、あのレオと戦って勝てる気なんて全く湧いてこない。

はあ、俺は終わったな……。

「もう！　諦めて、気持ちを切り替えなさい。この戦争、あなた次第で戦況が大きく変わるんだから」

「それはもちろんわかっているさ。でも、まさかあそこまで国王が予定にないことをするとは思わなかったから」

エレーヌの言うとおり、俺が頑張らないと王国に勝利はない。

だから、俺は頑張らないといけない。

でも、すぐ気持ちを切り替えるなんて無理だよ。戦争をする覚悟なんて、俺にはなかったんだから……。

「それはそうね……。お父様、私たちがやろうとしていたことに気がついていた？」

「そんなはずはないと思うんだけど……。あの国王があんな悪知恵を働かすことができるのか？」

「どうせ、ラムロスの指示でしょ。昔から、お父様の悪知恵担当だから」

「そうなのかな……」

なんか、ラムロスでもない気がするんだけどな……。

ラムロス、最近妙に怯《おび》えている。

何に怯えているのかはわからないけど、あいつの裏に絶対何かがいるのは間違いない。

一体、誰なんだ？　考えられるのは前国王か？

あの人、国が乱れているのが好きって言っていたからな。

無理矢理にでも、戦争を起こさせるかもしれない。

「誰の指示だったとしても今更よ。それより、戦争よ。作戦はもうちゃんと頭に入ってるの？」

「もちろん。ただ……勝つためとはいえ、あそこまでのことをするなんて……」

昨日、王国の将軍から送られてきた使者に、作戦の説明を受けた。

盗賊を使った非人道的な作戦に思わず怒ってしまったが、あれは使者に悪いことをしたな。

別に、使者が考えたわけじゃないんだから。

「戦力が劣《おと》っている私たちができることはあれしかないのよ。仕方ないわ」

確かに、真っ向から勝負していたら俺たちはどんなに頑張っても勝つことはできないだろう。

あのレオも、真っ向から戦うつもりなんてないだろうし。

「それでも……いや、もうこれ以上言っても仕方ないか」

これは戦争。割り切るしかないか。

「ねえ、カイト……」

「何？」

「絶対、生きて帰ってきてよ」

そう言って俺の手を握るエレーヌの手は、小刻みに震えていた。

そうだよな。エレーヌも怖くないわけがないんだ。それなのに、俺を励ましてくれて……。

はあ、しっかりしろ。俺！

「もちろん。絶対生きて帰ってくる。絶対にね。だから、安心して」

力強く答えながら、エレーヌの手を優しく握り返した。

もうすぐ、俺は父親になるんだ。その自覚を持たないと。

ふう、子供を見るまで絶対に死ねないな。

「あ、そうだ。これ、返しておくよ。あっちに着いたら、渡している時間もなさそうだし」

そう言って、首にかけていた首飾りをエレーヌに見せた。

エレーヌのお母さんが大切な人からもらった首飾り。約束どおり、戦争前に返さないと。

「遂にこのときが来てしまったのね……」

エレーヌは首飾りを見ながら、何とも言えない表情をしていた。

自分がお母さんの無念を晴らすために考えたこととはいえ、やっぱり自分も最愛の人を失うかもしれないという恐怖があるのだろう。

「大丈夫。エレーヌが心配しているようなことには絶対ならない。いや、させない」

俺も怖い。けど、不思議とエレーヌの為だと思えば力が湧いてくる。

「それに、負けるつもりもないさ。俺だってあのときよりもっと強くなったんだ。レオに一泡《ひとあわ》ぐらい吹かせてみせるさ」

「うん。カイトならできると思う。王都で、あなたが活躍した話を楽しみに待っているわ」

「楽しみにしてて。きっと、エレーヌに満足してもらえるような活躍をしてくるよ」

楽しみにされたら、頑張るしかないな。

何としても、俺が何かしらの戦果をあげてみせようじゃないか！


そして二日後。

「将軍、お久しぶりです！」

王国最東端の街に到着すると、俺はすぐに将軍のところに向かった。

後から来ている国王が到着したら、すぐに軍を率いて出発しないといけないからだ。

「ミュルディーン領はどうだった？」

「とても栄えていました。やはり、世界の中心と呼ばれているだけあって、人の数が桁違《けたちが》いですね」

「そうか。噂の城壁はどうだった？」

「信じられないほど強固な造りとなっています。もしかすると……一発では穴を開けられないかもしれません」

俺の予想では、最低でも三発は必要だと思う。

「そこまでか……。やはり、城壁を突破できるのかが最後の障害になりそうだな」

「はい。それで、ここに向かう途中に聞いたのですが、あの作戦は本気なのですか？」

あの非人道的な作戦を本気でやるのかが知りたかった。

覚悟は決めたけど、もしかしたらはったりで終わらせるかもしれない、という淡い希望があったりする。

「まあな。負けても、王国内の治安維持に繋がる」

「負けてもですか……」

やっぱり、この人は本気なんだ。

それに、本当の目的が戦争の為じゃないのが尚更質《たち》が悪い。

「正直、俺たちが勝てる確率なんて一割にも満たないと思うぞ。帝国が本気になれば、俺たちは簡単に数の差でひねり潰される」

「本気にさせたら……」

確かに、財力で負けている王国は、帝国との総力戦になったら負けてしまうだろう。

今は、ミュルディーン対王国という形になっているから数の有利はこちらにあるが……。

「そう。流石のお前も、一人で一万人を相手にするなんて無理だろ？」

「はい……」

無理と断言できる。

「今回、帝国は必要最低限で王国に勝つつもりなんだろう。レオンスも、なるべく損害を最小限にしようとしている。今回、俺たちに勝機があるとしたらそういう帝国やレオンスの甘さだろう」

「なるほど……」

確かに、年相応の甘さはあるかもしれない。けど、レオの抜け目を探すのは随分と大変だと思うぞ。

そのことは、王国に招待したときにわかったじゃないか。

「俺は、レオンス対策にこの数年を費やしてきたんだ。この戦争、絶対負けないぞ」

「……そうですね。俺たちの成果を見せてやりましょう」

後ろ向きのことを言っていても仕方ない。俺だって、あのときよりも強くなったんだ。

覚悟を決めないと。

「将軍！　国王がもうすぐ到着します！」

「そうか。それじゃあ、いつでも出られるようにしておかないとな」

「はい」

俺が覚悟を決めていると、国王の帰還の知らせが飛んできた。

はあ、遂に始まるんだな。


そして、国王が到着してすぐ、国王による決起演説が始まった。

ぶくぶくと太った腹は、下から見上げるとよく目立つ。

「諸君、ご苦労。これから、ぜひとも王国繁栄のために勝利を勝ち取ってきてくれたまえ。いいか？　くれぐれも負けるんじゃないぞ？　お前たちは、勝つまで帰ってくる資格はない！　死ぬまで帝国で戦ってこい！」

『……』

わかってはいたことだけど、本当に最悪な演説だ。

この人は、兵の士気を下げるつもりで演説をしたほうが、まだマシな演説ができると思うぞ。

「なんだ？　あまりにも私に威厳がありすぎて手を動かすこともできないのか？　拍手はどうした？」

そんな言葉に、ぽつぽつと何人かが拍手をしていた。

そんな状況に、国王が顔を真っ赤にして怒っていたが、皆に無視された。

「はあ、戦争が終わったら見てろ？　地獄に突き落としてやるからな」

「そのときは僕もお手伝いしますよ」

将軍の言葉に、俺も賛同した。

あれが国王ではいつまでも王国はよくならない。誰が見てもそう思うだろう。

「おっと。声が大きかったか。今のは忘れてくれ」

「はい。そうします」

そんなやり取りをしていると、城壁の門が開いた。

そして、少しずつ兵達が進み始めた。

ああ、遂に始まるんだな。

第八話　開戦

SIDE：カイト

「さて、カイト。これから最初の難所はどこだと思う？」

東の国境に向かう途中、俺は将軍に今回の作戦について詳しく教わっていた。

自分で言うのも恥ずかしいが俺は頭があまりよくないから、できれば一から十まで作戦について教えてほしい。

特に、俺は今回とても重要なポジションだから、絶対に間違った行動はできない。

「普通に考えて、国境になるのではないんですか？」

「そうなるかもしれないな。だが、俺はその可能性が低いと思う」

「どうしてか聞いても？」

「まず、国境の城壁はまだ完全には修復できていない。そして、あの貧しい西部では戦争を支えられるだけの食料がない」

なるほど。確かにミュルディーンに到着するまで、本当に貧しそうな土地が続いていた。

将軍の考えも納得だ。

「だから、帝国は国境で戦うことはないと？」

「そうだな。あるとしても、道中で奇襲をかけてくるぐらいだろう。まあ、ドラゴン二体に奇襲されるだけでも、こちらは大損害になってしまう気もするが、奇襲に手を回せないように手は打っている」

そういうことか。奇襲をさせないよう、敵の戦力を分散させるための盗賊だったのか。

酷いとか思ってしまったが、確かにこれは勝つのに必要な手段だな。

はあ、やっぱり俺は政治とか戦略とか頭を使うことに全く向いてない。

「つまり、最初で最後の難所はミュルディーンになると？」

「ああ、俺の予想ではそうなる。まあ、あのレオンスなら、俺の予想外のことを簡単にしてくると思うが」

それは俺も思う。将軍の頭のよさも知っているが、レオの頭のよさも侮《あなど》れない。

政治ではエレーヌと張り合えるし……何と言っても前世の記憶があるのがズルい。

あ、でも地球の記憶は俺も持っているから、それはおあいこなのか。

「将軍！　大変です！」

俺が自分の無能さ加減に嫌になっていると……前方から、一人の男が凄い勢いで駆け寄ってきた。

前で何かあったのか？

「どうした？」

「国境付近に、大量の赤い騎士たちが待ち構えています！」

赤い騎士⁉

「なに⁉　そんな大量の兵士が移動しているなんて情報はなかっただろう？」

「レオの転移スキル？」

レオなら、一瞬で移動できるだろ？

前に、王都とレオの城、魔王の城を一瞬で移動できていた。

軍隊くらい、簡単に移動できるでしょ。

「いや、あのスキルは触ったものしか一緒に転移できない。だから、兵を移動できたとしても、一回に運べる人数が制限されて最低でも一日はかかる。ただ、カイトは帰ってくる途中に人は見かけなかっただろ？」

そうだ。俺は今朝国境を越えたんだった。

そのとき、赤い騎士どころか人影一つ見られなかったはず。

「はい。国境付近には一人もいませんでした」

あいつ……どうやってそんな数の兵を連れて来たんだ？

「はあ、さっそく予定を狂わされてしまった。カイト、ここで兵の数を減らすわけにはいかない。お前ができる限り数を減らせ」

「でも、僕が魔砲《まほう》を守らないと……」

元々、俺に任されたミュルディーンに到着するまでの作戦は、光の盾でレオから魔砲を守ること。

それなのに、前に出て戦ってもいいのだろうか？

「そうだが、優先度は兵のほうが高い。魔砲がなければ最後で詰むかもしれないが、あの盗賊たちがいなければミュルディーンに着く前に詰んでしまう」

「なるほど……。わかりました」

と言いながらも、俺がわかったことはさっそくレオにしてやられたことだけだ。

SIDE：レオンス
「よし。これで最後」

鞄《かばん》から全てのゴーレムを取り出した。

ずらりと整列し、誰一人としてピクリとも動かない鎧兵たちは、敵から見たらさぞかし恐怖だろう。

「こうして並べてみると、もの凄い数ですね……」

「だね。何年もコツコツ造ってきた甲斐があったよ。うん」

数にして、二千体。数年かけて、魔力と時間に余裕があるときに一人でこつこつ造った成果だ。

あ〜。この数、ここで全て失うのが本当に惜しいよ。

でも、人の命には代えられないから仕方ない。

「これだけいれば、ここで王国を抑えることもできるのでは？」

「いや、無理だと思うよ。数が一桁違うから」

相手は盗賊を合わせて一万近くいる。

精々、屈強なゴーレム達で相手の士気を下げられるくらいだろう。

「そうですか……」

「まあ、数が減らせれば儲けもの、魔砲を壊せればバンバンザイだから。あまり欲張らないで、相手の士気を下げることだけを考えよう」

欲張っても仕方ない。どうせ、カイトが相手ではゴーレムたちもそこまで活躍できないんだから。

「なるほど」

「お、敵が見えてきたぞ」

ベルとお喋りしている間に、王国軍の戦闘が見えてきた。

ちなみに、俺たちは透明マントで隠れているから、狙われる心配はない。

「本当に凄い数ですね……」

「残り少ない金を全部戦争につぎ込んだみたいだからな。これで負ければ、王国は終わりだろう」

王国中の騎士を集め、傭兵を雇い、盗賊を引き連れてやっと一万人。

全部をつぎ込んだにしては、少ない気もするが。

「そうですね」

「お？　カイトが前に出てきたぞ」

軍隊の進行が止まると、後ろから馬に乗ったカイトが出てきた。

なるほど。そっちの選択を取ったか。

「魔砲の守りはいいのでしょうか？」

「たぶん、そっちよりも盗賊達のほうを優先したんじゃない？　相手にとって、盗賊達は今回の作戦の要《かなめ》なわけだし」

「どうします？　作戦を切り替えますか？」

元々、魔砲にカイトの意識を向けさせておいて、その間にできる限り盗賊達の数を減らす作戦だった。

でも、それは無理だな。

「そうだね。ここで無理はする必要ないから……。よし、前線のゴーレム！　派手に暴れろ！」

作戦変更、前線のゴーレム達には囮《おとり》になってもらおう。

SIDE：エドモンド
「思っていたよりも少ないな。どう思う？」

ざっと見て、数は二千か？

あれなら、カイトがいれば大丈夫だろう。

「はい。この数なら、なんとか押し切れると思います。ただ……」

「ただ、もしかすると一人一人がこちらの数人の強さを持っているかもしれないか？」

それもあり得る。なんせ、レオンス直属の騎士達は、本当に化け物揃いだ。

「はい。そう思います」

「まあ、その心配は大丈夫だろう」

レオはここで絶対、強力なカードは使ってこない。

確実に、あれは消されても構わない兵のはずだ。だから、心配ない。

「それより、魔砲は？」

「後方に置いてありますので強力な魔法が飛んでこない限り、壊されることはないでしょう」

まあ、あの赤い騎士達が魔砲にたどり着いたということは、俺たちが全滅しているときだからな。

「あの中に、魔法使いはいると思うか？」

見た限り、あの赤い騎士は剣を持っているから……魔法の心配をする必要はないはず。

「それは何とも言えません……。城壁の上に、今のところ人は見当たりませんが、もしかしたら隠れているだけかもしれません」

それはあり得るな。やはり、いくつか壊されるのは覚悟しておいたほうがいいな。

「そうか……。騎士達に伝えろ。魔砲の守りは一つだけにして、他は捨てろと」

「了解しました」

「ふう、カイト……頼むぞ」

魔砲を捨てたんだ。絶対、勝てよ。

SIDE：カイト

「気持ち悪い……。目の前にいるのは、本当に人間か？」

数メートル離れたところに整列している鎧兵達から、息づかいや戦い前の緊張感が全く感じてこない。

普通、こんな大群を目の前にしたら、多少恐怖で体が震えるだろ？

本当に、あれは人か？　まるで……ロボットみたいだ。

「グへへへ。もしかして勇者様、ビビっているんですか～？」

「ダッセ～。あんな人数で、俺たちに勝てるわけがないじゃないですか～」

「うるさい。お前らは、死なないことだけ考えていろ」

盗賊達の茶化しなど気にせず、俺は赤い騎士に向かって馬を走らせた。

すると……。

「ぐあああ」

赤い騎士達の手から炎が飛ばされ、盗賊達に被弾《ひだん》した。

予想外の攻撃に、俺は足を止めてしまった。

「あ、あいつら、魔法を使えるぞ！」

「落ち着け！　ここで背中を見せたら簡単に炭にされてしまうぞ！」

今にも逃げ出しそうな盗賊達に、俺はなんとか声を張り上げて止めた。

これで……いいんだよな？

「魔法使いは近づいてしまえば怖くない！　数の差で圧倒するんだ！」

「そ、そうだな。近づいてしまえば、怖くないか！　よし、お前ら行くぞ！」

『お～う！』

リーダーらしき男の号令に、一斉に盗賊が動き始めた。

ふう、なんとか士気を取り戻せた。

「よし、士気が下がる前に俺がなんとかしないと」

俺も馬を走らせ、赤い騎士を一体斬り倒した。

……と思ったが避《よ》けられ、腕を切り落としただけになってしまった。

「は？　嘘だろ？　中身がない」

腕を切り落とし、もう一撃で決めようと振り返った瞬間、俺は鎧に空いた空洞に驚愕してしまった。

「なるほど……。レオらしいな」

これはあれだ。ゴーレムだ。きっと、レオが造ったんだろう。

はあ、俺のロボットみたいって予想は外れてなかったんだな。

「くそ……。やっと一体だ」

中身がないことに動揺しつつ、二撃目できっちりゴーレムを倒した。

これ、一体一体倒していたらとんでもなく時間がかかるぞ……。

「仕方ない。スキルを使うか」

盗賊達がどんどん倒されていくのを見て、俺は切り札をさっそく使ってしまうことにした。

本当は、最後の最後まで使いたくなかったんだけどな……。

「セイ！」

俺は剣に光を纏わせ、ゴーレムの方向に空気を斬るように剣を横に振り切った。

すると……目の前にいたゴーレム達が一斉にバタバタと倒れていった。

「ふう、これだけ倒せば、盗賊達が全滅することはないだろう」

SIDE：レオンス

「なるほど、聖なる剣ってそういうスキルなのか」

スキルに新しく聖なる剣という新しいスキルが増えていたのは、三国会議の時に鑑定して知っていたんだけど……まさか飛ぶ斬撃だったとは。

「レオ様がよく使う飛ぶ斬撃みたいで、危ないですね」

まあ、今みたいに油断していると一瞬で大人数がやられてしまう可能性があるからな。

「まあでも、まだ予想の範疇《はんちゅう》で良かったよ。飛ぶ斬撃は、こっちも使えるわけだし」

今、見ることができたのが凄く大きいな。不意打ちでやられていたら、もしかしたら大損害を受けていたかもしれない。

「そうですね」

「あ、サンドゴーレムのほうも仕事を始めたみたいだ」

サンドゴーレムとは砂のゴーレムで、完全な砂になって地面に擬態《ぎたい》することができる。

今回、奇襲を仕掛けるのにこのゴーレムを発明した。

魔力を感知できないと絶対に気がつくことができないから、レッドゴーレムより凶悪だと思う。

「といっても、動きが遅いのが難点だな」

そう、奇襲に関しては凄く強いが面と向き合っての戦いは弱い。

普通の兵士が五人で相手すれば簡単に倒されてしまう。

やっぱり、気がつかれたら終わりのゴーレムだな。

「でも、二つは壊せましたよ？　あと一つです」

「いや、二つは捨てて、一つに騎士達を集中させたんだと思う。ほら、一つだけ壊せていないだろう？」

あと少しで壊せたんだけどな。あの人数相手では、流石に無理だったか。

「なるほど……」

「まあ、一つだけならなんとかなるだろう。帰るか」

残った魔砲を俺が壊してもいいけど……今回の戦争はあまり一人で片付けたくない。

理由は二つある。

一つは、戦争に向けてたくさんの支援をもらっていること。

帝国や他の貴族から支援をもらって人を集めたのにそれを使わなかったら、支援をもらった意味がなくなる。

もう一つは、他の転生者を警戒するため。

今回、絶対カイト以外の転生者がこの戦争に関わっている気がするんだ。国王があんなに頭が回るのもおかしいし、宰相の様子も変だった。

きっと、あの二人の陰には転生者がいる。

その転生者がこの戦争で何をしてくるかはわからないが、力を温存しておくことに越したことはないだろう。

まあ、もしかしたらそんな準備も意味がないような相手かもしれないが……。

「レオ様？　もうすぐ、カイトさんがゴーレムを全滅させてしまいます」

「あ、ごめん」

ベルの声に、俺は急いで転移した。

戦地で考え事とか、俺は何をしているんだ……。

第九話　一段落

ＳＩＤＥ：カイト
現在、ゴーレムとの戦闘が終わり、俺たちは状況確認を行っていた。

「被害は？」

「約三百人が軽傷、五十人弱が重症、十八人が死亡しました。被害は小さいと思います」

将軍の質問に、一人の騎士がすらすらと答えた。

どうやら、被害は小さいらしい。この世界、軽傷くらいなら魔法で簡単に治せるからな。

「俺もそう思う。これもカイトのおかげだ」

「ありがとうございます。ただ、切り札を使ってしまったので、最後の戦いがより厳しい戦いになったと思ってください」

将軍の言葉に感謝しつつ、隠していたスキルを使ってしまったことを報告した。

俺のスキルがバレたことがどれほどの影響が出てくるのかはわからないが、もしかしたら将軍の予定を狂わせてしまったかもしれない。

「そうか。まあ、最後の戦いについてだが、一ついい知らせがある」

「いい知らせ？」

「魔砲が一つ壊されずに済んだ」

「え⁉」

「私も正直驚いている。守れるとは思っていなかったからな。実際、あと少しで全滅だったそうだ。まあ、運がよかったな」

確かに運がよかった。正直、俺が守らなかったら簡単に壊されると思ったんだけどな。騎士たち、死ぬ気で頑張ったんだろうな。本当に凄い。

「そうですね。それじゃあ、これから僕はその一つを守ることに専念しますね」

「ああ、頼んだ。あれがあるとないとでは最後の局面が大きく変わってくる」

「わかりました。それで、これから盗賊とはいつ分かれるのですか？」

「国境を越えて少し経ってからだな。北と南、南東の三つに分かれて街を襲ってもらう」

「レオ、ちゃんと陽動に乗ってくれますかね？」

レオなら、さっきの盗賊たちの狼狽《うろた》える姿を見て、あいつらが騎士じゃないことに気づいたと思うんだよな。

だとすると、俺たちの作戦にも気がついていそうだ。

「これは間違いなく乗ってくるはずだ」

「大丈夫ですか？　さっきだって、予想外のことがあったじゃないですか」

国境付近で戦闘にはならないって言った傍から、こんな大規模な戦闘があったんだ。これから何が起こるかわからないだろ。

「それを言われると痛いが、これに関しては大丈夫だ。流石に、もうすぐ自分が管理しないといけない土地が荒らされるのは、レオンスも見過ごすことはできないはずだ」

うん……。まあ、確かにレオなら、陽動だとわかっていても市民を守ろうとするかもな。

レオ、意外と正義感強いし。

「まあ、僕は与えられた仕事を頑張って熟《こな》しますよ」

どうせ、馬鹿な俺が作戦に口に出したところで意味はない。

なら、やれることに全力を注ぐことだけを考えておくべきだろう。

「ああ、そうしてくれ」

「おい！　エドモンド出て来い！」

将軍との話し合いが終わって俺が立ち上がろうとすると、外から大きな怒鳴り声が飛んできた。

「ん？　この声は？」

「盗賊たちですね……」

間違いない。あの前線にいた奴らの声だ。

「はあ、仕方ない。相手してやるか」

将軍は、ため息を吐きながら立ち上がると、盗賊達のほうに向かって行った。

俺も後についていく。

「なんだ？　休憩はもういいのか？」

「休憩なんてどうでもいい！　説明しろ！　話が違うじゃねえか！」

「話が違うとは？」

「俺たちは、楽に金が手に入るって聞いたからお前達に協力してやってるんだ。さっそく、死人が出てるじゃねえか！　話が違うだろ！」

どうやら、盗賊たちはさっきの戦いでやっと戦争の恐ろしさに気がついたらしい。

いつも弱いものいじめをしているような奴らだ。実力が上の相手とまともに戦ったことはないのだろう。

「いや、これは戦争だぞ？　多少の犠牲が出るのは仕方ないだろ。それに、楽はしているだろ。お前たち、勇者がいなかったらあと何人死んでいたと思う？」

「そ、それは……」

「十倍は確実に超えていただろうな」

「だ、だが！　この後、俺たちは勇者と別行動になるんだろ!?」

はあ？　こいつら、何を言っているんだ？　俺がどうしてお前らを守らないといけないんだよ。

「まあ、そうだが……だからなんだ？」

将軍も呆れちゃってるよ。

「今回、勇者がいたから助かったのに、勇者がいなかったら危ないじゃないか！」

危ない？　もう、こいつら馬鹿すぎるだろ。

「ぶっ。何を言っているんだ？　お前ら、さんざん人を殺してきたんだろ？　出発前に、街を落とせるって豪語《ごうご》していたのはどこのどいつだ？」

「ぐっ」

「あと、勘違いしているが……これから帝国は、勇者のところに強い奴をたくさん送り込んでくるぞ？　今日みたいに、お前達はその戦いに巻き込まれたいのか？」

「い、いや……」

「ならいいじゃないか。俺たちが強い相手を引きつけて、お前達が帝国を弱体化させる。ちゃんとした協力関係が成り立っているだろ？」

「そ、そうだな……」

「てことで、出発まで仲間を休ませておけ。国境を越えたら、休んでいる暇なんてないからな」

「りょ、了解した」

す、凄いな。あの馬鹿たちを口だけで完全に納得させてしまうなんて。

俺には絶対できない芸当だ。

「ふう、これで心配ごとが一つなくなった」

「凄かったです。僕には、あんなに上手く喋ることができませんよ」

「そうか？　相手に都合のいい嘘を並べてればいいだけだぞ」

「僕は嘘をつくのが苦手ですから」

俺はよくエレーヌに嘘をつくのが下手ってよく言われる。

たぶん、顔に出ちゃってるんだろうな。将軍みたいに、平気な顔して嘘をつくのは無理だな。

「それは、次期国王としてよくないな。戦争が終わったら、コツを教えてやるよ」

嘘が上手い国王もどうなんだ？　まあ、一応技術は知っていて損はないか。

「はは。ありがとうございます」

ＳＩＤＥ：レオンス

国境から帰ってきてすぐ、俺はイヴァン兄さんやベルノルトに王国の戦力について報告を行っていた。

「残念ながら、盗賊の数を減らすことはできなかった。ただ、魔砲を二つ壊すことに成功したぞ」

「おお、それはよかったです。盗賊のほうも心配しないでください。私たちなら、盗賊なんて恐るに足りませんから」

「そうだな。多少手こずることはあっても、負けることは絶対にありえないと思う」

「そうね。レオくんの騎士たち皆レベル高いし、負けることはないかな。ドラゴンもいるし」

「了解。でも、それぞれ人数差があることを忘れないようにすること。まあ、三人ならそこら辺上手く指揮してくれると思っているけど」

今回、三つの都市の防衛の指揮をベルノルト、兄さん、ユニスさんに任せることにした。

この三人を選んだ理由は、単純に経験と実力。

そして、ベルノルトのところにヘルマン、イヴァン兄さんのところに前竜王のギル、ユニスさんのところにアルマとギーレ、あとは戦力を均等に割って配置した。

どこも十分強いから大丈夫だろう。

「それより、問題はカイト……。足止め、やっぱり諦めるべきだよな」

「そうですね……。悔しいですが、これは相手の思惑に乗ったほうが得策でしょう。ただでさえ、こちらは人数が少ないのですから」

無理をしてもいいことはないもんな。

「それなら、私たち北グループが一番早く始まると思うから。終わり次第、私たちが奇襲に回るのは？」

発言したのは、ユニスさんだ。

「いや、流石に盗賊と戦って疲れているところに、新しい仕事を任せるのは悪いですよ」

確かに、ユニスさんたちが一番早く終わると思うけど……体力的にキツいだろ。

「大丈夫よ。あなたの騎士達は、それくらい大丈夫。なんなら、私のスキルもあるし」

「わかったよ……。とりあえず、ユニスさんたちが盗賊と戦い終わってから考えよう。どうせ、カイトたちもあの大人数での移動は少なくとも二週間はかかるだろうし」

まあ、その時々で臨機応変《りんきおうへん》にやっていくとしよう。

とりあえず、第一の目標は盗賊たちを迅速に片付けること。これに集中しよう。

「よし、それじゃあそれぞれ転移するから準備を進めてくれ」

それから、俺が三人をそれぞれ主要都市に送り、盗賊撃退に向けて準備を進めさせた。

ミュルディーン騎士団初めての仕事だ。皆には、頑張ってもらわないとな。

第十話　蹴散らされる盗賊

ＳＩＤＥ：アルマ
遂に、私たちが盗賊たちを迎え撃つ日となった。

あと二時間もすれば、盗賊を寄せ集めた王国の大軍がやってくる。

事前に知らされていた情報で、今回王国は一万の兵を引き連れて帝国に入ったらしい。

そして、その中の四割の四千人は盗賊だったとか。

さて、王国はその内何人を初戦に送り込んでくるかな？

私の予想だと半分。

これからの流れに影響する初戦だってことと、レオンス様に盗賊たちの存在感をアピールする必要があることを考えると二千は必要だと思う。

正直、後の二つは勝っても負けても、あまり本隊には関係はないだろうからね。

そんな私の予想が正しかったことを知らせに、ユニス様がやって来た。

「今、盗賊たちの人数の報告が届いた。数は、約二千だ」

「やはり。とすると、一人二十人がノルマになりますね」

王国の二千に比べて、私たちの人数は百人。

ギーレがいなかったら、私たちは二十倍の戦力に死を覚悟していただろうね。

「私がドラゴンになれば千人は倒せるから、他は十人程度倒せれば問題ないと思うぞ」

予想どおり、隣に座っているギーレが余裕の表情で半分は自分が倒すと言ってのけた。

それでも……残りの千人は私たちで倒さないといけないのよね。

まあ、私のスキルと剣も今回みたいな乱戦向きだし、私一人で少なくとも百人は倒したいな。

「そうね。それと、私は仲間を強くするスキルを持っているから、普段より楽に動けるはずだわ」

「ほう、強化のスキルを持っているのか？」

強化のスキルは確か、自分以外の仲間を強化するスキルだったはず。

どのくらい強化するのかとかは知らないけど、スキルというのは大抵強大な力だから、期待しても大丈夫なはず。物知りなギーレの反応を見ても、凄そうなスキルだし。

「ええ。イヴァンと……私の旦那とダンジョンを踏破したときに手に入れたわ」

「ほう、あのレオの兄も強化を持っているのか。それなら、お父様のほうも心配しなくて大丈夫だな」

ギーレのお父さん、ギルさんはイヴァン様と南の都市を守っている。

まあ、あっちには千人だし、イヴァン様のスキルはあまり関係ないかな。

問題は、ヘルマンとベルノルトさんのほうかな。いくら千人といっても、剣だけであの数を倒すのは大変なはず。

「ふん。所詮《しょせん》、盗賊なんて社会からあぶれた者たちの集まりだ。戦争に耐えられるだけの根性なんてあるはずがない。どうせ、これからの戦いも私がドラゴンになって二割倒せば、もう盗賊たちは逃げ始めるだろうよ」

「そうね。でも、一人たりとも盗賊を逃がしてはいけないわよ？　レオくんの命令なんだから」

「はい！」

「ユニス先輩！　盗賊達があと十分ほどで到着します！」

「了解。それじゃあ、二人とも頑張るわよ！」

特殊部隊の新人の報告に私たちは城壁とは言いがたい、形だけのボロボロな壁の外に向かった。

「うん……思っていたよりも弱そうね。王国も、少しぐらい防具と武器を渡してあげてもいいじゃない」

ユニス様の言うとおり、盗賊達が身につけている装備はどれも、今から戦争をする人たちの物ではなかった。

中には素手の人まで……。

「反逆されるのが怖いのだろうよ。なんせ、数だけは多いからな」

まあ、敵地で反逆されたら、王国は戦わずして負けてしまうからね。

それでも……何か武器を持たせてあげたらいいのに。

「単純に盗賊たちの防具や武器を用意するほどのお金が王国にはないのよ。はあ、思っていたよりも楽勝そうね。まあ、だからといって油断する気はないけどね」

「そうですね。ギーレ、作戦どおり初撃をお願い」

「わかった。だが、あの程度……私の攻撃で本当に逃げ出す可能性があるぞ？」

レオンス様の命令では盗賊は皆殺し、絶対に逃がすなと言われている。

もし逃げられれば、後々面倒になることはわかっているからね。

「そうね……。私も、ギーレがドラゴンになれば、あいつらは逃げ出してしまうと思います。ユニス様、どうしますか？」

「仕方ないわ。最初は私たちで数を減らしましょう。数が半分になったら、ギーレが相手の後方から追い込むように攻撃して。リスクは凄く上がってしまうけど、私たちなら大丈夫だわ」

「了解しました」

「ふう。それじゃあ、行くわよ！　強化!!」

ユニス様が声を上げると、急に体が軽くなった。

「わあ。これが強化のスキルですか」

「どう？　力が湧いてくるでしょ？」

「はい」

本当に凄い。これなら、二百人は余裕で倒せるはずだわ。

ユニス様のスキルに少しだけ浮かれながら、私は先頭に出た。


『うおおお！』

「来たわね。総員、一人残らず斬り殺せ！」

盗賊達が向かってくるなか、私は剣を天に突き刺しながら後ろにいる仲間達を鼓舞した。

そして、私は盗賊達に向かって走り始めた。

そして、私に続くように大きな雄叫びが鳴り響いた。

『うおおお！』

流石、帝国のエリート達だわ。この人数差でも、ものともしないのだから。

「女だ！　おい、女がいるぞ！」

「こいつは俺の獲物だ！」

「いや、俺がやるんだ！」

お互いの顔が目視できるくらいの距離になると、盗賊達が私を見て争い始めた。

本当、あいつらは戦争をなんだと思っているのかしら？

「ふん。狩られるのはお前達のほうだ」

衝突と同時に、私は言い争っていた奴らを纏めて斬り倒した。

何人か致命傷にならなかったけど、もちろん毒ですぐに死ぬ。

まずは五人、これからどんどんいくわよ！

私は、敵が密集した場所に向けてどんどん斬撃を飛ばしていく。

「こ、こいつ、変な魔法を使っているぞ！　気をつけるんだ」

「囲め囲め！　所詮、剣でしか攻撃できないんだ。背中から攻撃しろ！」

盗賊達はやっと私が脅威《きょうい》であることを認識できたのか、五十人近く倒されてようやく数の有利を使い始めた。

それでも……、

「へへへ。も〜らった」

効果はないんだけどね。

「残念」

背後からの攻撃を透過で避けながら、私は後ろから攻撃してきた男を斬り倒した。

「ぐへ」

「ど、どういうことだ？　攻撃がすり抜けたぞ⁉」

「流石に……流石に気のせいのはずだ。ほら、お前ら攻撃してこいよ」

「はあ、俺に押しつけるな。ビビってねえでお前が攻撃しろよ」

「はあ？　ビビってねえから」

「敵の前で喧嘩するなんて、やっぱり所詮チンピラね」

そう言いながら、さらに私を囲っていた三人を斬り倒した。

そして、その勢いでどんどん先へ斬り進めていく。

「本当、数だけは多いわね……」

やっと百人は倒せたかな？　というころ、流石の私も疲れてきた。あと百人……いけるかな？

ユニス様の強化も少しずつ切れてきたし、思っていたよりもキツいかも。

「仕方ない。少しペースを……」

ペースを落とすか。と言い終わるよりも早く、私は大きな斧《おの》で真っ二つにされた。

「ちっ。お前は不死身か？」

私が透過で斧からすり抜けると、背後には大きな男が立っていた。

「さあ？　どうでしょうね。あなたがリーダー？」

「ああ、そうだ。どんな魔法を使っているかはしらんが、俺はさっきまでの男たちのようにはいかないぞ？」

「本当にそうかしら？」

そう言いながら、私は斬撃を飛ばしてみた。

すると、男は私の斬撃を危なげなく避けてしまった。

「へえ。やるじゃない」

本当に盗賊の親玉みたいね。

「はっ。女のくせに生意気な奴だな。気に入った。一生、俺の女として飼ってやろう」

「残念。あなたには私を飼い慣らすことはできないわ」

何を手加減した一撃を避けたくらいで偉そうに。

今度は避けられないよう、複数の斬撃を飛ばした。

「ぐっ」

一つ、二つは避けられたけど、それ以外は全てヒット。

盗賊の親玉は倒れた。

「お、お頭《かしら》がやられたぞ！」

「ひい！　近寄るな！」

「こ、殺さないでくれ！」

「今まで、あなたたちはそう言われても殺してきたんでしょ？　自業自得よ」

完全に闘志をなくし、助けを求めてくる盗賊達を片端から斬り倒していく。

やっぱり、こいつらは思っていたとおり弱かったわね。ギーレを出さなくてよかった。

「ふう。そろそろかな？」

目標の二百人。たぶん達成できた。

たぶん、盗賊達全体の数も半分を切ったはずだ。

盗賊達は、まだまだ圧倒的な数の差があるにも関わらずちらほらと私たちに背を向け始めていた。

「総員！　退避しろ！」

予想どおり、ユニス様の号令が飛んできた。

もう、私の出番は終わりね。

『グルアアア！』

ドラゴンになったギーレが盗賊達の退路を防ぐのを見ながら、私は後退した。

流石に私でも、ギーレの魔法をくらって無傷ではいられないからね。

「ド、ドラゴン⁉」

「なんでここにドラゴンがいるんだ⁉　く、くそ！　逃げ道がねえぞ！」

「ど、どうする？」

「くそ……王国の奴ら、俺たちを騙《だま》しやがったな」

そんな最後の言葉を残して、盗賊達は氷の彫刻となっていった。

本当、恐ろしいドラゴンだわ。

「大方片付いたわね。もう、これ以上は殺す必要ないわ！　生き残りは捕縛しなさい！」

盗賊達が氷漬けにされたのを確認して、すぐにユニス様が次の命令を出した。

ええ、この中から生き残りを探すの？　この中で生き残れた奴がいるとしたら、相当運がいいわね。

「助けてくれ……。お願いだ」

意外と、運がいい奴はすぐに見つかった。

まあ、死なない程度に凍らなかっただけだけどね。

もうこの人、両手両足のどれも使い物にならないわ。

「生き残りの捕縛と、死体の片付けが終わりました」

あれから見つかった生き残りは八人。

もしかしたら他にもいたかもしれないけど、他はもう今頃死体と一緒に灰になってしまったはずだわ。

「そう。こちらの被害はどうだった？」

「六人の騎士が怪我を負いましたがどれも致命傷ではなく、聖魔法で回復可能な範囲です」

新人の騎士にはやっぱりキツかったわね……。

リーナ様の聖魔法で治せる範囲だったからよかったものの、六人は今日が剣を握れる最後になっていたかもしれない。

まあ、それでも生き残れたのだから褒めてあげないと。

「やっぱり、レオくんの騎士は皆強いわね。全員、今すぐにでも特殊部隊にスカウトしたいくらいだわ」

「やめてください。ただでさえ人手不足なのですから」

今日みたいなことにならないよう、これからもっと数を増やしていかないといけないのですよ？

本当にやめてください。

「冗談よ。でも、あなたは本当に欲しいわ。私より活躍していたじゃない」

「いえ。今回は、私のスキルと戦い方が向いていただけです」

あと、ユニス様の強化がなかったらここまで上手くいかなかったと思う。

途中から、強化の効果が切れてから本当にキツかったし。

「ふふ。あなた、凄く気に入った。戦争が終わったらちょっと相手してくれない？」

「それは光栄です」

「やった。よし。それじゃあ休憩はこの辺にして、次の仕事に向かうわよ！」

「はい！」

さて、次からの相手は今回みたいにいかないからちゃんと気持ちを切り替えないと。

勇者カイト……今回は絶対に負けないからね。

第十一話　次に向けて

「三人ともお疲れ様。怪我とかしてない？」

現在、俺は北の主要都市に派遣していた騎士たちを迎えに来ていた。

被害状況は先に聞いていたけど、それでも三人に怪我がないか見てしまう。

「はい。私たちは掠《かす》り傷一つありません。ただ、新人数人が怪我をしたので、リーナ様に治療していただきたいです」

「はい。任せてください。それでは、さっそく怪我した方々のところに案内してください」

「それじゃあ、私が」

アルマに案内されて行くリーナの背中を見ながら、俺はため息をついてしまった。

「はあ。死人が出なかったのは幸運でしかないな。本当、皆には無理をさせてすまなかった」

今後、こんな無茶はしないようにしないと。

相手がとても兵とは呼べない盗賊だったからよかったけど、これが十分に訓練されていた兵だったらここまで小さな被害で収まることはなかっただろう。

「いや……今回は仕方がなかったわ」

「そうだな。ただ、騎士の質を求めるのもいいが、これからは数も気にしないといけないな。時には、戦いには質よりも量が重要になることがある」

「うん。ギーレの言うとおりだね。戦争が終わったら方針を変えるよ。忠告ありがとう」

戦争が終われば王国のスパイを心配する必要もないし、求めるハードルを思いっきり下げても大丈夫だろう。

「ふん」

「反省会はこの辺にして、奇襲作戦をどうするのか話し合わない？　これから、私たちが行うのでしょ？」

「奇襲作戦……やるべきだと思います？　俺的には、当初予定していたメンバーを用意できない現状、あまりやりたくない」

「私たち三人がいれば、補給物資ぐらいなら焼けると思うが？」

「そうかもしれないが、確実一人か二人はカイトにやられる」

たぶん、相手に与える被害と同じくらいこっちも痛手を負うことになると思うぞ。

「私でもですか？」

リーナの案内を終えて戻ってきたアルマの表情には、不満と書かれていた。

そりゃあ、王国から帰ってからずっとカイトにリベンジする為に頑張ってきたわけだからな。

「ああ。そう簡単に負けることはないだろうが、勝つこともできないだろうな。勝率で言えば、6：4でカイトのほうが高いな」

若干でも相手のほうが強いなら、敵地で戦わないといけないアルマに勝ち目はないだろう。

「そうですね……奇襲はやめておきましょう」

「ああ。私も、無理をする必要はないと思うぞ。それに、魔法の有利を使うならやはりあの城壁を使うのが一番だろう」

「そうね。魔砲を壊せないのは残念だけど、その対策は後で考えればいいわ」

「まあ、といっても一応手は打ってあるんだけどね……」

あいつ、今頃上手くやってるかな？

SIDE：エドモンド

「はあ、やはり俺の作戦は筒抜けのようだ」

盗賊達が完敗したと聞いて、私は密偵《みってい》が軍の中に紛れ込んでいることを確信した。

まあ、それを前提に考えた作戦だから、特に痛くもないのだが。

「やっぱり、裏切り者が？」

「まあ、いるだろうな。王国は、こんな時でも足の引っ張り合いだ」

帝国の密偵だけじゃなく、帝国に寝返った貴族の騎士がいてもおかしくない。

だから、裏切りそうな貴族の騎士を順に前のほうに配置しておいている。

「本当。帝国に勝つ気があるのでしょうか……」

「さあな。まあ、こんな馬鹿どもの集まりだから、こんな戦争が成り立ってしまう」

真っ当な人間たちの集まりなら、こんな絶対勝てないような戦争を仕掛けたりしない。

「そうですね……」

「しょ、将軍!!」

「どうした!?」

騎士が慌てて前からやってきたのを見て、私はすぐに奇襲されたという考えに至った。

くそ。盗賊だけでは囮には不十分だったか。

「傭兵たちが引き返そうとしてます！」

「……はあ？　傭兵だと？」


「どけ！　道を開けろ！」

「そうだ！　俺たちはもう、お前らに手なんて貸さないぞ！」

「お前らも死にたくなかったら引き返すことだな！」

報告に来た騎士に案内され、傭兵たちの様子を見に行くと……報告どおり、傭兵たちは止める騎士達を押しのけながらでも引き返そうとしていた。

「おい。これはどういうことかな？」

「知るか！　お前らが俺たちを騙したのが悪い！」

騙した？　何を言っているんだ？

「はあ、下っ端では話にならん。お前らの頭を呼んでこい」

「俺ならここにいるぞ」

俺が呼ぶと、傭兵の頭が奥から出てきた。

盗賊みたいな野蛮《やばん》な見た目をしているが、装備がしっかりしている分盗賊たちよりも厄介だな。

「おい……これは契約違反ではないか？　契約を守らなくて、傭兵としてやっていけるのか？」

「いいや。これは契約違反ではないぞ」

「はあ……今、お前達がしていることは、何を持って契約違反ではないと主張するんだ？」

一回も戦わずに逃げる傭兵がどこにいるんだよ。せめて、一回くらい敵と衝突してから帰れ。

「契約の際に俺はお前に従う条件を三つ用意したはずだ。一つ、報酬《ほうしゅう》を前払いすること。二つ、お前が正しい指示を出すこと。そして三つ目……俺たちを捨て駒《ごま》にしないこと」

「ああ……それで、俺がお前達を捨て駒にしていると言いたいのか？」

くそ。思っていた以上に作戦が筒抜けじゃないか。

まずいな……。そうするつもりだっただけに、こいつらを納得させるのは難しいぞ。

「そうだ。現に、お前達は盗賊達を捨て駒として扱っただろう？　そして今、俺たちは盗賊達の代わりに最前列でお前達の盾にされているじゃないか。次は、俺たちなのだろう？」

「はあ……。俺はお前達に一から全て説明してやらないといけないのか？　いつ裏切るかわからない盗賊を騎士たちと同じ扱いをするはずがないだろ」

「お前の思惑なんて知るか。どう考えても、俺たちは捨て駒にされる。そう考えただけだ」

「はあ……。わかった。お前らは引き返せ」

「はい⁉　将軍！」

俺の一言に、部下たちが驚きの声を上げた。

「こんな奴ら、傍に置いといても、何をされるかわからん」

こいつらの中に間違いなく帝国の人間が紛れてる。

いや、もしかすると元々傭兵は帝国に雇われていて、ここで引き返して俺たちを混乱させるように命令されていたのかもしれない。

そう考えると、ここで無理に引き留めようとしても、損しか出ないだろう。

「ふん。言っておけ」

「将軍……」

傭兵たちの後ろ姿を見ながら、カイトが何か言いたそうにしていた。

まあ、これで俺たちは四千人。三分の一を失ってしまったわけだ。

文句の一つは言いたいだろう。

「仕方ないだろ。あいつら一応傭兵だが、普段やっていることはほとんど盗賊と変わらないんだぞ？

そんな奴らに、背中を任せられるか？」

「やはり……将軍は、あいつらを捨て駒として使うつもりだったのですね」

お、カイトも頭が回るようになってきたな。

背中を任せられないなら、囮や捨て駒として使う。

ただ、それができなくなったのなら一緒にいる必要はないだろうってことだ。

「ああ。最後に囮として使うつもりだった」

予定どおりに進んでいたら、彼らには俺たちと分かれて補給部隊を襲うように指示するつもりだった。

もちろん、補給部隊にあいつらが勝てると思っていないから、盗賊たちと同様に少しでも敵を引き寄せるための囮だった。

「だからって、二千の兵を諦めるのは……」

「あいつらの中に帝国の密偵がいると思うし、盛大に裏切られる前に捨てていったほうがいい。戦いのさなかに仲間割れが始まったら悲惨だぞ？」

今は二千を失っただけで済んだが、戦争中に裏切られたらその倍は兵を失うことになるだろう。

「そうですね……わかりました」

カイトも俺の考えを理解してくれたみたいだ。

「はあ、これでもう搦《から》め手《て》は使えない。後は、正面から削り合うしかなくなってしまった……」

正直、もうほとんど勝ち目は残っていないと言っても過言ではないだろう。

俺たちに勝ち目があるとしたら、どれだけ上手くカイトを使えるのかってところだな。

最悪……使いたくないが、あの手も使わないといけなくなってしまうかもな。

第十二話　覚悟

「よしよし。上手くいった。戦わずして、敵を三分の一も減らせたのは大きいぞ」

傭兵たちが王国騎士たちから離れていくのを眺めながら、俺はぐっと拳を握りしめた。

やっぱり、あの傭兵たちは盗賊に毛が生えた程度の奴らだったんだ。簡単に抜け出してくれて助かった。

あとは、盗賊退治を終えた騎士たちに傭兵たちを処分してもらえれば完璧だな。

タイミングとしては、明日にも兄さんやベルノルトのところに盗賊たちが到着するみたいだし、三日後の夜に傭兵たちの寝込みを襲おう。

「凄いですね。バルスさん」

「そうだな。本当、あいつは俺のところに来るまで何をしていたんだ？」

今回、バルスは傭兵に紛れ込んで、一人だけで二千もの傭兵たちを操ってしまった。

そんなとんでもない奴が俺のところに来るまで何をしていたのか、非常に気になるところだ。

「どこかの国でスパイとして雇われていたのでしょうか？」

「王国にあんな優秀な奴がいたとは思わないし、教国で雇われたのかもしれないな。あそこ、権力争いに手段を選ばないし」

リーナの話を聞くに、平気で家族を暗殺するような国だからな。

暗殺者やスパイのレベルは帝国よりも高そうだ。

コンコン。

「失礼します。あ、何か大事なお話をしていらっしゃいましたか？」

バルスの出身について考えていると、エルシーがドアから顔を覗かせていた。

「単なる世間話だから気にしなくて大丈夫だよ。それより、冒険者のほうは揃えられた？」

「はい。全ての商会から許可を頂けました」

「おお、それはよかった。魔銃と魔石のほうは？」

「はい。今、魔銃は帝都の職人たちが徹夜で生産してくださっています。魔石のほうも、街にいる全ての魔法使いを総動員できたので、思っていた以上にたくさんの魔石を用意できそうです」

思っていた以上だな……。俺たちが盗賊の相手をしている間に、ここまで根回しをしてくれるとは。

「この短時間でそこまでの成果を上げるなんて本当に凄いな。エルシーには、頭が上がらないよ」

「そうですか？　それなら、落ち着いたらデートでもしてください」

「もちろん。喜んでするよ」

「ふふふ。その言葉を聞いたら、またやる気が出てきました」

「それはよかった。無理はしないでね」

「心配しなくても大丈夫ですよ。ちゃんと適度に休んでいますから」

「それならいいけど。ふう。傭兵の成果に加えてエルシーのおかげで……相手の力を削《そ》ぎつつ、俺たちは万全の準備が整えられた。これで、ほとんど俺たちが負けることはないだろう。負けるとしたら……」

「『負けるとしたら？』」

「俺がカイトに殺されることくらいかな」

この戦争で残された、負ける可能性としたら、これだけだろう。

「え？　それは……」

「縁起でもないことを言わないでください。レオ様には、私が指一本触れさせませんのでご安心を」

俺の何気ない一言に、エルシーは言葉を失い、ベルは力強く俺の手を握ってきた。

ちょっと……いや、めっちゃ手が痛いけど、これは心配させちゃった罰だな。

「そうだな。まあ、頼りにしているよ」

「はい。任せてください！」

とは言ったものの、そのときになったらベルに戦わせるなんて俺にはできないだろうな……。

「おい！　レオはいるか！」

「お待ちください」

「ん？　何か揉めているのか？　というか、この声は……」

俺は慌てて部屋から出た。

「師匠！」

「レオ！　ここにいたのか」

「師匠、どうしてここに？」

いつかは戦争のことを嗅《か》ぎつけてここに来るとは思っていたけど……やっぱり来た。

「そりゃあ、馬鹿息子の借りを返すためさ。帝都の職人たちに聞いて、急いで飛んできた」

「えっと……。これからやれることって限られていまして……師匠には魔銃の大量生産を頼んでもいいでしょうか？」

「もちろん構わないが……」

俺の提案に、師匠は不満そうな顔をした。

そりゃあ、ゲルトをぶん殴《なぐ》るつもりで来たわけだからな。

「すみません。今回、ゲルトは戦争に参加していないみたいなんです。もしかしたら、何か企んでいるのかもしれませんが、王国に残っています。ですから、ゲルトと決着をつけるのは戦争が終わってからにしませんか？」

「ああ、そういうことならわかった。今回は、魔法具で戦争に貢献《こうけん》するとしようじゃないか。それで、工房はどこにある？」

ふう。なんとか納得してもらえた。

でも正直、師匠が来てくれて助かった。魔銃はあればあるほどありがたいからね。

「すまないけどエルシー、師匠を案内してくれる？」

「もちろんです。ホラントさん、ついて来てください」

「おお～。エルシー、見ない間に随分と美人になってしまったな」

そういえば師匠、エルシーと会うのは久しぶりか。

ずっと自分の店に籠《こ》もっていれば会う機会もないし。そりゃあそうだな。

「そうですか？　ありがとうございます」


「やっぱり来たな」

師匠の後ろ姿を見て、俺は思わずそんなことを言ってしまった。

「でも、これで魔銃の心配はなくなりましたね」

「そうだな。あと俺ができることは……待つことだけだ」

「はい。レオ様は十分働きました。あとは、ゆっくりと体を休めておいてください」

そんな心配しなくてもいいのに。まあ、素直に従っておくか。

「わかったよ……。それじゃあゆっくりしながら、魔石に魔力を注いでいようかな。ベルも一緒にどう？」

「相変わらず休もうとしませんね……。まあ、それくらいなら構いませんが」

それから、俺たちはイチャイチャしながら魔石に魔力を注いでいた。

ＳＩＤＥ：カイト
「この調子で行ったら、到着まであとどのくらいですか？」
現在、傭兵たちもいなくなり、出発したときに比べて随分と少なくなってしまった仲間たちと全速力でミュルディーンに向かっていた。

将軍としては、盗賊たちと戦っているレオの騎士たちが戻る前に到着したいらしい。

「三日で着きたいところだが……四、五日といったところかな」

「いよいよですね」

早くて四日後、ついに最終決戦が始まるのか。

「ああ。いよいよだ。期待しているぞ。勇者」

「できる限り頑張りますよ」

「いや。できる限りでは困る。お前には、死んでも活躍してもらわないと」

「はい？」

死んでも……？

「本当はこの手を使う気はなかったんだが……仕方ない。もう、俺たちに残された手段は一つだけになってしまったからな」

「ど、どういうことですか？」

もしかして……この人、盗賊や傭兵たちと同じように俺を囮として使うつもりなのか？

「今、お前の愛する姫様は人質になってもらっている」

「いや……嘘だ」

エレーヌの護衛には、アーロンさんがついている。

あの人は、今の剣聖《けんせい》相手でも負けることはない。

「嘘じゃないさ。今頃、姫様はゲルトが用意した爆弾の部屋に監禁されているだろうよ」

ゲルトさん……。くそ。将軍は、このためにゲルトを王都に置いてきたのか。

「そこまでしないといけなかったのですか？」

「お前は勘違いしている。俺は、国の為とか世界の為に頑張れる正義の味方ではない。自分が生き残るためなら、平気で他人を蹴落とすし、利用する」

「でも……今回、負けたとしても……」

「お前は生き残れるかもしれないな。だが、俺はこの戦争の責任者だ。負けたら馬鹿な戦争を仕掛けた王国の責任者として殺される」

そういうことか……。くそ！　これ、何て言えばいいんだよ。

「……だとしても、エレーヌを人質に取るなんて」

「ああ。ここまでしないと、お前は本気を出さないだろ？　レオンスと裏で仲良くなってしまったんだからな」

なんだと……俺たちが裏でやっていたことがバレていた？

「はっ。やっぱりな。そんな気がしていたんだよ」

「そ、そんなことしなくたって本気を出す！」

鎌《かま》をかけられ、俺の言葉にどんどん余裕がなくなってきた。

くそ。もう、どうしようもないのか？

「そんな言葉を信用するはずがないだろう」

「……」

何も言葉が思いつかない。

「本当は、首輪の力を使って無理矢理戦わせるつもりだったんだけどな。それができなかったから、俺は違う手段でお前を本気にさせたんだ」

「……」

将軍に指摘されて、俺は自分の首に手を持っていった。

この世界に来てからずっと着けている隷属《れいぞく》の首輪。ゲルトさんに壊してもらってからは、単なる飾りになっていた首輪。

これを壊していなければ……エレーヌが危険になることはなかったのか？

俺は死んでしまうかもしれないが、エレーヌは助かったかもしれない。

「もう今回の戦争は、お前が敵の大将であるレオンスの首を取る以外で勝つ手段はないのだよ」

「だからって……」

「恨みたければ思う存分恨めば良い。お前が負ければ俺も死ぬ」

「くそ……」

「ということで、勇者の底力に期待しているぞ」

俺から離れていく将軍の背中に剣を飛ばすのをなんとかこらえ、俺は次の戦いのことに意識を向けた。

どうにかして……レオに勝たないと……。

第十三話　決死の穴

遂に、決戦当日。

俺は自分で創造した城壁の上から、王国軍が向かってきているのを確認していた。

周りを見渡すと、俺が設立した学校を卒業したばかりの魔法使いたちと魔銃を構えた冒険者たちが今か今かと開戦の合図を待っていた。

今日の戦いはお前達に掛かっているんだ、頼んだぞ。

「もうすぐだな」

「はい。もうすぐ始まりますので、レオ様は安全な場所まで下がっていてください」

「わかったよ。スタン！　あとは頼んだ！　何かあったらすぐに念話《ねんわ》してくれ！」

絶対に俺を危ないところにいさせないというベルの念押しに苦笑いしつつ、俺は隣に立っていたスタンの肩をポンポンと叩いた。

「了解しました！　レオンス様、お城から安心して見ていてください。きっと、私たちだけで王国を倒してみせますから！」

「よろしく頼むよ」

スタンの熱い返事に頷きながら、俺は城に転移した。

「さて、王国はどう出てくるかな？　うん……馬鹿正直に正面から来るとは思えないし」

スタンたちの前で自信満々を装ってきたが、実はそこまで絶対に勝てる状況ではなかった。

その理由は二つあって、思っていたよりも速い王国の進軍スピードに、ヘルマンやベルノルトたちをこちらに連れてくる時間がなかったこと。

本来なら、昨日にも傭兵を片付けて騎士たちをミュルディーンに運ぼうと思ったが、王国がそうさせてくれなかった。

これだけでも不安になってしまうけど、二つ目のほうはもっとやばい。

二つ目、盗撮をしていたネズミたちから反応がなくなった。

とても不気味すぎる。どうやって王国がネズミを見つけることができたのか、それができたのにどうして今まで放置していたのか……。

どうも、俺の命を狙っている転生者が王国の陰に潜んでいるような気がする。

「不安ですか？」

「そ、そんなことないさ。もしかしたら、ネズミもゲルトが何かしら魔法具を発明していたのかも」

まあ、それはそれで不安材料になってしまうんだけどな……。

おっと、もう始まるんだ。気持ちを切り替えないと。

「そんな不安な顔をするなよ。圧倒的に有利な状況だってことは変わらないんだから。むしろ、これまで相手の作戦を知られたのが異常だったんだよ」

「そう言うなら、レオ様も不安な顔をやめてください。今から、シェリーさんたちも戦うのですよ？」

「そうだな。ふう。大丈夫、俺たちなら勝てる」

そう自分に言い聞かせて、俺はモニターに目を移した。

ＳＩＤＥ：シェリー
王国兵たちがこちらに向かってくるなか、私はルーとの適当な会話で緊張を和らげていた。
「あれ、何人くらいいると思う？」
「うん……両手で数えられないくらいはいると思うよ」

「そんなの、見ればわかるわよ。レオの言っていたとおり、四千人ってところかな」

距離が遠くて人が小さく見えるからか、思っていたよりは多くは感じなかった。

あれなら、私の魔法でほとんど倒せてしまえそうね。

「いい？　ルーは攻撃したらダメだからね？」

「もちろん。私はシェリーが危なくなった時にだけ手を出す！」

そう言って、ルーが破壊魔法を使うときによくやる手を振る動きをして見せた。

まあ、首輪の力でレオの不利益になるようなことはできないし、そこまで心配する必要はないかな。

「総員、攻撃の準備をしろ！」

スタンさんの合図に、私は杖《つえ》を王国の兵士たちに向けた。

「遂に来たわね……」

目標は、兵たちの中心にあるあの魔砲……。

「撃て！」

スタンさんの合図と共に、私は自分の中で最大火力の雷魔法を飛ばした。

それと同時に次々と大小さまざまな魔法が王国兵に向かって飛んでいった。

そして……たくさんの魔法が直撃すると、王国兵たちの大きな悲鳴と大きな砂煙が発生した。

「うわ～。シェリー、流石の火力だね」

「ありがとう。でも、まだまだ敵が残っているわ」

ルーの賞賛に応えつつ、砂煙の中から飛び出してきた兵たちを見て、私はもう一度杖を構えた。

まだ、魔砲は壊れてない……。

SIDE：カイト

「死んでも魔砲を守れ！　壁に穴を開けないことには、始まらないぞ！」

魔砲攻撃を掻い潜りながら、俺は魔砲を運んでいる兵士たちを鼓舞し続けていた。

この人たちに頑張ってもらわないと、俺の戦いは始まりすらしないんだ。

「くそ！　どうして魔法使いがあんなにいるんだよ！」

「あの雷魔法、一回で数百人は死んでるぞ！」

「誰か助けてくれ！」

周りからそんな痛々しい報告が聞こえてくるが、俺たちは構わず進み続けた。

「くそ！　まだ射程に入ってないのか?!」

飛んでくる魔法を斬撃で消しつつ、魔砲技師に声を飛ばした。

この無理矢理な進軍は、あまりにも無理がある。そう長くはもたないぞ……。

「は、はい！　あと少し近づかないと、狙った場所に当たりません！」

「あとどのくらいだ？」

「あ、あと二百メートルは近づかないと……」

「わかった」

二百メートル……いつもならすぐの距離でも、今日は随分と遠く感じるな。

そうこうしているうちに、またあの特大雷魔法が飛んできた。

あの魔法……一体誰が撃っているんだ？　帝国は魔法国家だが……あそこまで大きな魔法を使える

としたら、魔導師様？

それか、シェリーさん？　いや、流石にあのレオが自分の大切な人を戦場に置いたりはしないだろう。

そう思いつつ、俺は空中で電気の塊《かたまり》を受け止めた。

相手の最大火力が雷魔法で本当に助かった。もし違っていたら、今みたいな電気魔法での無効化ができなくて、もう既にやられていただろう。

「ここからならいけます！」

「よし。すぐに発射準備に移るんだ！」

「は、はい！　あ、こ、こ、こっちに飛んできたぞ！」

「うわあ～～～」

「ちっ。慌てるな！」

相手も俺たちが射程範囲内に入ったことに気がついたみたいだ。

さっきまで以上にたくさんの魔法が飛んできた。

くそ……これ、いけるのか？

不安になりながらも、光の盾と斬撃でどうにか初撃を防ぎきった。

「た、助かりました……」

「いいから早く撃つ準備をしろ！」

そう何回も同じ事をできる気はしない。だから、早く壁に穴を開けてくれ。

「は、はい！　発射!!」

ドン！　と大きな音を立てて発射された特大魔法は、綺麗に壁と衝突した。

「やっぱり、一発で穴を開けるのは無理か……。すぐにもう一発撃て！」

少し抉《えぐ》れた程度の壁を見て、すぐに俺は次の指示を出した。

「は、はい！　あ、ああ……」

「相手からの攻撃は気にするな！　俺が全て斬る！」

とは言ったものの、もの凄くキツいな……。この後の戦いを考えなければ、すぐにでも限界突破を使いたい。

そんなことを思いつつ、俺はなんとか二撃目を防いでみせた。

「あ、ありがとうございます！　次、発射!!」

「あと一発では無理そうだな……。おい！　あと何発撃てる？」

二回目の攻撃で確実に穴は深くなったが、あと一回で穴を貫通させるのは難しそうだ。

「あ、あと一発です。た、ただ……魔石を交換すればもう三発は撃てます！」

あと四回か……。

「魔石を交換するにはどのくらいの時間がかかる？」

「ご、五分はかかります」

「ちっ。それじゃあ、もう一発撃ったらすぐにお前らは大砲を捨てて逃げろ」

五分も魔砲を守るのは無理だと判断した俺は、技師たちにそんな指示を出した。

失敗したら終わりだが、ここはもう博打《ばくち》を打つしかないだろう。

「壁はどうするのですか？」

「そんなのはいいから早く撃て！」

そう言って、俺は壁に向かって全速力で走った。

「は、はい！　すぐに発射しろ！」

背後から頭上を魔法が通り越し、城壁をさらに削った。

やっぱり、貫通できなかったな。

「だが、博打には勝てた！　このくらいの厚さなら……俺の剣でも穴は開けられる！」

俺は薄くなった壁を斬撃で切り込みを入れ、勢いに任せて蹴り破った。

そして、俺は城壁の内側に踏み入れることに成功した。

レオ、待っていろ……今から俺が行くからな！

第十四話　大切な人の為に

SIDE：スタン
俺は十代を教国で傭兵として過ごしていた。

あの国は常に内乱状態で、暗殺者や俺みたいな傭兵の需要《じゅよう》がとても高かった。

傭兵としては最強と言われるくらいの実力を持ち、教国の精鋭である聖騎士に何度もスカウトされるくらいの実力はあった。

スカウトは……まあ、全て断っていた。俺は元々、誰にも縛られず自由に生きたいという考えの人間だった。だから、貴族や教皇の騎士になって、戦いたくもない相手と戦うのはまっぴらごめんだった。

傭兵なら、自分が戦いたい相手、場所、時間を選ぶことができる。

ただ……そんな生き方は、あまり傭兵としてはよくなかったみたいだ。

俺はあまりにも味方をころころと変えていたせいで、気がつけば教国に味方は誰一人としていなくなってしまっていた。

それだけでなく、多くの貴族が俺を裏切り者として指名手配を出してしまった。

いくら俺でも、国が相手では勝ち目がない。

教国で生きていけなくなってしまった俺は、名前をブルーノから今のスタンに変えて帝国に逃げることにした。


傭兵の需要がない帝国に入ってからは、冒険者として生きていた。

冒険者としての生活は……持ち前の力で生きていくのに困らないくらいの金を稼ぐことはできていた。

ただ、傭兵のときに稼いでいた金額に比べれば本当に少なかった。

今思えば、冒険者としては十分稼いでいるほうだったのだろう。それでも、少し前まで大金を稼いでいた俺からしたら、自分はとても質素な生活を強いられていると感じていた。

そんな時、最近貴族になったミュルディーンが破格の報酬で騎士を募集しているという情報が耳に入った。

もう、傭兵のときの考えなどどうでもよかった。

変なプライドよりも、金のほうが何倍も大事だと気がついたからな。

そんな不純な理由で、俺はミュルディーン騎士団の入団試験を受けた。

あの日のことは今でも忘れない……。

午前中の面接試験、俺は傭兵の時に培《つちか》ってきた貴族相手の交渉術を見せてやろうと意気込んでいた。

案内された椅子に座って試験官と目が合うまでは……。

傭兵や冒険者という男の世界には絶対いない物静かで知的な女性……そんな初めて出会うタイプのフレアに、俺は心を奪われてしまった。

面接で何を話したのかは、特に覚えていない。

気がついたら、午後の実技試験だった。


実技試験では、少しでもフレアにいいところを見せようと挑んだ。

まあ、結果は完敗だった。

俺の攻撃は一切団長には通じず、簡単に倒されてしまった。

初めて挫折《ざせつ》というものを味わった。

そして、自分を厚く覆っていた驕《おご》りという名のメッキが剥《は》がされたような気がした。


騎士団に入団してからは、傭兵のときの変なプライドや金のことなど頭の中から捨て、強くなりたい一心で修行を重ねた。

無属性魔法に始まり、土魔法、風魔法……それらを交ぜた剣術、使えそうなものは全て自分のものにした。

そして、開催された第一回騎士団最強決定戦。

俺は今度こそ、フレアにいいところを見せようと張り切っていた。

ライバルは多い。騎士団最強の三人組の他にも、我が騎士団は選《よ》りすぐりの強者しかいない。

いつ、誰に負けてもおかしくないのだ。

予想どおり、予選から大波乱となった。

魔法が使える俺は集中的に狙われ、終わったときの感想は『なんとか生き残れた』だった。

予選の結果を受け、気を引き締めて挑戦した一回戦はそこまで苦戦しなかった。

問題は、二回戦で当たったケルだ。

元々、最強三人組と並んでベスト4に入れるのはケルと多くの騎士たちが予想していた。

それくらい、当時のケルは波に乗っていた。

だからこそ、ケルに勝てたときは本当に嬉しかった。

嬉しくてつい、レオ様の近くに座っていたフレアに向かって『やったぞ!』という顔を向けてしまった。

急に目を向けられて驚いていたけど、フレアはにっこりと微笑んで拍手してくれた。

あの微笑みだけで、俺の疲労なんてどこかに飛んでいってしまった。

まあ、そのあとヘルマンにボコボコにされてしまったんだが。


そして……あの最強決定戦の次の日、レオンス様に剣を造ってもらうために団長と城へと来ていた時だった。

たまたま、本当に偶然、フレアと廊下《ろうか》ですれ違ったのだ。

あちらも俺たちに気がついて『昨日はお疲れ様でした。二人とも、凄く格好よかったですよ』と声をかけてくれた。

そしてあのとき……あまりの嬉しさと、このタイミングを逃したら次の機会はいつになるかわからない！　という焦りに血迷い、団長がいることを忘れて盛大に告白してしまった。

今思えば、普通は気持ち悪がられて断られて終わっていてもおかしくなかっただろう。

そうならなかったのは、フレアが優しかったからかな。

『すぐにお付き合いすることはできませんが……今度、二人でお食事するくらいなら良いですよ』

そう言ってもらえたときは、断られなくてよかったという安心感と食事に誘ってもらえた嬉しさで、すぐにでも泣いてしまいそうだった。


それから、フレアを団長に勧められた高級レストランに招待し、なんとかお付き合いしてもらえることになった。

レストランでどんな話をしたのかは……緊張のせいであまり記憶にないんだよな。

俺の傭兵時代の武勇伝《ぶゆうでん》を話した気がするんだけど。いつの戦いについて話したかは覚えていない。

傭兵時代に敵陣で孤立したときでも、あそこまでの緊張感は味わえなかったな……。

これから、あんなに緊張するような出来事はないだろう。

そう思っていたのだが……。

勇者を前にしたときの緊張感は、あのときにも負けないものだった。

数分前……

「おい！　穴を開けられてしまったぞ！」

「や、やばい！　今、勇者に勝てる騎士はいないぞ！」

勇者に城壁を突破されてしまったことに、俺を含めた魔法騎士や冒険者たちに動揺と混乱が巻き起こった。

勇者があそこまで魔法を凌《しの》いでしまうとは思わなかった。後半なんて、シェリア様の攻撃も合わせた集中攻撃だったにもかかわらず、魔砲を壊すことはできなかった。

これは……どうするべきだったんだ？

「いや。今はそんなことを考えている時間はない！　総員！　壁の外にいる奴らに攻撃を続けろ！いいか⁉　絶対、勇者以外一人も入れるんじゃないぞ！」

我に返った俺は、急いで攻撃を再開するように指示を飛ばした。

そして、私の声を聞いた部下たちは皆、ハッとして俺のほうを見てきた。

どうやら、数人俺の考えていることがわかったようだ。

「ゆ、勇者のほうは……」

「心配するな！　俺が戦う！」

「そ、そんな！　いくら団長だと言っても、流石に無茶です！」

「無茶でも行くしかないだろ！　全ての責任は俺にある。まあ、これでもミュルディーン騎士団で四番目の男だ。心配する必要はない」

俺が戦わなくて誰が勇者と戦うというのだ。

まさか、総大将のレオンス様と戦わせるわけにはいかない。

「は、はい……ご武運を」

「おう」

部下たちの心配そうな表情に背を向け、俺は勇者と戦う為に城壁を飛び降りた。

ふう。フレアも見ているんだ。ここでかっこ悪い姿なんて見せられない。

「よし。思っていたとおり、混乱しているな。相手が混乱している内に、俺はレオのいるところに……」

「行かせないぞ」

なんとか間に合った。俺は、再び走り始めようとしていた勇者の進行方向を妨げるように着地した。

「お前は？」

「スタンだ。ミュルディーン魔法騎士団団長だよ。ここは、死んでも通さない」

そう言って、俺は剣を抜いた。

レオンス様に頂いた特別な剣だ。これがあれば、不意打ちの一つや二つ決まってくれるだろう。

「悪いけど……僕も大切な人の命がかかっている。絶対に通らせてもらうよ」

「そうか」

そんなのは、戦争では当たり前のことじゃないか。

こっちも大切な人を守る為に戦っているんだ。そんなのを聞いて、手加減をするはずがないだろう。

まあ、誰かを守る為の戦争なんて俺も初めてなのだが……。

そんなことを考えながら、俺は牽制《けんせい》程度に魔法を飛ばした。

もちろん。勇者には光の盾で全て防がれてしまった。

「やっぱり、あの盾が面倒だな。不意を突かないと」

「誰の不意を突くって？」

「ちっ」

目に見えない速さで近づいてきた勇者をなんとか、土魔法で壁を造ることで回避した。

なるほど、これは速いな。

「今ので、倒せないのか」

逆に今の手を抜いた攻撃で俺を倒せると思ったのか？

ふん。随分と舐《な》められたもんだな。

「お前よりもっとズルいスキルを持っていて、お前と同じくらい速い奴と普段から訓練しているからな！」

なんなら、アルマのほうがこいつよりも動きが変則的だからやりづらい。

勇者は、圧倒的なステータスにまだ剣術が追いついてない感じがする。

まあ、といっても格上であることは変わりないのだが。

「いや、これはまだ本気じゃないよ」

「そんなのことは知っている！」

勇者が斬撃を飛ばしたのに合わせて、俺も斬撃を飛ばした。

「お前も……」

「俺はこれだけじゃないぞ！」

お前も斬撃を飛ばせるのか？　という質問に、剣を地面に刺して答えた。

「ゴーレムを召喚できるのか……」

そう。俺の剣は、地面からオーク並の巨大なゴーレムを作り出すことができるのだ！

「でも、こんなのが増えたところで結果は変わらないよ」

「果たして、本当にそうかな？」

ゴーレムを斬った勇者に向かって、俺はニヤリと笑った。

「な、なんだこのゴーレムは」

「特別製のゴーレムなんでね。弱点を探しても意味がないぞ！」

このゴーレムは剣が壊れない限り死ぬことはない。

不死身のゴーレムなら、勇者相手でも盾役として十分だろう。

「そうか。なら、召喚者を倒すだけだ」

「やれるもんならやってみな！」

ゴーレムを諦め、俺のほうに向かってきた勇者を土魔法で地面を持ち上げたり陥没《かんぼつ》させたりして上手く避ける。

いくら足が速かろうと、地面が不安定では上手く走れまい。

勇者は斬撃を飛ばす以外に遠距離による攻撃方法はない。だから、近づけさせなければ、いつかは勝てる。

「本当に厄介な相手だな」

「そんなことを勇者様に言って頂けるなんて光栄だな！」

今度は俺の番だ。

魔法を飛ばして光の盾を正面に集中させ、下から土魔法で勇者を打ち上げ、上で待ち構えていたゴーレムによって思いっきり地面に叩きつけた。

「くっ」

「ここまでしてやっと一発か」

だが、この一発は流石に効いただろう。

「……肋骨《ろっこつ》にひびが入った気がする」

「それは嬉しい報告だな。この調子で、お前を戦闘不能にしてやる」

「いや、もう油断しない」

「は？」

気がついたら勇者が後ろにいて、俺の体から血しぶきが上がっていた。

くそ……十倍速は目でも追えないいか。

「やっと一人……この調子で俺は大丈夫なのか？　いや、そんなことは考えないで次に進もう」

「ま、待て……」

倒れ込み、もう体にほとんど力を入れられない俺は、勇者に向かって手を伸ばすことしかできなかった。

「本当にあなたは凄いな。ここまで強い相手は久しぶりだった」

「くそ……」

レオンス様、すみません。それと、フレア……かっこ悪くてごめんな。

ＳＩＤＥ：レオンス

「いやあああ！」

フレアさんが普段の冷静な姿からは考えられないような声と声量で、悲鳴をあげていた。

「フレアさん、落ち着いて。まだスタンは死んでいない。おい！　急いで、リーナをスタンのところに派遣させろ！」

フレアさんをなんとか落ち着かせつつ、俺は指示を飛ばした。

頼む。スタン、生きていてくれ。

「くそ……カイト、随分と本気じゃないか。あいつ、どうしたんだよ」

カイトなら、人を殺すのは躊躇《ためら》うだろうと考えていた自分を今すぐにでも殴りたい。

だが、今はそんなことをしている時間はない。今すぐ、俺がカイトを止めないと。

「待ってください。レオ様は絶対に出てはいけません！」

俺が城から飛び出そうと席を立つと、ベルに凄い強さで止められた。

「なら、誰があいつと戦えるというんだ！……スタンがやられてしまったんだぞ！」

これが八つ当たりなのはわかっている。でも、怒鳴らずにはいられなかった。

「それでも、レオ様が戦うのは最後の手段です。レオ様は、ここで見ていてください」

俺を無理矢理座らせたベルは、にっこりと笑うと俺に背を向けた。

まさか……。

「おい、ベル！　何を考えているんだ！」

カイトと戦おうとしていることに気がついた俺は、すぐに止めようと立ち上がろうとした。

そんな瞬間、モニターから一人のおっさんの声が聞こえてきた。

『おい。坊主、ここから先には行かせないぞ』

「「え？」」

「お、おい。し、師匠がどうして……」

モニターに目を向けると、重そうな鎧を装備している師匠が立っていた。

ＳＩＤＥ：ホラント
全ての住民が地下市街に避難している中、俺は工房から爆発音が響いている城壁に目を向けていた。

どうやら……懸念していた魔砲によって、壁が少しずつ削られているようだ。

はあ、ゲルトの奴もまだまだだな。俺なら、一発であの壁をぶち破れる。

とは言っても、連発ができるというのは褒めても良いな。

ただ、連発ができたとしても壁に穴を開けるよりも早く、魔力が尽きるだろうな。

魔砲は一機だけなのだろう？　それなら、王国があの壁を突破するのは無理だ。

そんなことを考えていると……壁に三本の切れ目が走り、一人の男が壁を蹴り破ってきた。

「なるほど……威力が足りない分は勇者に頼ったか」

よく考えているじゃないか。

あの分厚い城壁を突破するとは、恐れ入った。

「おっと。賞賛している場合ではなかったな。こうなったら、俺が勇者を止めなくては」

部屋に立てかけてあった鎧を急いで装着し、急いで勇者の所に向かった。

「くそ……一人、やられてしまった。噂どおり、今代の勇者は凄い速さだな」

鎧を装着している間に、一人の騎士が勇者に斬られてしまった。

いい一撃を入れられたものの、最後のあれはどう頑張っても防ぎようがなかったな。

「この鎧でも、一撃耐えられるかどうかだな」

この日の為……ではないが、これまで全ての時間を費やして作った俺専用の鎧と大剣。

これ以上ない出来であるという自信がある。これなら、絶対勇者にも勝てる。

そう自分に言い聞かせ、俺は勇者の目の前に立ち塞《ふさ》がった。

「その剣と鎧……バカ息子が作ったのか？」

俺なら一目見てわかる。勇者の身につけている物は、ただの鎧と剣ではなかった。

あいつ……仕事が雑だな。もっと、効率よく魔力を使えるだろう。

「バカ……息子？　あなた、ゲルトさんのお父さんなのですか⁉」

「ああ。そうだよ」

「そうですか……すみません。ゲルトさんにはとてもお世話になっているんです。あなたを傷つけたくありません。どうか、退《しりぞ》いてくださいませんか？」

はあ？　本気で言っているのか？　いや……この申し訳なさそうな顔は本気だな。

だが、

「断る！」

「ど、どうして……あなたは魔法具職人なのでしょう？　戦う必要はないじゃないですか！」

「戦う必要はあるんだよ。俺は息子が犯した罪をこの身で償うと決めたんだ。ここで死のうと構わない！」

「ゲルトさんが犯した罪……帝国でたくさんの人を殺したことですか？」

少しは勇者も、あいつが何をやらかしたのかは知っているみたいだな。

ただ、情報が不十分だ。

「単に兵士を殺したのとは訳が違う。あいつは、何の関係もない女子供をたくさん殺した。しかも、殺し方が爆発と呪いというとても残虐《ざんぎゃく》なものだった……。いいか？　あいつは裁かれないといけない人間なんだよ」

あいつがやったのは単なる殺しなんかじゃない。この世で最も許されないことをあいつはしたんだ。

あいつがやったことをやっと理解したのか、勇者の顔からショックを受けていることがすぐに見て取れた。

「そ、そんな……。あのゲルトさんがそんなことをしていたんだなんて」

「それで、ゲルトの罪に免じてお前が退く気にはなったか？」

「……いや。俺も大切な人の命がかかっているんだ」

「そうか。なら、来い」

勇者が剣を抜いたのを見て、俺も背中の大剣を抜いた。

鎧による助けがなかったら、こんな大剣を振り回すなんてとても無理だった。

魔石をくれたレオには、本当に感謝だな。

そんなことを考えながら、俺は勇者に剣を振り下ろした。

どうやら勇者は、俺と力勝負をしたいみたいだ。俺の剣を受け止めてくれた。

正直、速さの勝負では勝ち目がないからありがたい。

「ぐっ……なんて力だ。それに、どうして俺の攻撃が効かないんだ？」

攻撃というのは、この雷のことか？

それなら残念、この鎧には相手の魔法による攻撃を全て魔力に変換して、吸収してしまう機能がついている。

「どうだ。俺の人生を全て詰め込んだ最高傑作《けっさく》は？」

「……とても凄いです。ゲルトさんのお父さんだってことも頷けます」

本当、ゲルトは勇者に慕われているんだな。

王国では、少しでも罪を償っていたのか？

「あのバカ息子は今、王国で何をしているんだ？」

「……」

答えないということは、そういうことだな。

勇者の話を聞いて、少しでも期待した俺がバカだった。

「やはり、碌《ろく》でもないことをしているみたいだな」

「そ、それは、隷属首輪で仕方なくやらされているだけで……」

「はあ、あいつはまた人様に迷惑をかけているんだな」

「……そんなことないです。僕は……この世界に来てからたくさん彼に助けてもらいました。この首輪の効果を消してくれたり、僕の為に鎧や剣を作ってくれたり……とにかく助けられました。ゲルトさんがいなかったら、僕はここまで来ることはできなかったと思います」

まあ、あいつなりに少しはいいことをしていたらしいな。だが、それはあいつがやったことに比べれば、誤差の範囲だ。

「そうか。何と言われようと俺は自分の考えを曲げないし、ここは通さないぞ」

俺は、起動装置に魔力を流し、鎧の力を解放した。

「きゅ、急に力が強くなった」

「ふははは。これが俺にとって最後の戦いだ！　勇者と戦って死ねるなんて、これ以上になく光栄だな！」

勇者の苦しい顔を見て高笑いしながら、更に力を強めた。

この鎧の最終奥義、自分の生きる力を使って限界まで身体能力を高めるというものだ。

要するに、寿命を削って強くなれるという機能だ。

俺の寿命が何年残っていたかは知らねえが、勇者を叩き切るには十分だろ！

俺は一度剣を持ち上げ、もう一度勇者に振り下ろした。

そして、転げるように避けた勇者を思いっきり蹴り飛ばした。

流石の勇者でも、今の蹴りをもらったら歩くことすらできないだろう……。

そう思ったのだが、勇者はふらふらになりながらも立ち上がった。

「ちくしょう……。もう、これ以上は使いたくないのに」

「何を使いたくないぃ……ぐぅ」

気がついたら、俺は倒れていた。

後から来る頭痛に、頭を殴られたことがわかった。

こいつ……わざと俺を殺さないようにしたな？

「はあ。また、使わされてしまった。レオとは、なるべく早く決着をつけないといけないな」

「何を言っているかはわからないが、まだ俺は戦えるぞ」

朦朧《もうろう》とする意識を気合いで立て直し、俺はもう一度勇者に剣を向けた。

「嘘だろ……」

「来ないなら俺から行く」

俺は最後の力を振り絞って、勇者に向かって剣を振り下ろした。

「くそ。俺はあなたを殺したくない！」

「そんなこと知るか～～～!!」


ガッダン!!

渾身《こんしん》の一発は、地面を抉っただけだった。

勇者は……背後にいた。

「わかりました……残念です」

ああ、俺もこれで終わりか。

斬られることを覚悟して、俺は目を瞑《つむ》った。

カキン！

「お師匠様、お疲れ様です。私が代わります」

剣同士がぶつかり合う音と聞き覚えのある声に、俺は驚きつつ振り向いた。

そこには……獣と人が交ざったような……メイドがいた。

「その声……レオのメイドだよな？」

ああ。そういえば、獣人族だったな。

凄いな。獣人族というのは、こうやって自分の体を強化できるのか。

「はい。ちょっと、見た目は変わっていますが、メイドのベルです」

「そうか。すまんな。もう、手助けしてやれる力は残っていない」

「いえ、あれだけ傷を負わせてもらえれば十分です。後は私に任せて、ゆっくりとお休みください」

「ああ、後は頼んだ……」

ベルの力強い返事に安心して、俺はそのまま意識を手放した。

ああ、いろいろと失敗の多い人生だったが、レオ……お前のおかげで楽しい人生にすることができたよ。

心残りはあるが……それくらいは勇者と戦ったお駄賃《だちん》としてレオが解決してくれるだろう。

頼んだぞ……レオ。

SIDE：ベル

この世界で私にしか使えない魔法……獣魔法《じゅうまほう》。

獣人族の王族にしか使うことのできないこの魔法は、同じ身体強化系の魔法である無属性魔法や電気魔法なんかより段違いで体を強化することができる。

獣の姿に近くなればなるほど防御力、攻撃力、速さの全てが強化され、強大な力を得られる。

私が獣魔法を本気で使えば、大きな狼《おおかみ》になることができますが……私はあまりあの姿にはなりたくありません。

自分がこのまま人に戻れなくなってしまうのではないか……と凄く不安になってしまうからです。

私は、レオ様と同じ人でいたい。レオ様には、私を人として見ていてもらいたい。

そんな気持ちから、私はレオ様の前で一切獣の姿になることはありませんでした。

そんな私が今、レオ様が見ている前で人狼《じんろう》の姿になっていた。

こんな醜《みにく》い姿は凄く嫌……でも、全てはレオ様を守る為だから。

カイトさんが切り札を使えば、必ずレオ様が負けると言っていいでしょう。

ステータスが同じになれば、後は魔法と技術の勝負です。

そうなると、いくらレオ様でもカイトさんの電気魔法には追いつけません。

それに……敵はカイトさんだけではない気がします。

レオ様は口にこそ出していませんが、ここ最近ずっとカイトさん以外の何かを警戒していました。

たぶん。他の転生者なのでしょう……。

転生者という人々は凄く恐ろしいです。

あの、大したことのないようなゲルトでさえ、レオ様を瀕死《ひんし》にまで追いやってしまいました。

それが……魔王並の力を持った転生者と戦うことになったとしたら……。

だからこそ、明らかに囮であるカイトさんは私が倒さないといけないのです。

「ベルって……レオのメイドの……」

お師匠様が倒れ、私とカイトさんは少し間合いを取って睨《にら》み合うような状態になっていた。

カイトさんは、私の見た目に警戒しているみたいですね。

まあ、端《はた》から見たら私は魔物ですから仕方ありません。

「はい。レオ様の専属メイドのベルです。主人に代わって、あなたを倒しに参りました」

攻撃的な言葉と裏腹に、私はメイド式の丁寧なお辞儀をしてみせた。

「そんな……レオが許したのか？」

「ええ。もちろん。こう見えて、私はミュルディーンで三番目に強いんですよ？」

いいえ、レオ様は最後まで許してくれませんでした。

でも、どうしても私が戦わないといけないと思った私は、レオ様がお師匠様とカイトさんの戦いに目を取られている隙《すき》に、城から抜け出してきました。

でも、これだけ時間を置いても現れないということは、レオ様も私が戦うことを認めてくれたということでしょう。

もしかすると、心配でこの近くで見守っているかもしれませんが。

「三番目……だとすると、最初から本気でかからないとやられてしまいそうだな」

「はい……そうしてください。さもないと……」

カキン！

「あなたは瞬殺です」

話している途中に攻撃をするなんて、とても勇者のすることとは思えませんね。

まあ、ずっと警戒していたのでそこまで問題ではないのですが。

一方カイトさんは、私がいとも容易《たやす》く渾身の一撃を受け止められてしまったことに、驚いているようです。

「ど、どうして……この速さについて来られるんだ？」

「そんなの簡単です。私が速いか、あなたが遅いかの二択ですよ」

やはり、ここまで獣化をした私ならカイトさんが限界突破をしたとしても、十分対応できますね。

「……それに、どうして電気魔法が効かないんだ？」

「私の爪と毛皮は、とても頑丈ですから」

ちょっとピリッとしますが、これくらいなら問題なく動けます。

獣化した私の防御力、舐めないでください。

「どうして、レオの周りにはこんなに強い人がいるんだ」

「それは……レオ様の努力の結果です。あなたが強くなろうと頑張っている間、レオ様は自分の周りの人たちを強くしようと頑張っていました」

レオ様は領地をもらってから早々、自分一人では自分の土地を守れないことに気がついていましたからね。

屈強な騎士を集め、魔法使いを育て、私やシェリー様たちを強くする為にダンジョンを用意してくれました。

カイトさんが一人で強くなろうとしていたことは間違いではないと思います。でも……レオ様の考えはその先に行っているのです。

「なるほど。だけど、俺の……俺の個としての力ならレオにも敵うかもしれない」

「そうはさせません。あなたは私が絶対に倒します」

何が何でも、あなたとレオ様を接触させません。

「ふん！」

「せい！」

まずは一発。

「グハッ」

カイトさんの斬撃を避けて、思いっきり腹を引っ掻いた。

「普通なら……内臓まで抉れていたはずなんですけどね。丈夫な鎧に助けられましたね」

私の爪を通さないなんて、凄いですね。レオ様のレッドゴーレムでも、簡単に抉れるのに。

「そうだな……ゲルトさんには感謝しないと」

「その名前は聞きたくありません」

大嫌いな人の名前を聞いた私は、全速力でカイトさんに近づき、もう一度カイトさんを引っ掻いた。

「ぐう……」

「もう一発！」

「あが！」

連続で二回。流石にこれだけ攻撃すれば、鎧に穴が空き、そこからカイトさんの血が流れ出していました。

この前まで友好的な関係だったことを考えると、凄く心が痛みますが……今はそんなことを考えている暇はありません。

「全く歯が立たない……。こんなところで……倒れてはいけないんだ。俺が倒れたら……エレーヌが」

「そんなことは聞きたくありません。私だって、レオ様の命が懸かっているんです」

何を自分だけ辛い立場にいるみたいな言い方を。

そもそも、この戦争はあなたたち王国が仕掛けてきた戦争ではないですか。

国王が勝手に挑んだ戦争だという甘い言い訳も要りません。

あなた程の力があれば……王国を乗っ取ることなんて容易かったはず。

それなのにあなたは何もせず……そのツケが今に回ってきているんじゃないですか。

「そうだな……。どうやら、俺は覚悟が足らなかったみたいだ。俺もさっきの二人みたいに、命を懸けた戦い方をしないと」

カイトさんがそう言うと、バチバチと電気魔法の音が先ほどよりもより大きくなった。

そして、カイトさんから髪の毛が焼けたような匂いがしてきた。

本気で……自分の命を懸けてきた。

いけない、私も……、

「ぐう」

気がついたときには倒され、首に剣を当てられていた。

「君はレオの大切な人だ。俺はあなたを殺したくない。これで、諦めてくれないか？」

「諦めるわけがないじゃないですか……」

そんな振りかぶりもしていない剣で、私を斬れると思わないでください。

私は剣を摑み、更に獣化を進めた。

ビリビリとメイド服が破れる音と共に私の体がどんどん大きくなっていき……私は完全な大狼に変身した。

「ワオオオン！」

「体を大きくしたところで、何が……」

もう、話すことができない私に、お喋りの時間は不要ですよ。

「う、腕が……」

私はカイトさんの腕を噛み千切った。

残念。首を狙ったつもりだったのですが、ギリギリで避けられてしまいました。

でも……もう、カイトさんもあれだけ出血していては、限界でしょう。

「くそ……強すぎる……ここまでしても……傷一つ……つけられないなんて……」

失った左腕を押さえながら……カイトさんはふらふらとこっちに向かって来ていた。

そんなカイトさんは、軽く鼻先で小突いただけで転がりながら倒れた。

「エレーヌ……俺はもうダメなのかもしれない……」

SIDE：エレメナーヌ
「カイト……大丈夫かしら」

何もやることがない私は、自室から外を眺めながらずっとそんなことを呟いていた。

カイトがいないと……心が落ち着かない。お母様の時みたいに、また一人になってしまうのではないかという不安が込み上げてくる。

これまで、カイトが城にいないことは何度かあったが、それは帰ってくるとわかっていたからそこまで不安にはならなかった。

でも、今回ばかりは……。ああ～もう。これ以上考えたらダメ。

「それにしても……予想はしていたけど、こうなってしまうとはね」

現在、私たちは部屋に監禁されていた。

誰の命令なのかは知らないけど、たぶんあの豚かハゲ、愚弟《ぐてい》、愚妹《ぐまい》の誰かでしょう。

「申し訳ございません。私が不甲斐ないばかりに……」

「これはかりは仕方ないわ。どうすることもできないもの」

気がついたら、私の部屋の周りに結界が張られていたんだもの。

あんなの防ぎようがないわ。

「それでも……」

「そんなこと言っていても、この状況が変わることはないわよ」

「……はい」

アーロンが取り乱すなんて珍しい。余程、今回のことを後悔しているのね……。

悔いたところで仕方ないのに。

「それより、この拘束は何が目的だと思う?」

「単純に、姫様を人質に取るつもりなのではないでしょうか？」

そうね。カイトを言うことを聞かせるなら、この方法が一番かもね。

「でもそれなら、別にここまでしっかりと拘束する必要はないんじゃないの？」

だって、私が本当に拘束されているのか遠く離れたカイトが知ることはできないんだから。

拘束するにしたって、兵で出入り口を塞ぐくらいで十分でしょ。

「そうですね……。もしかすると、レオンス様による助けを阻止する為ではないでしょうか？」

「ああ、それなら納得」

確かに、レオなら簡単に私を救出できてしまう。

それを阻止する為の結界か……。本当、あの三国会議での行動といい……誰がこんなことを考えているのかしら？

「はあ……カイトのことが余計に心配だわ。きっと、私たちが想像できないくらい無茶なことをやらされているはずだわ」

ここまで徹底した拘束から考えるに、カイトのほうも絶対大変な目に遭わされているに違いないわ。

「大丈夫ですよ。カイト殿は強い。きっと、姫様の為に生きて帰ってきますから。とにかく今は祈るしかありません」

「そうね……」

アーロンの言うとおり、今の私にできることはカイトを信じて待つことしかできないものね。

私はネックレスを握りしめ、カイトの無事を祈った。

SIDE：カイト

片腕が無くなり、体中が骨折している……もう、俺の体はボロボロだ。

意識を保っているだけでやっと……。

それなのに、目の前の狼は傷一つない。

ベルさん……何もかも俺より上だったな……。

誰にも負けないと思っていた速さでも、勝てなかった。

そんなベルさんがこの街で三番目って……二番目と一番のレオはどれだけ強いんだよ。

ああ……あの一瞬で殺すのを躊躇《ちゅうちょ》していなければ、また展開は変わっていたかもな、とか思っていたけど、どっちにしても俺はレオに勝てなかったんだろうな……。

うう……また意識が朦朧としてきた。俺、ここで死ぬのかな。

ここに来るまで、俺はレオの部下を殺してしまった。流石のレオでも、俺を助けようとは思わないだろう。

ごめんよ……エレーヌ。俺はもう、帰れそうにない。

結局、子供の名前……まだ考えてなかったな。

ああ。もうすぐだったのに……会えないで終わってしまうのか。

とても残念だ。神様……今、俺を見ているのか？

あなたの期待に応えられなくて、申し訳なかったな。

こんな死に方で……悔いはめちゃくちゃ残ってはいるけど、この世界に連れて来てもらえて凄く感謝している。

エレーヌと結婚できた。それだけで、俺の人生は最高だったと思える。

凄く……凄く感謝しているから。頼む、どうかエレーヌだけは助けてやってくれ。

お願いだ……。

『おいおい。立ち尽くして何を考えているのか思考に潜り込んでみたら……お前、よりにもよって神頼みかよ』

お前は……？

いきなり知らない人からの念話に俺は驚く元気はなかった。それに、もしかすると死ぬ前の幻覚や幻聴の類《たぐ》いな気がした。

『そうだな……お前がお願いしていた神からの使者ってところかな』

どういうことだ。神頼みを馬鹿にしていた奴が神を名乗るのか？

『ああ。お前は喋るな。もう、お前にはそこまで時間が残されていない。俺だけが喋る』

……わかった。

胡散臭《うさんくさ》いが……本当に神の使いかもしれないから、ちゃんと聞くことにした。

『聞き分けが良くて助かるよ。さて、お前が大好きなエレーヌちゃんを助ける方法だが、一つだけある』

どうすればいい……。

『おお、信じてくれるのか？』

もう死ぬんだ。猫の手でも借りたいんだよ。

というか、もう信じる以外の選択肢は俺に残されていないだろ。

『そりゃあそうだな。安心してくれ、俺は猫じゃないからな』

そんな冗談を言っている暇があるのか？

『おっと。そうだったな。それじゃあ、一つアドバイス……限界の限界を超えろ』

「ぐううう……」

俺は目を覚ますとすぐに限界突破をし、その更に限界を突破しようとした。

「げ……んかいを……ごえる！」

くっ。力はいつもの数倍にも増して手に入れることはできたけど……これは一発が限界だな。

「グルルル」

俺が剣を再び構えたのを見て、ベルさんが牙を剥いた。

次は容赦《ようしゃ》しないいってことだろう。

「この一撃に俺の全てを」

この体で剣を振ることはできない……なら、剣を固定して、突きによる一撃に懸けるしかない。

そう考えた俺は剣先をベルさんに向け、全力で電気魔法を体に纏った。

うう……耐えろ。まだ気を失ってはダメだ。

あと少し……あと少しだけ……。

そして、俺はベルさんに突撃した。


「がは」

一瞬だった。一瞬で視界は変わり、俺とベルさんの間にはレオが立っていた。

そして……俺の剣は深々とレオの腹に突き刺さっていた。

「レ、レオ……？」

「ゴホゴホ。うう……まんまとお前の思惑に乗ってしまったな」

そう言うレオは何故か笑顔だった……。

ＳＩＤＥ：ベル
私は……目の前の事実に言葉も……鳴き声も出せなかった。

カイトさんが……最後に切り札を使ったのはわかっていた。

その結果、私が相打ちになることも……想像できていた。

でも、レオ様が死ぬくらいならいいと私は……。

ああ……私はなんて馬鹿なんだ。

少し考えれば、優しいレオ様が私の怪我するところを見逃すはずがなかったのに……。

確実に殺すことにしか頭が回っていなかったけど、回避に専念していれば……あの体のカイトさんだったら勝手に死んでいた……。

「ベルさん！　レオくんはどうしましたか⁉　あ……」

私が人の姿に戻り、お腹に穴が空いてしまったレオ様を抱えていると背後からリーナさんの声が聞こえてきた。

「大丈夫。俺のことはいいから……。カイトの治療をしてあげて……。俺はもう、治療不可能だ」

そう。カイトさんの剣は、スキル無効と致命傷を与えた際に必ず殺すことができる確死の効果が付与されている。

だから……もう助けられない。

「そ、そんな……」

「急いでカイトを……まだ今なら」

「……わかりました」

「ぐう……」

「レオ様……」

痛そうに呻《うめ》き声をあげるレオ様に、私はなんて声をかければいいのかわかりませんでした。

「ベル……無事で本当によかった。怪我はしてない？」

「大丈夫です。それより、どうして……」

「こんなことになっても、カイトは大切な親友だと思っているからな。助けられるなら……助けてあげたい」

「そ、そんな……」

どうして、そこまでレオ様は人に優しくなれるのですか？

私はカイトさんと……不甲斐ない自分が憎くてたまりません。

「レオ様……死なないでください。どうか……どうか……」

「本当、ベルは可愛いな……」

「やだ……死んだら嫌です……。もう、レオ様が死んだら……私は生きていけません」

「それは困るな……」

「はい。凄く困ります！　だから、だから……生きてください」

泣きじゃくっていて、もう自分でも何を言っているのか訳がわからなくなっていた。

ただ、ただ、もう死んでしまいそうなレオ様を見ているのが辛くて……。

「ははは……そこまでベルにお願いされたら仕方ない。一か八かに俺の命を懸けてみるか」

え？

「な、何をするつもりですか……？」

「ベル、悪いけど……俺のポケットからあの魔石を出してくれない？」

「魔石……ですか？　は、はい」

レオ様が何を考えているのかわからず、私はとりあえず私たちがレオ様の成人祝いにプレゼントした……レオ様がずっと肌身離さず持っていた魔石をポケットから取り出して手渡した。

「ありがとう……。ふう。最後に、ベルのおまじないをお願い」

そう言って、魔石を私に渡してきた。

魔力を注いでほしいということでしょうか？

「おまじないですか……。わかりました」

そう言って、私は魔石に全力で魔力を注ぎながら……レオ様にキスをした。

「おまけまでつけてくれてありがとう。おかげで、賭けに勝てる気がしてきたよ。それじゃあ、人として最後の魔法だ」

「レ、レオさま……もしかして」

私はレオ様の人として『最後』という言葉に、全てを理解してしまった。

レオ様、自分を自分で創造し直すつもりなんだ。

「ベルは……俺がもし醜《みにく》い姿になったとしても、愛してくれるかい？」

醜い姿……そうですね。本来は魔物を造る魔法……魔物になってもおかしくない。

それでも、

「……もちろんです。私は、どんな姿であろうとレオ様を愛し続けます」

そもそも、私だって魔物みたいなものですから。

こんな私でも愛してくれるレオ様のことを姿が変わっただけで、嫌いになるわけがないじゃないですか。

「それは安心した……。それじゃあ、見ていてね」

レオ様はにっこりと笑うと胸の上に魔石を置いて、自分に創造魔法をかけました……。

お願い神様……どうか、どんな姿であってもいいので……レオ様を助けてください……。

光り輝くレオ様の傍で、私は神様に祈り続けた。

第十五話　復活して

SIDE：レオンス
「……どう？　俺の醜い姿は？」
目が覚めた時の言葉は既に決めていた。
そりゃあ、自分を魔物創造の材料にするなんて無茶なことをしたんだから、形が変わっていてもおかしくない。

とまあ、そう思ってベルに聞いてみたのだが、ベルの泣き顔では……俺の見た目が人間のままなのかどうかは判断できなかった。

「いえ……凄く……とても美しくて……尊くて……格好いい姿だと思います」

え？　それって……本当に俺か？　俺は何かの神にでも姿が変わってしまったんじゃないのか……？

心配だから後で鏡を見ておかないと。

「それはよかった。はあ……今回ばかりは本当に死んだかと思った」

姿はどうであれ、とりあえず死なななくて済んでよかった。

やっぱり、カイトの剣は凶悪だな。

「う、うう……わあああん」

「ちょっと。ベル……って裸⁉」

また大声を上げて泣き始めたベルを慰めようとすると、今更ながらベルが裸だったことに気がついた。

そうだ……獣化するときに服が全部破けてしまったんだっけね。

今度、獣化しても破けない服を創造してあげないと。

「そんなこと……そんなことなんて……どうでもいいんです。レオ様が生きていて本当によかった……」

「ありがとう……」

自分の為に大切な人が死んでしまうというのは、たとえ自分が助かったとしても……いや、自分だけが助かってしまうからこそ辛いものだ。

俺もじいちゃんに助けられたときは本当に辛かった。

そういう意味で……残されたエレーヌのためにも、カイトには生きていてほしかった。

「あ！　カイトはどうなった？」

「カイトさんなら……今私が治しています」

「あ、リーナ……」

声がしたほうに急いで顔を向けると、目が真っ赤になったリーナがカイトを治療していた。

「もう……本当は私もベルさんと一緒に旦那様の傍にいたかったのに……」

「本当にごめん……」

「別にいいですよ。でも……思いっきり後で泣きますから」

「お手柔らかに頼むよ……。それで、カイトは治りそう？」

「目を覚ますかは……正直、五分五分です。生命力はほとんど感じません。傷は全て塞ぎましたが、この状態では、失った腕を取り戻すことは無理です……」

そうか。とりあえず、すぐに死ななかったことだけでも、リーナには感謝しないと。

「そうか。助けてくれてありがとう」

「本当ですよ……。どうして、大好きな旦那様を刺した奴なんか、治療しないといけないんですか」

「そうだな……。でも、カイトだって大切な人の為に仕方なく戦っていたんだ。少しは許してあげてくれ」

カイトも後がない状態だったんだ。

俺が逆の立場だったと思うと、カイトのことは憎めないんだよね……。

「それに……カイトには生きていてもらわないと困る。そうだろ？　影士《かげし》？」

「「影士？」」

「そんなことないですよ～～～。私の計画では、勇者にはここで死んでもらう予定でしたから～～～」

俺が呼ぶと、カイトの影からもう聞き慣れた声が飛んできた。

「え？　バルスさん……」

「二人にはわからないだろうな。こいつの着けている魔法アイテム、いい、人から絶対的な信頼を獲得できる類いの物だ」

バルスは鑑定を防ぐ魔法アイテムと一緒に、魅了魔法のような人に信頼してもらえるような魔法具を持っていた。

だから、本当は怪しいはずのバルスを俺たちは信用し続けていた。

「やっぱり気がつきましたか～～～。もう～～～レオンス様は人を辞めてしまいましたからね～～～」

そう。たぶん、この魔法アイテムの対象は人にだけ。

だから、人じゃなくなった俺にはその効果がなくなった。

「そういうお前だってそうだろう？　それで、これは創造士の命令か？」

「ほお～～～？　そこまで気がついていたのですか～～～？」

「そりゃあそうだろう。じゃなかったら、もう俺は死んでいる」

もし、バルスが破壊士だったら俺は殺されていただろう。

俺より長く生きている転生者で、あの魔王ですら操ることのできた奴が俺を殺せないわけがない。

まあ、なぜわざわざこんな勇者を使って殺そうとしたのかはわからないけど。

「言われてみれば～～～確かにそうですね～～～」

「それで、答えを聞かせろよ」

「半分……いや、今回は四分の三が創造士様の命令ですよ〜〜〜」

「四分の一はお前の判断か……。勇者を殺すことか？」

「正解〜〜〜。神達に一泡吹かせる為なら、勇者は邪魔ですから〜〜〜。ですが、お優しい創造士様は、まだその決断を迷われていま〜〜〜す。だから〜〜〜私が強制的に道を決めさせていただこうと思い〜〜〜今回の行動に至りました〜〜〜」

「神に一泡吹かせるため……引き分けにして終わらせることか？」

「ええ。その為には、創造士、破壊士、魔王の三人だけしかこの世界に残っている権限はございません」

そうだな。そうしないと、同時に死ぬなんてことはできない。

「いや、それなら……お前は」

その条件にバルスは入っていないじゃないか。

「もちろんあと八十年以内に死ぬ予定で〜〜〜す」

「良いのか？」

「ご心配な〜〜〜く。私はもう、三百年は生きていますから〜〜〜。十分楽しませていただきました〜〜〜」

三百年か……俺には想像できない長さだな。

確かに、それだけ生きていれば十分な気もする。

「なるほど。それで、どうして創造士は勇者を殺すことに躊躇っているんだ？　もう、千年近く生きているんだろ？　まさか、そんな情とか……」

「そのまさかですよ〜〜〜。それに、あなただってわかっているじゃないですか〜〜〜？　レオンス様の人格は～～～創造士様のコピーで～～～す。レオンス様～～～自分が死にそうなのに～～～勇者を助けようとしたじゃないですか～～～」

「つまり、創造士も似たような感じだと？」

俺と同じように勇者に情が湧いていて、殺すことができない？

「は～～～い。情が湧いてしまった人のことは～～～たとえ裏切られようとも～～～殺せませ～～～ん」

「なるほどな。それで、どうして今回はこんなに面倒なことをした？　わざわざ戦争を起こさなくても、お前なら俺たちを簡単に殺せただろ？」

「それについては複雑な訳がございまして～～～。一つは、私の自分勝手なルールで～～～す」

「ルール？」

「ええ。私は決して～～～自分の手で人を殺すようなことはしませ～～～ん。そして、人を殺すことを強制もしませ～～～ん。あくまで、その選択肢を陰から与えてあげることしか私はしませ～～～ん」

「そうやって、人を扇動《せんどう》してきたわけか……」

なるほど。全ての謎は解けた。

国王が急に頭のいい行動をしたことや、王城での襲撃事件。

全てはこいつが陰で人を操っていた結果なのだ。

「もちろん。自己満足なのはわかっていますよ～～～。それでも～～～私はこのやり方にこだわっていま～～～す。今回だって～～～勇者は自分の意思でレオンス様に剣を刺しましたから～～～」

選択肢がそれ以外ないところでその選択肢に導くお前は……まるで悪魔みたいだな。

まあ、無差別に人を殺すような奴じゃないだけまだマシか。

「それで、一つってことはまだ理由はあるのか？」

「それは～～私からは語れませ～～～ん。とりあえず～～～呼び出されているので～～～帰らせていただきま～～～す。あ、創造士様から伝言～～～。『影士の馬鹿が悪いことをした。一休みしたら、私のところに来てくれ。場所はもう知っているよね？　あ、今の君は魔法を使ったら死ぬから、それだけは忘れないように。会えることを楽しみにしているよ～』い～～～じょう。それでは～～～」

何が以上だよ。ふざけやがって。

魔法を使ったら死ぬ？　創造士は俺を呼び出して何を話すつもりなんだ？

はあ……どうせ考えても意味はないか。

「それにしても……今回の戦争は破壊士じゃなくて、創造士の仕業だったとは」

転生者が関わっているのは予想できていたけど、それがまさか味方だと思っていた陣営のほうだったとは思いもしなかった。

「うう……」

「よしよし」

まだ泣き止まないベルの頭を撫でながら、自分の魔力を感じてみようと魔力感知を使ってみた。

……ん？　魔力が少しずつ漏れている。

なるほど……魔力が減り続ける体になってしまったのか。これなら確かに、魔法を使ったら死ぬな。

「レオ！　無事だったの？」

「あ、シェリー。壁の外はどうなった？」

振り返ると、シェリーとルーがこっちに向かって走ってきていた。

あっちの殲滅戦《せんめつせん》も終わったみたいだな。

「無事、殲滅完了。将軍の遺体も見つかったわ」

「そうか……。惜しい人を亡くしたな」

将軍、ちょっと非道なところもあったけど、優秀だったから王国から引き抜きたかったな。

「そんなことより……どうしてベルが裸で泣いているわけ？　もしかしてレオが……？」

「ち、違うって」

何を言っているんだ！　俺はさっきまで死にかけていたんだから。

ただ……ちょっと役得とか考えている……わけではないぞ。うん。

「わかっているわよ。ベルが狼になっているところは壁からでも見えていたもの」

「……シェリーたちはあの姿を知っていたのか」

「もちろん。ダンジョンで何度あの姿に助けられたことか」

ああ、ダンジョンではお馴染みの姿だったのか。

俺の前でも見せてくれればよかったのに。まあ、変身する度に裸になっていたら、そりゃあやりたくもないか。

「ベル、あの姿になったら本当に強いからね～。今回も、勇者相手に圧勝だったし」

「まあ、そうだね……いや、隠していても仕方ないか」

そう言って、俺は二人に腹の傷跡を見せた。

と言っても、俺の体には傷はないんだけどね。服に空いた穴と、血を見てもらう為だ。

「凄い血ね……どうしたの？」

「実はカイトに致命傷をもらった」

「「え⁉」」

「だ、大丈夫だったの？」

「うん。まあ、創造魔法でなんとか」

「なんとか……って、本当に大丈夫なの？」

「うん。大丈夫。魔法は使えなくなってしまったけど」

たぶん大丈夫だろう。

シェリーとルーが反応しなかったから、姿も元のままだろうし。

魔力が減っていることに関しては……創造士に聞くしかないな。

「え……魔法が使えない？」

「うん。この体で魔法を使ったら死ぬみたい」

「そ、そんな……」

「それと、まだ何かあるみたいだから、詳しい人のところに行かないといけない」

「詳しい人？　誰それ……」

「創造士だよ。あのダンジョンの奥にいる」

「え⁉　魔法も使えないのに、入っても大丈夫なの⁉」

あ、言われてみれば……。魔法が使えない状態で、俺は戦えるのか？

いや、無理だな。

「うん……皆に守ってもらおうかな。軽い運動くらいなら、別に構わないと思うけど……もしものことがあったら怖いからさ」

「わかった。今度は、私たちがレオを守る番ね。大丈夫。任せなさい」

危ないからシェリーはお留守番とかここで言ったら怒られるだろうな……。

まあ、実際……シェリーの魔法は俺よりも凄いし、たぶんシェリーがいないと攻略は難しいよな。

「頼んだ。あ、でも……俺のダンジョンを余裕で攻略できるくらいの力は必要かも。なんせ、俺の上位互換《ごかん》みたいな人が全力で造ったであろうダンジョンだから」

「え……」

「大丈夫！　私が本気を出すから！」

ショックを受けているシェリーの横で、ルーがにっこりと笑った。

久しぶりに暴れられる機会を得られて嬉しいのだろう。

「いや……創造士が破壊士の対策をしていないはずがないと思うから、ルーがいても厳しいと思うよ」

「それじゃあ、どうするのよ」

「一週間、本気で準備をしよう。それで、ヘルマンとアルマ、ギーレ、ギルと一緒に挑むしかない」

それで無理だったら……会うのは諦めるしかない。

まあ、創造士もそこまで考えがない人じゃないと思うし、たぶん苦労はしても攻略はできると思うんだけどね。

「わかった。一週間で限界まで強くなるわ」

「無理はしなくていいよ。あ、そうだ。ベルにこれを渡しておくよ」

そう言って、俺は自分の足に着けていたミサンガをベルに手渡した。

「これは……？」

「強くなれるお守りみたいなものさ。今の俺が着けていたとしても意味がないものだし、ベルが着けていて」

レベルが上がるのが早くなるミサンガだ。

これのせいで、俺はおかしな成長をしてしまった。

まあ、今は緊急事態だし、ベルのレベルがおかしなことになっても仕方ないだろう。

「そんな……私なんかが」

案の定、ベルは受け取ろうとしなかった。

本当、可愛い奴だな。

「ベルが俺を守ってくれるんでしょ？　そう約束したじゃないか」

「で、でも……私はレオ様を守れませんでした」

「いいや。ちゃんとこうして俺は生きているんだし、守れたと思うよ」

「それでも……」

「それでも？　ベルはもう、俺のことを守ってくれないのか？」

「いえ……」

「ならいいじゃないか。これを着けて、目一杯強くなってくれ」

「わかりました……」

ベルの了承を得て、俺はベルの足にミサンガを着けてあげた。

俺の代わりにベルを強くしてくれよ。頼んだからな。

第十六話　戦争の最後

体の調子に慣れてきたところで、俺は立ち上がってみた。

うん。魔力が使えないだけで、普通に動くことは問題ないみたいだ。

「ふう。それじゃあ、カイトを家に届けてやるか」

動いても問題ないことを確認した俺は、そう言ってカイトを抱えた。

カイトをここに置いておいても仕方ないからな。王国に届けてやらないと。

「え!?　ちょっと、何を考えているの？」

「あ、そうだ。ついでに、ゲルトの件も片付けてくるか」

師匠に少しでも早く恩を返しておきたいし。

どうせ王城に行くなら、纏めて解決してしまおう。

「ちょっと！　危険だわ。今のレオは安静にしてなさい！」

「転移くらいなら大丈夫でしょ。あれ、魔力を使っているわけじゃないし」

魔法は使うな、とは言われたけど、スキルはダメとか言われてない。

まあ、それでもあまり使わないほうがいいのかな？　とは言っても、カイトは送り届けてやりたい。

「それでも……どうやってゲルトと戦うつもり？」

「心配ないよ。たぶん、戦わずに終わると思うから」

たぶん。バルスの口ぶりからして、あいつはもう殺されていると思う。

「そう。それじゃあ、私が着いていってもいいよね？」

「うん……。まあ、大丈夫かな」

今の俺より、シェリーのほうが強いし。

「あ、一応ルーもついて来て。万が一に何かあるかも知れないから」

「了解。久しぶりに戦えるかな～～～」

「いや、それは来週の楽しみにしておいて」

今回はカイトを渡してすぐ帰宅したいんだから。

SIDE：ゲルト
「戦争……どうなっただろうな？」

「……」

ここ数年、ずっと俺に向かって憎まれ口を叩いていたヘロンダスからの返事は帰ってこなかった。

流石のこいつも、もう限界だったらしい。

「はあ、どうしてこうなってしまったのかな……。これが俺の罪に対して神に与えられた罰とでもいうのか？」

「まあ、そうなのかもね。本当、辛い罰だわ……」

独り言にまさか返答が来るとは思っていなかった俺は、驚きながら厚い扉を見た。

女の声……だったよな？

「知らない声だな。ここまでどうやって入ってきた」

「どうやってだと思う？」

そう言うと、ギイイと重苦しい音を立てながら扉が開いた。

そして、部屋に入ってきたのは、やはり見知らぬ女性だった。

「いや、どうでもいい……。俺を殺しに来たのか？　それとも、何か新しい命令か？」

「殺しに来た、が正解」

「そうか……。お前はレオンスの命令でここにやって来たのか？」

殺すと言われても、俺は何も感じなかった。

ここで生活しているなら、死ぬほうがマシだからな……。

「いいえ。違う人の命令」

「それじゃあ……誰だ？　親父か？」

「違う。たぶん、あなたが聞いても知らない人。私たちは破壊士って呼んでる」

「破壊士？」

本当に聞いたことがない奴だな。

どこかの殺し屋か？

「そう。転生者を殺してこいって命令されちゃった」

転生者……だと？

「そうか……。やっぱり、転生者は俺以外にもいたんだな」

なるほど。破壊士というのは、転生者を殺して回っているのだろう……。

「そりゃあいるわ。あなただけが特別じゃない」

「そうだな……」

そんなことには、もうずっと前からわかっているさ。

俺は悪役であり、脇役だった。その程度の男だったのさ。

「それで、最後に何かやり残したことはあるかしら？」

「……そうだな。一つだけ。生涯唯一の仲間を助けてやりたい」

「ふ～ん。まあ、それくらいなら付き合ってあげる」

「ありがたい」

この名前も知らない女には感謝だ。

さて、それじゃあ、ゲルトとして最後の仕事だ。

ＳＩＤＥ：エレーヌ
ドッガーン!!

「え？　何？　何の音？」

「これは……爆発音ですな」

「どうして？　ここで爆発音が？　もしかして、レオがここまで来た？」

これだけの爆発音。外はただ事では済まされていない。

そんな馬鹿なことを流石の馬鹿なお父様でもやらないと思うし……。

だとすると、レオが攻めてきたと考えるのが妥当《だとう》なはず。

「可能性としてはあり得ますな。あ、結界が切れましたぞ」

「どうする？　出ても大丈夫だと思う？」

「姫様の判断に任せます。もし、外に出るなら、このアーロンが今度こそ姫様をお守りしてみせます」

「ありがとう。それじゃあ、外に出るわよ」

もしこの爆発が私を殺すためのものだったら、ここで待っていても結果は変わらない。

なら、私から動いたほうがいいでしょう。


「うう……凄い煙」

部屋の扉を開けると、人も壁も床も全て外は焼け焦げていた。

ここまで焼けていて……どうして火災が発生していないのかしら？

「これは、とても大きな爆発でしたな。結界がなかったらと思うと、ゾッとしてしまいます」

「とりあえず……お父様の様子を見に行くわよ」

たぶん。謁見《えっけん》の間にいるはず。

もしそこでお父様が元気にしていたら、犯人はお父様。

まあ、流石にそれはないと思うけど。


「これは……」

謁見の間に到着すると、眩しいくらい太陽の光が差し込んでいた。

そう……天井がなくなっていた。

「ここで爆発が起きたのでしょうか？……ん？　あれはゲルト殿ではありませんか」

「ゲルト……あ、本当だ！」

アーロンに指され、すぐそっちに目線を向けると、一人だけ焼けていない人がいた。

間違いない。あれはゲルトだ。

「……死んでる」

触らなくても、ある程度近づいたらわかっていた。ゲルトの胸には深々とナイフが刺さっていたから。

「もしかしたら……ゲルト殿が私たちを助けてくれたのかもしれませんな」

「え？　それって……」

「はい。ゲルト殿は死ぬ間際に、城を爆発したのだと思います。私たちは……結界に守られていたわけですね」

「本当……何をやっているのよ。バカ……」

別に命を落としてまで、助けてほしいなんて思っていないわよ。

本当……馬鹿なんだから。

そう思いながら、私は数少ない仲間の死に涙を流した。


「え？　ここは？　王城だよな？」

しばらく泣いていると、もう聞き慣れた若い男の声が聞こえてきた。

「ほら！　やっぱり、転移も使ったらダメだったんじゃない！」

「そんな……やってしまった。どうやって帰ろう」

「心配しなくても大丈夫。ここは王城よ。まあ、見てのとおり壊れてしまっているけど」

突然の来客に、私は涙を拭って無理矢理笑顔で出迎えた。

王女、いえ、女王たるもの、相手に弱みを見せてはいけないわ。

「エレーヌ！　これはどういうことなの？　って！　それはゲルト！」

「私たちも、ずっと閉じ込められていて知らないの。拘束が解かれたと思って、ここにやって来たら
……ゲルトがここで死んでいたわ」

「なるほど……。ゲルトは最後、国王を道連れにして死んでいったのかもしれないな」

レオは早速、考えが答えに行き着いたようだ。

流石ね。

それにしても……レオとシェリーともう一人……この子は見たことがないわね。

というか、頭に角が生えてるじゃない。この子、魔族だ。

レオ……ここに魔族を連れてきて、何をするつもりだったの？

そう思い、レオに視線を向け直すと、レオが誰かを抱えていることに気がついた。

え？　あれって……。

「え？　あのゲルトが？」

「ああ。あいつなりの罪滅ぼしだったんだろうよ」

「ねえ……そのレオが抱えているのって……」

私は震えながら、レオに抱えられているボロボロな男を指さした。

「ごめん。カイトだよ。心配しないで、まだ生きてる」

「まだってどういうことなの⁉　そ、そんな……カイト！　カイト！　ねえカイト！　起きて！」

私は急いでカイトに駆け寄った。

確かに……まだ息はしている。でも、すぐに死んでもおかしくないようなのは一目瞭然《いちもくりょうぜん》だった。

「正直……息を吹き返すかはわからない。リーナが言うには、五分五分だ」

「そ、そんな……どうして、カイトがこんなことに⁉」

「王国は道中、三分の一近くまで数を減らしてしまった。その為、カイトが無茶をしないといけなくなってしまったんだ」

「そんな……」

やっぱり、私を人質にされたことで……無茶なことをさせられていたのね。

「正直、カイトの勢いに俺は危うく負けるところだったよ。仲間がたくさん死んでいくなか、一人で城壁を突破し、俺に致命傷まで与えた。あの勢いは本当に凄かったよ」

「……」

何それ……ほぼ一人で戦わされていたってこと？

「えっと……。実はこう見えて、カイトにやられて俺も結構キツいんだ。詳しい話は、俺が元気になってからでいいか？」

「え？　ええ。そんな大変な状態なのに、わざわざカイトを連れてきてくれてありがとう」

あのレオがそこまでの傷を負うなんて……カイト、あなた頑張りすぎよ。

「いや、カイトなら……エレーヌが傍にいればすぐに目を覚ましてくれると思ってね」

「……そうね」

レオの目は純粋にそう思っている目であった。

慰めとかではなく……。だから、私は何も言えなかった。

「それじゃあ、また」

「ええ。本当にありがとう」

レオが消えると、また私は涙があふれ出してきた。

「う、うう……」

そして、今度は声に出して泣いてしまった。

「姫様……」

「カイトの馬鹿……無事に帰ってくるって約束したじゃない」

もう、負けてもいいからって言ったのに。

私の話を聞いていたの？

「お願いだから……私を一人にしないで」

ピクリとも動かないカイトに、私はそれしか言えなかった。

お願いだから……起きて。ねえ、カイト。

第十七話　不意な別れ

戦争が終わった次の日。

シェリーに魔法を使わないよう監視されている俺は、自分の部屋でゴロゴロしていた。

あと、昨日のことについて少し考えを巡らせていた。

「まさか、王城があんなことになっていたとは……」

王城が吹き飛んでいたのは本当にまさかだった。

「でも、これでよかったんじゃない？　国王を私たちが無理矢理引きずり下ろす必要がなくなったんだし」

「そうだな。それにしても……ゲルト、どうやって奴隷にされた状態であんなことができたんだ？」

確かに、あの愚王《ぐおう》をやっつけてくれたのはありがたいが……その方法がとても不可解だった。

あいつ、牢屋に閉じ込められていたはずだよな？　それなのに、どうして脱走できた？

それに加えて、どうしてあいつの胸にナイフが刺さっていたんだ？

国王たちと一緒に爆死していたなら……百歩譲って納得できたが、あの死因は謎だ。

きっと、あそこには第三者がいたはずだ。

そう……自殺されては困るような誰かがね……。

「隷属の首輪も魔法具なんだし、魔法具の専門家には何かしらの対策があったんじゃないの？」

「そうかもな……。よし。師匠に報告しにいくか」

シェリーの考察にわざわざ口を出して不安にさせるようなことはせず、とりあえずゲルトの死を師匠に伝えることにした。

「師匠……。まだ起きていないのか」

城の一室、ここ最近師匠に貸していた部屋で師匠は静かに眠っていた。

「はい。特に目立った傷はないのですが……。もしかすると、頭の打ち所が悪かったのかもしれません」

そう言うのは、リーナの下で聖魔法の修行を行っているレリアだ。

ベルたちとダンジョンにレベルを上げに行ったリーナの代わりに、師匠の様子を見ていてくれた。

そんなレリアの言葉に、俺は首を傾げた。

「いや……カイトなら、ちゃんと考えて殴っていたと思うんだけどな」

いくら焦っていたとはいっても、カイトならそこら辺の力加減を誤るとは思えない。

だとしたら……師匠が目を覚まさないのは何か訳があるのだろうか？

考えられるとしたら、単純に寝不足や過労な気がする。

師匠、ずっと徹夜で作業していたからな……。

そんなことを考えていると、師匠の顔がピクリと動いた。

そして、少しずつ瞼《まぶた》が開き始めた。

「師匠!!」

「なんだ……俺は死ななかったのか？」

「何を言っているんですか。どこにも傷らしい傷なんてありませんよ」

まったく。頭を殴られて、記憶が飛んだか？

「ああ……そうか。それで……戦争はどうなった？」

「師匠のおかげで、無事俺たちが勝つことができました」

「よせ。俺は大したことはやっていない。でもそうか……勝てたのか……」

俺の勝利報告に、師匠は少しだけ安心した顔をしていた。

少しだけなのは……他にもっと気になることがあるからだろう。

仕方ない。すぐに話してしまうか。

「あと……ゲルトのことですが……」

「何かあったのか？」

ゲルトの名前を聞いた師匠は、もの凄い速さで起き上がった。

もう、今やっと目が覚めたばかりなんだから……少しは自分の体に気を遣ってくれよ。

「……はい。昨日、王城に行ってきたのですが、ゲルトが国王を道連れにして……死んでいました」

俺は昨日見たことをそのまま師匠に伝えた。

師匠はしばらく黙り込んでいた。

何を考えているのかな……息子の死に対しての悲しみ？　それとも、最後によくやったという賞賛？　それか、また人を殺した事への怒り？

「……あいつが死んだのか」

「はい」

「そうか……」

「……はい」

結局、俺は師匠が何を考えているのかはわからなかった。

その代わり、師匠は久しぶりに口を開いたと思ったら、こんなことを言ってきた。

「それじゃあ……俺も思い残すことはもうないな。レオ、奥さんと幸せになれよ？　決して、俺みたいに子供と奥さんをほったらかしにするような屑になるな」

「心配しなくても大丈夫ですよ。皆、大切にします」

師匠は本当、俺の師匠だよ。

魔法具のことだけじゃなくて、男としての生き方まで教えてもらえた。

ただ……その横になった状態で、今にも死にそうな人が言いそうな言葉を言うのはよくないと思うな。

そんなことを考えていたら、急に師匠の元気がなくなってきた。

「ふう。そうか……ならもう……安心……だ。レオ、げんき……でな」

本当に一瞬だった。慌てて確認した時には、もう既に師匠の心臓は止まっていた。

「おい……嘘だろ？　ねえ、師匠？　冗談ですよね？　師匠！　師匠!!」

そう叫びながらいくら強く揺すっても、もう師匠が起きることはなかった。

「そんな……」

師匠、もう少し待ってくれてもいいじゃないか。

俺にありがとうくらい言わせてくれよ。


しばらくして、街に出ていたエルシーが部屋に入ってきた。

「レオくん……」

「エルシー」

部屋に入ってきたエルシーの目は、もう既に泣きすぎて俺と同じくらい真っ赤になっていた。

「ホラントさんが亡くなったって本当……ですか？」

エルシーの問いかけに、俺は静かに頷いた。

そして、ベッドのほうに目を向けた。

「あ、ああ……ホ、ホラントさん……」

静かに眠る師匠を目にしたエルシーは、ベッドの傍で泣き崩れた。

「ぐす。あなたに奴隷として買ってもらえて……私は本当に幸せでした。天国から見ていてください。私頑張って、もっともっとホラント商会を大きくしますから！　うう……」

それだけ言って、エルシーはずっと泣き続けた。

そんなエルシーの背中を黙って擦《さす》ってあげながら、俺もまた涙を流した。

そして二日後。

勝利の報告を聞いた皇帝がいち早くミュルディーン領にやって来た。

「わざわざお越し頂き、ありがとうございます。本当は僕が出向きたかったのですが……」

シェリーやベルに必要以上に動くことを禁止されていたから、外に出ることすらできなかったんだよね。

まあ、この未知な状態である体のことを考えれば、仕方ないことなんだけど。

「そんな畏《かしこ》まらなくていいぞ。それに、怪我人を呼び出すほど私も鬼ではない」

「ありがとうございます」

「それで、怪我は大丈夫なのか？　シェリーから手紙で聞いたが、魔法を使えなくなるほどの怪我をしたんだろう？」

「はい。勇者との戦いで致命傷を負いまして……今は、創造魔法で誤魔化している状態です」

「それは……大丈夫なのか？」

「わかりません」

本当にわからない。俺に死なれたら困る創造士がこのまま放っておくことはないと思うけど、こうして話している今も魔力が減り続けている状況はかなり危険な気がする。

「そうか……。今回は本当に申し訳なかった」

俺の状態が悪いことを察した皇帝は、俺に向かって深々と頭を下げてきた。

「頭を上げてください。今回ばかりは仕方ないことですよ。僕も油断していました」

「だが……今回の戦争、結局君にだけ負担をかけてしまった。こんなこと、国として絶対にあってはならない。被害に見合った報償《ほうしょう》は必ずさせてもらう」

「ありがとうございます」

ここで何を言っても聞いてもらえそうにないし、とりあえずそう言っておいた。

別に、今回の戦争は国同士というより、転生者同士の戦いだった気がするんだけどな……。

「それにしても……流石のレオでも勇者相手だと無事では済まされないか」

「そうですね。魔王を倒せる男ですから、僕一人でしたら死んでいましたよ」

「……そうか。それで、勇者はどうしたんだ？ 殺してしまったのか？ それとも、捕虜にしたのか？」

「いいえ。瀕死《ひんし》にはしてしまいましたが、殺してはいません。それに、捕虜にもせず、今は王国で寝ているはずです」

「王国？ レオが送ったのか？」

「はい。カイトに死なれたら困りますから」

「確かに、勇者殿に国王になってもらわなければ帝国としては困るな」

そう。これから王国はとても不安定になる。そんな時に勇者がいないと、王国は絶対に国として成り立たなくなるだろう。

「あ、それと、王位がエレーヌに継承されました」

「ん？　それはどういうことだ？　あの国王はどうしたんだ？」

「死にました」

「はあ？　レオが殺したのか？」

「いいえ」

殺すのも手段の一つとして考えていたけど、そんなすぐに殺そうとは思ってすらいなかったよ。

「それじゃあ、王女が？」

「いえ、ゲルトです。あの、学校を爆破した」

「あの研究者がだと？　あいつは帝国を捨てたんじゃないのか？」

「そうでしたけど……最後の最後で罪を償おうとしたのだと思います」

ゲルトの真意は知らないけど、師匠の為にそういうことにしておいた。

「そうか。これで、お前の師匠も少しは報われたな」

「……はい。そうですね」

「ん？　どうした？　レオの師匠に何かあったのか？」

「実は……師匠、一昨日の昼に亡くなりました。死因はよくわかっていませんが、たぶん過労です」

あれから、いろいろと師匠に変な傷があったりしないか調べてもらったが、特に見つかることはなかった。

だから……結局、今まで体に無理をさせ続けていたことが一番の原因ではないか？　ということになった。

もしかしたら師匠……無理して生きていたのかもしれないな。

それで、やっとゲルトのことが片付いて……。

「そうだったのか……。惜しい人を帝国は亡くしてしまったな」

「はい。僕もそう思います」

「よし。師匠殿の葬儀は帝都で大々的に行おう。帝国一の職人で、帝国一の商会のトップが帝国の為に亡くなったんだ。皇帝自ら感謝の気持ちを伝えなくてはならない」

皇帝自らというのは、勇者以来だ。

まあ、師匠はじいちゃん並に貢献していたと思うから当然か。

「本当は僕がやりたかったのですが……助かります。来週から、ちょっとダンジョンに潜らないといけないので」

「ダンジョンだと⁉　その体で潜るのか？」

案の定、皇帝は信じられないという顔をしていた。

どんな健康な体でも、命知らずじゃなければダンジョンに挑戦なんてしないのがこの世界の常識だからな。

「いや、この体だからこそです。今の僕の状態を詳しく教えてくれる人に会ってきます」

「ダンジョンに人が住んでいるのか？」

「はい。千年も生きている凄い人ですよ」

言われてみれば創造士、俺と同じ人族《ひとぞく》で千年も生きているのか。

一体、どんな見た目をしているんだろうな……。

「千年……それは確かに、レオも助けてもらえそうだな」

「はい。ただ……この体でダンジョンの奥まで進むのには苦労しそうなんですよね」

「そうだな……。ダミアンを出そうか？」

「いえ。大丈夫ですよ。僕には強い味方がたくさんいますから」

「そうか。まあ、レオの騎士たちなら問題ないだろう。だが、何か助けが必要なら、遠慮なく俺に言ってくれ」

「ありがとうございます」

「気にするな。ふう。それじゃあ、俺は帝都に戻るとする」

「え？　来たばかりではないですか。せめて、一泊していってください」

立ち上がった皇帝が本当に帰ろうとするのを慌てて止めようとした。

いやだって、三日もかけてここに来たのに、一時間もここにいないで引き返そうとしているんだよ？

せめて、シェリーに会ってから帰ればいいのに。

「いや。俺も帰って戦後処理の書類を書かないといけないんだ。これはかりは、俺自身がやらないといけないからな。それと、師匠殿の葬儀の準備もしておく」

「……わかりました。よろしくお願いします」

皇帝も忙しいことを理解した俺は、素直に下がって頭を下げた。

「ああ。レオも気をつけてダンジョンに挑めよ」

「はい。元気になったらすぐにそちらに向かいます」

「そうか。そしたら、結婚式の話でもしよう」

「結婚式……そうですね。わかりました」

そうだ。俺も今年中に結婚するんだったな。

結婚か……。

第十八話　世界最難関

戦争終結からちょうど一週間。

予定どおり、今日からダンジョンに挑戦する。

この一週間、ベルたちはギリギリまでレベル上げをし、俺は一カ月ダンジョンに潜っていても大丈夫な物資の準備をしていた。

いや、俺は家から出るのを禁止されていたから、実際に調達してくれたのはエルシーなんだった。

認めようじゃないか。俺はこの一週間ニートだった。

「皆、忘れ物はない？」

『大丈夫（です）！』

俺が問いかけると、皆が元気よく答えてくれた。

メンバーは、シェリーにリーナ、ベル、ルーとヘルマン、アルマ、ギーレにギルの俺を合わせて総勢九人だ。

この八人がいれば、例え俺が戦えないとしても問題ないだろう。

「了解。それじゃあ俺は今回、マッピングと荷物持ちをさせてもらうよ。戦闘は皆に任せた」

『はい』

「スタンとベルノルトは俺がいない間、街の安全を頼んだよ」

「「任せてください」」

見送りに来た団長二人の力強い返事にうんうんと頷いた。

スタン……元気になってくれて本当によかった。

レリアの話では、リーナじゃなかったら助けられないような深い傷だったらしい。

うん……今回はシェリーの高火力な魔法にリーナの聖魔法、エルシーの用意した冒険者たち、ルーがいたことでシェリーを魔法部隊に参加させることができ、ベルがカイトを倒してくれた。

改めて、俺のお嫁さんたちは皆優秀だと感じさせられた。

「フレアさん、こんな忙しいときにいなくなってごめん」

「いえ。レオ様の体以上に大切なものはございませんから」

「ありがとう。それじゃあ、ダンジョンに向かうか。全員俺に触って」

フレアさんに謝った俺は皆が俺に触ったのを確認して、転移を使った。

「ふう……懐かしいな……。嫌な記憶が蘇ってくる」

俺が転移した場所は、初級ダンジョンの出口。

ここから、じいちゃんを担いで転移を使ったのを今でも鮮明に覚えている。

「大丈夫？」

「大丈夫だよ。それじゃあ、先に進むか」

そう言って先の部屋に進もうとすると、急に声が鳴り響いた。

『新たな挑戦者を確認しました。二つの指輪を所有していることを確認しました。上級ダンジョンへの挑戦資格が認められたので、扉が開きます』

どうやら、この階の扉は自分では開けられないタイプだったみたいだ。

勝手に開いていく扉に、皆で驚いてしまった。

「わあ〜。なんか凄いわね」

「二つの指輪って何？」

「たぶん……これとこれじゃない？　どっちも、ダンジョンをクリアして手に入れた指輪だから」

初級ダンジョンの悪魔が持っていた指輪と入門ダンジョンの天使が持っていた指輪。

きっとこの二つのことだろう。

「え？　それじゃあ、先にダンジョンを二つクリアしていなかったら、中に入れなかったの⁉」

「まあ、そうだね。本当、運がよかったよ」

入門ダンジョンに挑戦したのは、本当に偶然だったからね。

「運がよかったって……死にそうになっている人が言うこと？」

まあ、でも死んでないから運がいいんじゃないの？

そんなやり取りをしながらダンジョンの中に入っていくと、さっそく魔物と出くわした。

「え……。なんで、ボスみたいな魔物がそこら辺にいるわけ？」

シェリーの言うとおり、いきなり出てきた魔物は初級ダンジョンの二十階のボスだったサイクロプスだった。

それが五体もいた。

「まあ、一応ここは五十階なわけだからな。普通のダンジョンと比べたらダメだ」

「言われてみればそうね」

「慎重に、確実に進むしかないよ」

そんな会話をしている間に、今日初めての魔物をヘルマンが斬り倒してしまった。

まあ、このくらいで苦戦していたら攻略なんて無理な話だろう。

「広すぎでしょ……一体、どこに階段があるわけ？」

攻略を始めてすでに五時間、これだけ探しても階段はまったく見つかっていなかった。

「これは……時間がかかりそうだな。とりあえず、一旦休憩するしかない」

そう言って、俺は鞄から軽食と水を取り出した。

「これを見てくれ」

休憩時間を利用して、俺は皆にこれまで歩いてきたダンジョンの地図を見せてあげた。

「うわ〜。もう、これは迷路だわ。地図を見ても、もうどの道を進めばいいのかわからないじゃない」

そう。このダンジョン、訳がわからないくらい広くて、進むのが難しいのだ。

「これで一層目となると……先が思いやられますね」

「そうだな。でも、先に進まない限り、クリアはできないよ」

焦ってもしかたないし、地道に進んでいくしかない。


「あった！　階段だ！」

結局、階段を見つけるのに初日を使い切ってしまった。

「一日で一階か……。何階あるか知らないけど……。このペースで攻略していくのは不味いな」

この調子で進んでいたら、一年以上はかかってしまう。

「そうですね。明日からは、レオ様は私に乗って移動しますか？　そうすれば、攻略速度が上がると思います」

ベル、ナイスアイディア！

確かに、俺の歩く速さに合わせる必要ないじゃん。

「いいね。そうさせてもらうよ」


次の日。

「おおー。もふもふだな」

俺はベルの背中にしがみつきながら、ベルの触り心地のいい毛皮の感触を楽しんでいた。

「それにしても本当、この体だと無属性魔法のありがたさを感じるな」

いつも何気なく使っているものが急になくなると、意外と困るんだよね。

無属性魔法も普段生活している分には、まったく必要がないものだし。


それから一時間して、早々に階段が見つかった。

「おお、もう見つかったのか」

「昨日の十倍くらい速く移動していたからね」

「はあ、昨日からこうしてればよかったな」

初めからこの作戦でいけば、一日無駄にしないで済んだのに……。

「そうね。まあ、どうせ先は長いんだし、一日くらい誤差の範囲よ」

それはそうなんだけど、一日でも早くクリアしたいじゃん？

とはいっても、確かにゴールする頃には誤差にしか思えないんだろうな。

「それにしても……あれだけ走って、シェリーとリーナが平気な顔をしているのは……なんか、感慨深いな」

一時間も走っても平気な顔をしているとは、本当に成長したよな。

初めて無属性魔法を教えてあげた頃の二人が懐かしいよ。

「ふふふ。私たちも成長しているのですよ？」

「普段ダンジョンを攻略しているときは走って移動しているからね。これくらい平気だわ」

「うんうん。なんなら、もうちょっと速い日もあるよね」

「随分とストイックに訓練していたんだな……」

遊び感覚でダンジョンに挑んでいないのは知っていたが、まさか四人がここまで本気でダンジョンに挑んでいるとは思わなかった。

今度、四人が攻略している様子をこっそり見に行ってみようかな。

「これも、いつかレオを守る為だわ」

「ありがとう。俺も皆をもっと守れるように頑張るよ。それじゃあ、この調子でどんどん攻略していこう！」


「六十階に到達するのに、三日もかかってしまうとは」

「仕方ないわ。このダンジョン、広すぎるんだもん」

結局、無属性魔法を使っても五十一〜六十階を攻略するのに二日かかってしまった。

「今日はまだまだ時間の余裕があるわ。もう少し先まで行きましょう？」

「いや。それはこれからのボス戦次第かな。たぶん。結構強いと思うから」

「それもそうね。それじゃあ、気合い入れて倒すわよ！」

シェリーのかけ声と共にボス部屋に侵入すると、見たことがある魔物がいた。

「あれは……」

「ヒュドラだな。前に一回、戦ったことがある。あいつに物理攻撃はあまり意味がない。それと、毒攻撃が厄介だから、シェリーとルーの魔法で急いで倒してしまったほうがいい」

いつかのラスボスであるヒュドラがいた。

こいつ、再生能力は凄いし、毒の霧は出すし、普通に戦ったら非常に厄介な相手なんだよな。

「了解！　えい！」

「どうだ！」

シェリーの魔法でヒュドラの半身が吹き飛び、残りの半身はルーが消してしまった。

「お疲れ様。瞬殺だったな」

「す、凄い……」

「二人とも流石です！」

「私たちの出番はなかったですな」

「うん。私たちが呼ばれた意味はなかった」

「まあ、これからもっと強い敵が出てくるだろうし、そのときは二人にも活躍してもらうよ」

まだ始まったばかりなんだ。序盤は楽に倒せるに越したことはないだろう。

「はい。お任せください。それと、娘が失礼な態度を取り、申し訳ございません」

「……申し訳ございません」

別に、ギーレに言ったわけじゃないんだけどな……。

とりあえず、ギルに無理矢理頭を下げられているギーレを許しておいた。

「よし。この調子であと二階は進もう！」

「はい」


それから一週間……。まさかこんなに時間がかかるとは、やっと七十階に到達した。

どんどん広く複雑になっていくのはまだ許せるとして……出てきた魔物がよくなかった。

キメラ、複数の動物が交ざったような魔物が今回の敵だったのだが、倒すと分裂するという非常に面倒な魔物だった。

どうしても瞬殺できないから、いちいち遭遇する度に時間を取られてしまった。

はあ、この調子だと師匠の葬式には参加できそうにないな……。


そして、七十階のボス部屋に入ると、ライオンとサソリが交ざったような化け物が待ち構えていた。

また強そうな魔物だな……。と思いつつ、俺は鑑定した結果を皆に伝えた。

「あれは、マンティコア。尻尾の毒に気をつけて。それと、キメラと同様に、もしかしたら分裂するかもしれないから気をつけて」

「了解しました。今回は、僕とアルマで倒してもよろしいでしょうか？　物理攻撃が得意な相手なら、僕たちのスキルがあれば簡単に勝てると思います」

「そうだな。それじゃあ、二人に頼んだよ」

二人の透過スキルなら、毒針も怖くないしね。

まあ、結果は二人が楽に倒してみせた。

瞬殺じゃないのは、また分裂したから。

本当、二度とこの階層には挑戦したくない。


「次の敵はスライムか」

ボスを倒して次の階層に進むと、そこら辺にいそうなスライムが出てきた。

とは言っても、もちろんこんなところにいるスライムがそこら辺のスライムと同じはずがない。

だから、とりあえずヘルマンに斬撃で遠いところから斬らせてみた。

「斬ると分裂しますね」

ヘルマンが四つの斬撃を飛ばすと、綺麗にスライムが八等分された。

また分裂系かよ……。しかも、今回は無限に分裂する勢いじゃないか。

はあ、このダンジョンを造った奴の顔を見てみたいよ。

よくこんな嫌がらせみたいなダンジョンを造れる。

「仕方ない。スライムの処理は、シェリーとルー、ギーレ、ギルに任せよう」

「お任せください」

「やっと出番」

「ふふ。任せて」


今回の記録は十日だった。

ルーの魔法が殲滅に向いていたおかげで、思っていたよりも時間がかからなかった。

挑戦を始めてもう三週間……創造士に会えるのはいつになることやら。

そして、現在はボスの部屋だ。

「八十階のボスは予想していたけど、スライムだな。それにしては……」

「思っていたより小さいわね。これくらいなら、私の魔法で瞬殺よ！」

小さいから注意しようと言おうとした瞬間には、シェリーが魔法を撃っていた。

完全に疲れで油断していたな。

「うわあ！」

やっぱり、スライムには魔法は効かなかった。

それどころか、スライムは魔法を吸収して大きくなった。

「これ、魔法で攻撃したらダメなやつだ。ヘルマンとアルマ！　斬撃で限界まで切り刻め！」

「「了解しました!!」」

「ふう……。なんとか、無傷で終わってよかった」

ヘルマンとアルマがスライムを限界まで小さくさせたところで、スライムは勝手に消えてくれた。

小さくなりすぎると、体が維持できなくなるような仕組みになっていたのかな。

「まさか、魔法を吸収するなんて……」

「まあ、ここは八十階のボスだからね」

魔法が効かなかったり、物理が効かない相手が出て来るのはそろそろ普通になってくると思うよ。


そして、一休みをしてから八十一階層に下りた。

「え？　いきなり床がなくなったんだけど」

そう。階段を下りていくと床がなく、ずっと空が続いている世界が広がっていた。

「これは空を飛んで攻略しろってことかな？」

空を飛ぶ手段がなかったら詰んでいたな。

「それなら皆さん、私とギーレに乗ってください」

「そうだね。あ、ヘルマンはこれで移動する？」

「その靴は……？」

「空でも走れる靴。とりあえず履《は》いてみな」

俺がいつもダンジョンや本気で戦うときに装備する靴をヘルマンに渡した。

一人、自由に動ける人がいないと、どこかで困ることになるかもしれないからね。

「わ、わかりました」

「どう？　歩けそう？」

「な、なんとか……」

そう言いながらも、ヘルマンは両手を広げてバランスを取るようにして空中を歩いていた。

これは、ちょっと練習が必要だな。

「それじゃあ、ヘルマンが空中を走れるようになるまで休憩にしよう」

「す、すみません」

「気にしなくていいよ。どうせ、すぐに慣れると思うし」


「うん。随分と慣れたみたいだね」

思っていたとおり、三十分くらい練習したら空中を余裕で走れるようになった。

「はい。もう、大丈夫だと思います」

「よかった。それじゃあ、他は皆ギーレとギルに乗せてもらおう」

そして、しばらく進んでいると、遠くから黒い粒々が見えてきた。

「何だあれ……？　うお！　ワイバーンの大軍だ」

近づいてくるにつれて、とんでもない数のワイバーンが向かって来ていることに気がついた。

「大丈夫！　私の魔法でなんとかなる！」

流石シェリー、一撃でほぼ全てのワイバーンを地に落とした。

まあ、この階層に地面があるのかは謎なんだけど。

「あ、何体か残った！」

「僕に任せてください！」

残ったワイバーンはヘルマンが綺麗に斬り落としていった。

「おー。やっぱり、ヘルマンにその靴を渡しておいてよかった」


そして、九十階までは三日で到達できた。

面倒な迷路がなかった分、早かった。

「ボスは白龍か……」

今回のボスは、前世の記憶に出てくるような日本式のドラゴンだった。

「リュウ？　あれ、リュウっていうの？」

「うん。まあ、ドラゴンみたいなものだよ」

「へえ。あれもドラゴンなんだ。えい！……あれ？　効いてない？」

ルーが破壊魔法を使ったみたいだけど、白龍は無傷だった。

「もしかしたら……また魔法は効かないのかもしれないな」

「そんな……」

まあ、流石に破壊魔法の対策はされているか。

「ということで、ヘルマンとアルマ頼んだ！」

「「任せてください！」」

俺の指示に、ヘルマンとギーレに乗ったアルマが龍に向かっていた。

そして、そのままヘルマンたちが龍に攻撃を始めた。

始めたのだが……。

「嘘だろ……あのダンジョンの壁すら抉れるヘルマンの斬撃を受けても、鱗《うろこ》にひびが入る程度なんて……」

ヘルマンとアルマが斬撃を飛ばしても、鱗にひびが一つしか入らないのは随分とヤバい気がする。

龍の攻撃もヘルマンたちには当たっていないけど……これは倒せるのか？

「でも、集中的に同じ場所を狙い続ければ、いつかは倒せるはずです」

「そうだけど……。でも、あの大きさと速さで同じ場所を狙うのは難しいだろ……」

「大丈夫ですよ。ヘルマンさんならやってくれます」

「……そうだな。まあ、見守るとしよう」

リーナの言葉に、俺は頷くことしかできなかった。

戦えない俺が心配したところで結果は変わらないんだ。勝負は二人に委《ゆだ》ねようじゃないか。

そして……なんと一時間が経過したころ。

「お！」

やっと一つの鱗が割れた。

よし！　行け！

「グルアアア！」

アルマが龍に剣を突き刺すと、龍は大きく吠《ほ》えた。

そして、力なく落ちていった。

「毒が効いたみたいだな……」

まさか、ボスに毒が効くとは。

ナイスアルマ！


「次はちゃんと地面がある！」

「でも、なんか不気味だわ……」

次のステージは墓地だった。

薄暗くて、シェリーの言うとおり凄く不気味だ。

「ということは……やっぱりアンデッド系の魔物が出てくるよな」

すぐにたくさんのアンデッドたちが湧いて出てきた。

これは面倒だな。

「スケルトンにゾンビにミイラにレイス、選《よ》り取《ど》り見取りね」

「ここにきて、リーナの聖魔法が大活躍だな」

アンデッドは基本、聖魔法に弱い。

「ふふ。ずっと見ているだけでしたからね。見ていてください。これくらいなら、すぐ楽にさせてあげられます！」

そう言って、嬉しそうにリーナが聖魔法を四方に飛ばすと、アンデッドたちはすぐに消滅していった。

「流石聖女様！」

「聖女は私じゃなくて、レリアさんです」

「もう、冗談よ」

「ベル、またお願いね」

「はい」

それから、ベルに乗っての移動が続いた。


一週間後。

「九十九階にボスの部屋か……」

百階ではなく、九十九階にボスの部屋があった。

「これ、続けてボス戦になる気がする」

このボスを倒したら、次の階にもボスがいるパターンだ。

「私もそんな気がする。でも、まあ。これまでの調子で行けば大丈夫じゃない？」

「そうかな？　まあ、とりあえず次のボスはリーナに頼んだ」

どうせアンデッドだ。なら、リーナがいれば大丈夫でしょ。

「はい、任せてください！」


「やっぱり、アンデッドでしたね」

「ああ。あれはネクロマンサーだな」

無限にアンデッドを生成できる魔物だ。

早くネクロマンサーを倒さないと非常に面倒なことになってしまう。

「リーナ、いけるか？」

「はい！」

『ぐおおおおおお』

リーナが聖魔法を使うと、ネクロマンサーはいかにも苦しそうな叫び声をあげた。

ただ、すぐには成仏してくれなさそうだ。

「うう……鼓膜《こまく》が破れそうだ」

「凄いですね」

「あ、大量に召喚しやがった。皆、リーナを守るんだ！」

それから、リーナがネクロマンサーをジワジワと苦しめている間、他のメンバーで湧いて出てくるアンデッドたちを倒し続けた。

そして、三十分くらいして、ようやくネクロマンサーが倒れた。

「ふう。随分と長く耐えやがって……」

「少しヒヤッとしたわね」

本当、結構ギリギリだった。

アンデッドたち、なかなか死なないから湧いてくる量に倒す量が間に合っていなかった。

あと少しでもリーナがボスを倒すのが遅れたら、危なかったかも。

「どうする？　少し休んでから次に挑む？」

「そうですね。次が最後だとしたら、万全の状態で挑みたいです」

「そうですな。流石に、最後は余裕を持って倒せるような相手ではないと思います」

「了解。それじゃあ、皆の魔力が回復するのを待って、百階に行こう」

「よし。それじゃあ、下に降りるよ。心と体の準備は大丈夫？」

『大丈夫（です）』

「よし。それじゃあ、行くぞ！」


「なにあれ……」

「テュポーン。確か、ギリシャ神話に登場する怪物だったかな」

ボスを見た瞬間に、前世の記憶が出てきた。

どうやら、この魔物は創造士が思いつくなかで一番の魔物らしい。

見た目は上半身がおっさん、下半身と腕は無数の蛇《へび》という気持ち悪い形をしていて、大きさは高層ビルくらい……かな？

「ギリシャ神話？」

「えっと……前世の昔話？　たぶん、この記憶は創造士のものだから、間違いないと思うよ」

「そのテュポーンという怪物は、どんな怪物なのですか？」

「神にも勝てる怪物だよ」

「え？　それは随分と不味くないですか？」

「……神を殺す気で造った魔物ってことですよね？」

「そうかもしれないけど……」

「リーナとベル、そんなことを言っていても仕方ないじゃない。もう、ここに来てしまったからには倒さないといけないのよ」

「そうですね」

流石シェリー。シェリーの一言で皆の雰囲気が一変した。

「あの無数の蛇による攻撃はヘルマン、アルマ、ギーレ、ギルで対処して」

『了解しました』

「シェリーは、テュポーンが火を吐いた時に壁を造って皆を守って」

「了解」

「ルーは破壊魔法で本体を破壊！」

「任せて！」

それから一進一退の長い長い戦いが始まった。

蛇は斬ると回復しないが、本体はいくらでも回復するから、チマチマと蛇を殺していくしかなかった。

そして、やっと全ての蛇を倒した時に本体の回復が止まり、ルーがとどめを刺して終わった。

「本当に、神様を殺せてしまえそうでしたね」

「壊しても壊しても回復するから、本当にウザかったわ」

「今までで一番強い相手だったわね」

それぞれ体力を完全に使い切り、床に倒れ込んでいた。

もう、最後の方は気力で動いていたからな。

「皆、お疲れ様。ここまで俺の為にありがとう」

「お礼なんていいわ。普段、レオにはもっとお世話になっているんだから」

俺が頭を下げると、シェリーのそんな言葉と皆のそれに賛同するような頷きが返ってきた。

本当、俺はいい仲間を持ったな。

「ありがとう。それじゃあ、休憩したら会いに行くか」

遂にこのときが来たな。

創造士……一体どんなやつなんだろうな？

第十九話　この体について

「この先に……創造士がいるのか」

休憩が終わり、皆で扉の前に立っていた。

たぶんこの先に創造士がいる。ここまで一カ月はかかっているから……これでまだダンジョンが続いているようだったら、本当に絶望だな。

「やっぱり、レオと似ているのかな？」

「どうなんだろうね？　血は繋がっているんだろうけど、数百年も間があったら随分と遺伝子も変わっていてもおかしくないと思うよ」

それに、俺はじいちゃん似だしな。

性格は似ているかもしれないが、見た目はたぶん違うと思う。

「そうですよね。千年か……本当に想像できませんね」

「もしかしたら、何とか生きながらえているおじいちゃんかもしれないわね」

「それもあり得るかもな」

もしかしたら、この扉を開けた向こう側には大きな機械が設置されていて、それに繋がれた創造士がいるのかも。

「まあ、中に入ってみてからのお楽しみだな」

そう言って、俺は扉を開けた。


「やあ、お疲れ様」

扉が開くと、これまで大変な思いをしてきたことが冗談だったかのような軽い口調が飛んできた。

その声の主は、見た目から想像するに……二十代後半から三十前半くらいの金髪の男だった。

「あなたが創造士？」

「そうだよ。どう？　見た目が老けてなくて残念だった？」

「い、いや……」

どちらかと言うと……驚きかな。本当に千年も生きているのか疑いたくなるレベル。

「まあ、何とか生きながらえているのは変わりないんだけどね」

「どうやって？」

「ちゃんと説明するから待ってね。その前に……皆、お客さんが到着したよ」

俺がどうやって千年も生きているのか聞こうとすると、創造士は手で俺の言葉を止め、後ろに向かって誰かを呼んだ。

すると、奥にあった壁が開き、奥から見覚えのある男と初めて見る女性二人が出てきた。

「おお〜〜〜レオンス様〜〜〜久しぶりで〜〜〜す」

「バルス……」

見覚えある男はバルスだ。

相変わらず、煩《わずら》わしい口調をしているな。

「おっと。そんな怖い顔を私に向けないでくださ〜〜〜い」

どうやら、シェリーが目一杯睨みつけていたらしい。

シェリーよ。こいつを睨んでも逆効果だぞ……。

と思っていたら、後ろから見知らぬ女性の一人がバルスの頭を思いっきり後ろから叩いた。

「あなたがそうやって人をおちょくったような喋り方をしているのが悪いんでしょ」

「そうですね〜。でも、私はバルスさんのおかげで久しぶりにここが賑やかになって嬉しいですよ」

「おお〜〜〜。アリス様はわかっていらっしゃ〜〜〜る。それに比べて〜〜〜ジモーネは〜〜〜〜」

アリスにジモーネか。どちらも初めて聞く名前だな。

創造士とはどういう関係なんだろうか？

「アリスに比べて私がなんだと言うのよ！　それに、私にも様をつけなさいって言ってるでしょ！　どうして、アリスには様をつけて私にはつけられないわけ？」

「細かいことは気にしていたら長生きはできませんよ〜〜〜。ねえ〜〜〜アリス様？」

「ええ。そうよ。そんなに大声を出していたら、疲れてしまうわ」

「心配しなくても、バルスの倍は生きてるわよ！」

「……ちょっと三人とも。久しぶりにお客さんが来ているんだよ？」

どんどんヒートアップしていく三人を笑いつつも呆れながら、創造士が止めた。

今のやり取りでわかったけど、四人とも凄く仲が良いんだな。

アリスさんとジモーネさんは創造士の奥さんってところか？

「あ、すみません。私はアリス。気軽にアリスちゃんって呼んで」

「ちゃんって歳じゃないでしょ……」

「あ？」

あまりの恐怖に、ぞわぞわっとした。そんな可愛らしい顔のどっからそんなドスの利いた声が出るんだ……？

「い、いいえ、なんでもないわ。それより、自己紹介だったわね。私はジモーネ。見てのとおり、魔族だわ」

そう言って、ジモーネさんは自分の角を指さした。

言われてみれば確かに魔族だな。

「あ、忘れていました！　私はエルフ！　この耳が特徴です！」

今度はアリスさんが髪をかき分けて自分の耳を見せてくれた。

確かに、普通の人族とは違って耳が尖《とが》っていた。

「どう？　なかなか君たちに負けないくらい色濃い奥さんたちでしょ？」

あ、やっぱり奥さんなんだ。

「……そうですね。バルスが来るまでは、ずっとダンジョンの中に三人で暮らしていたんですか？」

「まあ、そうだね。百年くらいはあと二人いたんだけど……もう死んじゃったんだ」

「そうですよね……」

ジモーネさんとアリスさんは長命な種族だから生きていられるけど、俺たちみたいな人族や獣人族は一般人と寿命が同じだからな。

それにしても……創造士はどうやって千年も生きているのかな？

見た感じ、それらしき魔法アイテムは見当たらないし……。

「どうして俺は死んでいないのか気になる？」

「……うん」

「魔族の寿命の原理は知っているかな？」

「うん。持っている魔力の量で寿命が変わるんだよね？」

魔王が教えてくれたことをそのまま答えた。

「そうだよ。それで、だ。魔族ってなんだと思う？」

「魔族って何か？　えっと……」

ちょっと変わった特性を持った人？　いや、ちょっとどころじゃないし……。

「まあ、わからないよね。いや、そう思いたくないってところが正解かな」

そう思いたくない？

「魔族というのは……人の形をした魔物なんだよ」

「え？」

人の形をした魔物？

「あ、といっても、魔族が悪い奴とかそういうことを言いたいわけじゃないからね？　魔族はこうして、人と同じ体を持っているし、人と同じ感情を持っている。それに、人との間に子供もつくれる！」

そう言って、創造士がジモーネさんのお尻をモミモミと触り始めた。

「もう！　人前でどこを触っているのよ！」

「それでね。僕ら創造魔法の使い手は、魔物を創造できるでしょ？」

創造士はジモーネさんに頭を叩かれても気にせず、説明を続けた。

この人、見た目は好青年なのに、中身はエロ爺《じじい》なのか？

そんなことを頭の片隅で考えつつ、創造士の言葉に耳を傾けていた。

「魔物を創造できる……。あ、もしかして」

「たぶん正解。俺は疑似《ぎじ》魔族となったわけだ。そして、君もね」

「なるほど……いや、だとしたら俺は……」

俺は創造に失敗した？　それとも、魔力がこんなスピードで減り続けるのは、魔族では当たり前なのか？

「俺がなんでわざわざ疑似って言ったかわかる？　この体には重大な欠陥《けっかん》があるんだよ」

「その欠陥というのは……？」

「自分の力では魔力を回復できないことだね。放っておくと、どんどん魔力がなくなっていき、いずれ死んでしまう」

「そ、そんな……」

「あ、ごめん。そんなにショックを受けないで。もし、何も対策ができないとしたら、僕はもう死んでいるから」

ショックを受けて、今にも泣きそうなシェリーを見た創造士が慌てて詳しい説明を始めた。

「言われてみればそうね」

「ねえ。安心してくれていいよ。ただ、シェリーとリーナ、それにルーにベルはこれから毎日やらないといけないことがある。覚悟はいい？」

俺じゃなくて、シェリーたちがやらないといけないこと？

一体、何をやらせるつもりなんだ？

「もちろん問題ないけど……何をすればいいの？」

「まあ、簡単に言うとレオに魔力を分けてあげてほしいんだ」

「私たちがレオに魔力を分けてあげる？　そんなことができるの？」

「もちろん。レオの胸に手を当ててみて。心臓の上辺り」

「レオの胸に？　わ、わかった。ここら辺？」

創造士の言葉に疑問も持たず、シェリーが俺の胸に手を当ててきた。

おいおい。何が始まるんだ？

「そう。そしたら、レオの魔力を感知してみて」

「レオの魔力を……あっ。手の下に魔力の塊がある」

「そう。それがレオの生命線」

「こ、これが……随分と少ないわね」

「まあ、一カ月も放置していればそうなるよ」

他人事のように言っているが……お前のせいだからな？

まあ、大体理由は予想がついたからいいんだけど。

「そこまで怖がらなくても大丈夫だよ。慎重に、魔力を流し込んであげて」

「し、慎重に……」

おいおい。そんな震えた手で大丈夫なのか？

こっちまで緊張してくるから一回落ち着けって。

そんなことを言う間もなく、俺の体に魔力が流れ込んできた。

おお。これは凄いな。体に力が溜まっていく感じがする……。

「そうそう。その調子」

「シェリー、私にもやらせて！」

「いいわよ」

今度はルーの番らしい……間違って破壊されたりしないよな？

首輪があるから大丈夫だろうけど……。

「うふふ。どう？　気持ちいい？」

「うん……気持ちいいというより、くすぐったいかな。ただ、体が魔力で満たされていく感じはなんか良いね」

「うんうん。わかるよ。この感覚だけは、数百年経ってもいいものだよ」

「そうなんだ。創造士……そういえば、名前をまだ聞いていなかったな」

「そういえばそうだったね。俺の名前はミヒルだ。まあ、好きに呼んでくれ」

「わかった。ミヒルも毎日、奥さんたちに魔力をもらっているの？」

「そうだよ。毎日イチャイチャしながらね」

そう言って、ミヒルはアリスさんの肩を抱き寄せた。

本当、仲がいいんだな。

「慣れてくると、肌を合わせながらでもできますからね～」

「こら、そういうことは子供の前で言わないの」

「子供とはいっても～～もうすぐ結婚するんですけどね～～～」

「だけどね。年を取れば取るほど必要になってくる魔力はどんどん増えていくんだ。それこそ、魔力が多い二人に助けてもらっても間に合わない程の。だから、俺は他に魔力を得る経路を用意している」

奥さんたちがもの凄いカミングアウトをしたにもかかわらず、ミヒルは平気な顔で体の説明を続けた。

流石千年生きているだけはある……いや、俺は何を言っているんだ？

そんなことより、体のことだ。

「もしかして……ダンジョン？」

「正解。この馬鹿でかいダンジョンは別に、自分の身を守るためのものじゃないんだ。どれだけ効率よく魔力を手に入れられるか。それだけの為に造った」

へえ。どこか、魔王レベルの人たちから身を守るには心許《こころもと》ないボスたちだったから、少し疑問に思っていたんだよね。

それと、やっぱりダンジョンが魔力の供給源か……。

「いつか。俺もダンジョンに籠もらないといけない日が来るのか？」

「うん……正直わからない。あと八十四年あったとして……ぎりぎり必要になるかも」

「まあ、ぎりぎり程度なら構わないさ。それで、今回の戦争は俺の寿命を延ばすためにわざわざ起こしたのか？」

八十四年という言葉で確信した。これは間違いないだろう。

「いいや。そもそも、俺は戦争を起こせとは命令していない。ちょっと、勇者に致命傷を与えるように仕向けてくれと言っただけだ」

「だから、言われたとおりにそう仕向けたじゃないですか～～～」

うん……。俺的にはミヒルが確信犯に見える。

絶対、バルスの性格を知っていればこうなることは予想できていたはずだ。

「バルスは、もう少し命の尊さというものを再確認したほうがいいと思うよ」

「よく言いますよ～～～。破壊士の次に一番転生者を殺しているくせに～～～」

へえ。それは意外。

人を殺したくないところは本当だと思っていたんだけどな。

「そりゃあ、敵となった相手には容赦しないさ。優しさと甘さは違うぞ？」

敵なら容赦しない。確かに、そこは俺と思考回路が一緒だな。

いや、俺がミヒルに影響されているのか。

「そんなことはわかっていますよ～～～」

「まあ、今回の経緯はこんな感じだよ。他に何か質問はある？」

「ミヒルは、このまま神が引き分けで終わるのを見ていると思うか？」

「うん……言いたいことはわかるよ。まあ、どうなんだろうね？　レオは何かしてくると思う？」

「思う」

間違いなくまた新たなルールを加えてくると思う。

魔王の話を聞く限り、神というのは絶対に決着をつけさせたいみたいだし。

「やっぱり？　でもね。神はもう何もできないんだよ」

「どういうこと？」

「だって、これ以上神たちが手を加えたら、ゲームとして成り立たなくなるでしょ？　ただでさえ、もう公平な戦いじゃなくなっているのに」

「……言われてみればそうだね」

これが本当に神たちによるゲームだとしたら、既に公平性は崩壊していると言っても過言ではない。

だって、他の転生者たちはあと八十年も隠れていれば自動で勝てるわけだからな。

「でしょ？　だから、もし何かしてくるときは神たちが勝負を諦めて、とことん俺たちをいじめたいときだね」

「その可能性は？」

「絶対ないとは言い切れないけど、その可能性は低いと思うよ。だって、フェリシアとミラベルがいるし、ルーベラだってまだ諦めてないし」

ん？　いっぱい知らない名前が出てきたな。

「えっと……誰？」

「ああ。ごめん。フェリシアはエルフ族の族長。ミラベルは焼却士《しょうきゃくし》七代目。ルーベラは破壊士」

「焼却士？」

あれ？　まだ生きているのか？

魔王はもういないって言ってなかったか？

「ああ。そういえば、ガルは彼女の存在を知らなかったね」

「ガル？　魔王の名前？」

「そうだよ。ひょっとして、名前はないと思ってた？」

「いや、そんなことはないけど……それで、どうして魔王は焼却士の存在を知らないの？　魔王は世界中を見ることができるよね？」

それとも、焼却士は魔王から隠れる術を持っているの？

「簡単なことだよ。初代以外、焼却士は代々大人しく生きているからね。僕たちみたいな鑑定のスキルを持っていなければ、見つけようがない」

「そういうことか……。でも、なんで初代だけ性格が違うんだ？　普通、記憶は初代のコピーが渡されるんじゃないのか？」

目立たなければ魔王でも気がつけないのは納得だけど、初代だけどうして暴れ回っていたのかは謎だな。

「コピーされるのはこの世界に来る前までの記憶だよ」

「え？　それじゃあ初代は、こっちに来てから性格が変わったのか？」

「正解。彼氏を魔族に殺された。それで、彼女は魔族を一人残らず燃やそうとしたんだ」

「ああ、なるほど。それで、魔王の家族たちは焼かれてしまったわけか……」

女の恨みほど怖いものはないからな。

「初代焼却士は強いよ。ルーベラが唯一負けた相手だからね」

「破壊士が負けた？」

あの最強と名高い破壊士が負ける相手って凄いな……。

「そう。彼女は焼却士から命からがら逃げたことがある。まあ、もう九百年は前の話だけど」

「今、焼却士はどこにいるの？」

「さあね。少なくとも、君の身近にはいないよ」

知る必要はないってことか。まあ、知ったところでどうにもできないし、確かに聞いたところで感はあるな。

「了解。今日はいろいろと教えてくれありがとう」

「こちらこそ、迷惑をかけてしまってすまなかったね」

本当に思っているのか……？　なんか、口調が軽いんだよな。

「また、遊びに来てくださいね！」

「はい。また、暇なときにでも」

「新婚生活は何かと忙しいから、当分は無理でしょうね」

「あ～いいな。私もあのころに戻りた～い」

「その言葉、年寄りみたいよ？」

「はいはい。どうせ私はおばあちゃんですよ～」

「二人ともそんなことで喧嘩しないで、後でちゃんと満足するまで相手してあげるから」

「や、やめなさいよ……子供の前だぞ」

「やだ……今日は寝かせてもらえない……」

「ねえ。あの三人は放っておいて、もう帰らない？」

たく……千年生きても元気なことで。

俺たちそっちのけでイチャイチャし始めた三人のことは放っておいて、もう帰ることにした。

一カ月も領地にいなかったらな。エルシーが心配しているだろうし、早く帰らないと。

そう思って、転移を使おうと思ったらちょうどバルスと目があった。

「バルスはこれからどうするの？」

「私ですか～～？　特に何も決まっていませ～～～ん」

ああ、質問した俺がバカだったよ。

「あ、そうだ。じゃま……じゃなくて、暇だろうから、レオのところで働いてきなよ。随分と迷惑かけちゃったわけだし」

おい。今、確かに邪魔って聞こえたぞ！

仲良しだと思ったら、意外と鬱陶《うっとう》しく思っていたんだな。

「良いですね～～～。それじゃあ～～～またお世話になりま～～～す」

本当、調子のいい奴だな。

「はあ、わかったよ。それじゃあ、バルスには隠密の育成を頼むよ」

面倒な男でも、優秀なことに変わりないからな。

俺がこき使ってやろう。

「人材育成ですか～～～？　抜け目ないですね～～～いいですよ～～～」

「それじゃあ、そういうことで帰るよ」

「うん。まあ、好きに生きなよ。僕と違って千年も生きられるわけじゃないんだから」

「いや、百年生きられるだけで十分だよ。でも、そうだね。好きに生きさせてもらうよ」

当分は、平和に暮らしていたい。あと、旅行に行きたいな。

そうだ。帰ったら旅行のプランでも立てるのもいいな。よし。さっさと帰ろう。

「じゃあ、また」

第二十話　結婚式

創造士のところに会いに行ってからしばらくしたころ……。

普段から賑わっているミュルディーン領だが、今日はいつも以上に賑わっていた。

それもそのはず。

何と言っても、今日は当主の結婚式だから。

「まあ、といってもこの国は王国とか前世みたいに神の前で誓ったりはしないんだけどね。仲のいい人たちを集めてお披露目《ひろめ》パーティーをするだけ」

パーティーの派手な衣装に着替え終わった俺は、そんな説明をカイトにしていた。

「前世で言うところの披露宴《ひろうえん》だけみたいな感じ？」

「そう。帝国はあまり神を信用していないから。なんせ、建国者は神嫌いの創造士だし」

帝国を建国した創造士は、神に祈るとかそういう行為がよっぽど嫌いだったらしく、この国では自分のステータスを調べるとき以外は神頼みなんてしない。

そして、パーティーが大好きな国民性……そんな理由から、結婚式もほぼほぼパーティーだったりする。

「なるほど。この世界の歴史というのも面白いものだな」

「そうなんだよね。ふう。シェリーたちは準備が終わったかな？」

毎日会っているけど。こう……改めて会うとなると緊張するな。

「流石に終わったんじゃないか？　時間的にはもうそろそろだろ？　あっ」

あ？　と思ったら、父さんが部屋に入ってきたようだ。

「お、勇者と話していたか」

「あ、すみません。それじゃあ、俺はこの辺で失礼するよ。また、会場で」

「うん。楽しんでいってね」

「勇者、死にかけた割には元気だな」

そう。カイトの奴、俺がダンジョンから帰ってきて溜まった書類仕事に追われている間に目を覚ましやがった。

落ち着いたら、創造魔法でどうにかしてやろうと思っていたのにな。まあ、起きたならいいんだけど。

「リーナのおかげだよ。あと、エレーヌの愛と赤ちゃんの生命力をもらえたおかげだと思うよ」

そう。どうやらカイトが目を覚ました日は、カイトとエレーヌの赤ちゃんが産まれた日らしい。

なんでも、赤ちゃんの産声《うぶごえ》を聞いて目を覚ましたとか。

「そうか。子供というのは、妙に力を与えてくれるものだからな。なんかわかるぞ」

「へえ。俺も親になったらわかるかな」

「ああ。きっとそんな日が来るさ。それにしても……遂に、そんな俺の子供たちが全員結婚することになってしまうとはな」

「早かった？」

「ああ。早かったな。特にお前はあまり世話もできずに独り立ちしちまったから、余計に寂しいよ」

あれ？　普通は手が掛かったほうが寂しく感じるものじゃない？

「俺、そんなに世話が掛からなかった？　結構、やりたい放題やっていた気もするけど」

「いいや。お前ほどの子供が優秀ではなかったとしたら、この世界の人間は皆悪ガキだな」

「こ、皇帝」

今度は皇帝陛下のご登場だ。

シェリーのところに行ったんじゃなかったの？

「結婚おめでとう。これからもシェリアを頼むよ」

「はい。任せてください」

絶対に幸せにしてみせます。

「まあ、そんな心配はしてないんだがな。なんなら、俺よりレオの所にいたほうが絶対安全なんだから」

「ハハハ。それは違いない。何と言っても、勇者を退けた男だからな」

「そうだな。まったく……レオには助けられてばかりだ。これから、西側の荒れた土地も開発し直してもらうことになっているし……これからも一生頭が上がらないな」

「あの広大な西の土地をレオ一人でか……。まあ、親父にできたことだし、レオならできるか」

いやいや。何を言っているのさ。

「あまり期待しないでよ。じいちゃんのときは、魔の森の資源でどうにかしたんでしょ？　あそこには、何にも資源がないせいでフォースター領と比べものにならないくらいキツいんだから」

まずは、何か特産品をつくるところから始めないといけないんだよ？

フォースター領並みに栄えさせるとしたら、あと何十年必要になるかわからない。

「冗談だよ。もちろん俺たちが全力で援助するさ。なあ？」

「もちろんだ。今日からレオは皇族になる。皇族の土地なら、俺としても堂々と援助できるからな！」

「助かります……」

「あなたたち、こんなときでも仕事の話をしているの？」

「まったく……今日くらい忘れて思いっきり楽しみなさいよ。ねえ、皆？」

そう言って入ってきたのは、母さんと皇妃様……そして、今日の主役たちだ。

「「「おお～」」」

五人の美しさに、俺たちは思わず声が出てしまった。

「ど、どう？　綺麗？」

「うん。皆、凄く綺麗だよ」

白を基調としたドレス。五人とも似合っているな。

「それじゃあ、ちょっとの間六人だけにしてあげましょう？」

「そうだな。ほら、泣いてないで行くぞ」

「な、泣いてなんかいない！」

涙を流す皇帝の背中を押しながら、父さんたちが部屋から出て行った。

「ふふふ。なんか、もうずっと一緒に生活してきたのに……改めてこうなると恥ずかしく感じてしまいますね」

「そうですね……」

さて……何を話せばいいのだろうか？

やっぱり、一人一人に何か言っていくのがいいよな。

うん。そうしよう。

「えっと……シェリー」

「なに？」

「シェリーと会ったのは五歳のときだったね。あの馬車に二人で乗ったときのことは今もしっかりと覚えている。あのとき、俺の創造魔法を純粋に褒めてくれたのは本当に嬉しかったな。それから……俺の為に魔法の練習を頑張ってくれて……本当に心強い奥さんだと思う」

やべえ、なんか自分で言っていて泣きそうになってきた。

「きゅ、急にどうしたのよ」

「いや、この機会に皆との思い出を振り返っていこうと思ってね」

「そ、そう。でも、なんか恥ずかしいわね」

「ふふ。いいじゃないですか。次は私の番ですね」

「リーナは、八歳のときだね。じいちゃんが死んでしまって……元気がなかった俺を優しく癒やしてくれた。初めてリーナが俺に聖魔法をかけてくれたときのことを覚えてる？」

「もちろんです。旦那様がいきなり自分の手にナイフを突き刺したときは、どれほど焦ったことか」

「ハハハ。ごめんよ。好奇心には勝てなかったんだ」

めっちゃ痛いけど、リーナの前だから痛がるのを我慢したのは懐かしい思い出だ。

「レオって昔からしっかりしているようで、どこか好奇心とか勢いに任せて行動することがあるわよね」

「ご、ごめんって。それで、リーナに初めて聖魔法をかけてもらったときのことは忘れられないねって話。そして、いつもリーナには癒やしてもらっているよ。ありがとう！　ということで次！」

ちょっと恥ずかしくなってきた俺は、すぐに次の人に目を向けた。

次は……ベルだ。

「ベルは……ベルと会ったのも八歳のときだったね。なんか、懐かしいな。真面目なんだけど凄くおっちょこちょいで、触り心地が凄くいい。特に一緒に寝ると……」

「ちょっと？　その発言は正妻として聞き捨てならないわよ？」

おっと。思わず失言をしてしまった。

「ご、ごめん。えっと……ベルとの印象深い思い出と言えば、寮での生活が始まった日のことだね」

そんな話をしていると、ベルはもう泣きそうになっていた。

ベルは昔から泣き虫だったな。

「泣かれてしまったときは本当にどうしようかと思ったけど、あれがあったからこそベルとこうして結婚できたような気がするよ」

「ぐす……こちらこそ。こんなメイドをお嫁さんにしてくださり、本当にありがとうございます。これからも、ずっとレオ様に尽くしますので、どうか捨てないでください……」

「もちろん。捨てないし、これからは俺がベルに尽くすよ」

とはいっても、それ以上にお世話になってしまう気もする。

俺はもう、ベルなしでは生きていけない体になってしまったからね。

「エルシーと初めて会ったのは奴隷商だったね。創造魔法の適性を持っていたエルシーを師匠に勧めたのがきっかけだったけど……あの久しぶりに会いに行ったときのことは本当に衝撃的だったな〜」

まさかのヤンデレになっていたときはビックリしたな。まあ、可愛かったからいいんだけど。

「あれだけ放置されていたら、誰でもああなってしまいますよ。でも、そんな私でも優しくしてくれるレオくんには本当に感謝でいっぱいです」

「こちらこそ、エルシーには凄く感謝しているよ。この街の発展はエルシーなしでは絶対に無理だったし、戦争で冒険者がいなかったら俺は簡単に負けていたかもしれない」

金銭面でエルシーにはたくさん助けられたな。

エルシーの助けがなかったら今俺はどうなっていたのかな？　などと思うと、一生俺はエルシーに頭を下げ続けないといけない気がする。

「最後はルーだね。どう？　久しぶりに首輪がないのは？」

そう。今日のルーは首輪を取っている。

そりゃあ、新婦が奴隷の首輪を着けているのはおかしいからな。

それに、もうルーが俺を裏切るとは思えないし。

「うん……なんか首がスースーして気持ち悪い。これが終わったらすぐ着け直す」

「そうなんだ。まあ、もう首輪はルーの好きにしていいよ。ルーはもう奴隷じゃなくて、俺の奥さんになるわけだからね」

「う、うん……」

俺の言葉に、ルーは顔を赤らめて照れた。

普段はお調子者だけど、こうやってたまに見せる照れた顔がまた可愛くていいんだよな。

「初めて会った時の衝撃度で言ったら、ルーが一番だね。なんせ、命がけだったし」

「うん。あの時は完敗だったね。また、レオと戦いたいな～」

「い、いつかね……」

いや、絶対にやらないけどな。絶対俺が死ぬ。

「ふふふ。それにしても、角は隠さなくていいの？」

「まあ、結婚する以上もう隠すのは難しいでしょ。それに、今なら教国も文句は言えないから」

もちろん。帝国国内で俺に文句が言える奴はいないし、王国はカイトだから大丈夫。教国は、俺の影響力を考えて、表だって批判はしてこないと思う。

聖女様の教育もしてあげているわけだしね。

コンコン。

「皆様、もうすぐ入場の時間となります。準備のほう、よろしくお願いします」

「おっと。それじゃあ、パーティーを楽しもうか」


拍手されながら中に入ると、すぐに大泣きしている皇帝が見えた。

いや、これから皆の前でスピーチをするのに、そんな泣いていて話せるの？

でも……可愛い娘が結婚するんだから、大泣きするのも当然か。

そんなことを考えていると、同じく大泣きしている元聖女様を見つけた。

元聖女様も、リーナが唯一の家族だったわけだからね……。

そして、俺たちが席に着くと、会場がシーンとなった。

これから、新郎が新婦たちを紹介するのが慣例だからね。

「皆さんこの度は、遠路遥々《はるばる》お忙しいなかお集まり頂きありがとうございます。さて、今日私は五人の素敵な女性たちと結婚することになりました。

まず、シェリア。僕の祖母である魔導師にまだ技術でこそ負けていますが、魔力の量は凄まじく、彼女が魔導師になる日もそう遠くないでしょう。

次にリアーナ。皆さんも知ってのとおり、世界一の聖魔法使いです。彼女の聖魔法に何度助けられたことかわかりません。

そしてベル。彼女は可愛らしい獣人族のお姫様です。この可愛らしい見た目に騙されてしまいますが、実は勇者ですら手も足も出せない程の実力の持ち主です。

その隣にいるエルシーは、帝国の人で知らない人はいないでしょう。そう、ホラント商会の会長です。前会長であるホラントさんが亡くなった今、とても大変だと思いますが、これからもっと商会を大きくしてくれることを期待しています。

最後に、ルーです。見てのとおり、魔族の少女です。旧ミュルディーン領地下街に監禁されていたところを助け、今ではミュルディーン家の切り札として生活してもらっています。

以上この五人を僕は幸せにすることを誓います」

ルーのところで少しざわざわしたが、すぐに拍手の音でかき消されてしまった。

まあ、拍手の大きさ的に、問題ないかな。

そして拍手が鳴り止むと、皇帝が立ち上がった。

凄いな。いつの間にか泣き止んでいて、いつもの威厳のある皇帝だ。

「さて、一人の父親として、まずはシェリアとレオ、そしてリアーナ、ベル、エルシー、ルーに結婚おめでとうと末永く幸せに暮らしてほしいということを伝えさせてくれ」

その言葉に俺たちは頭を下げて応えた。

「それでは、皇帝として今回の結婚について話をさせてもらおう。新郎のレオンスは、皆の知るとおりこれまでたくさん帝国に貢献してくれた。忍《しの》び屋《や》撃退から始まり……最近では王国をもほぼ自力で返り討ちにしてしまった。そんなレオンスに感謝と結婚祝いとしてミュルディーン家を今日より公爵家としたいと思う」

「ありがとうございます」

「そして、今日から皇族の一員となったレオンスには、西の荒れた広大な土地を再開発してもらうことになった。西の再開発は、かつて勇者様が行った東の開発以上に苦戦が強いられるだろうが、ぜひともレオンスには頑張ってもらいたい」

「はい。しっかり、皇族としての責務を果たしてみせます」

「ああ。頼んだ。国としても、最大限の援助はしていくつもりだ」

「ありがとうございます」

「それでは、思う存分六人を祝い給《たま》え」

こうして、皇帝を称える拍手と共に楽しいパーティーが始まった。


「久しぶり。元気にしてた？　今日は結婚おめでとう」

パーティーが始まり、すぐに挨拶に来たのはフランクだった。

学校を卒業してからずっと会えていなかったからな。見てない間に、結構背が伸びていた。

「ありがとう。一応、元気だったよ。それより、その隣にいるのは……」

「紹介するね。婚約者のアリーン」

「はじめまして。ご結婚おめでとうございます」

「ありがとう。やっぱり、レリアに似ているね」

そりゃあ双子ならそっくりなのは当たり前なんだけどさ。

「そうだよね。さっき、レリアさんと会ってきたけど、本当に二人の見分けがつかなくて困ったんだから」

「ハハハ。それは愛でどうにかしないと」

「うう……それを言われると困っちゃうな」

「ジョゼとも上手くいっているの？」

今はリーナと楽しそうに会話しているジョゼに目を向けて、フランクに聞いてみた。

まあ、あれだけアツアツだったからそんなに心配していないんだけどね。

「もちろん。毎日三人で楽しく生活しているよ」

「それは良かった。今度、ヘルマンたちも誘って皆で酒でも飲もうよ」

せっかく、皆成人したわけだしね。

「それはいいね。いつでも行けるから誘って」

「了解。また今度誘わせてもらうよ」


そして、しばらくたくさんの貴族たちを相手していると、初めて見るおばあちゃんが来た。

誰だ……？

「お前さんがベルの旦那になる男かい？」

「え、ええ……」

ベルの関係者？

「お、おばあちゃん⁉」

ああ、あの孤児院の！

「久しぶりね。随分と美しくなってしまって……あいつもきっと天国で喜んでいるわ」

「やっぱり、おばあちゃんはお父さんのことを知っていたんだね」

「すまなかったわね。あなたを守るにはどうしても、秘密にしないといけなかったのよ」

そういうお婆《ばあ》さんの顔は本当に申し訳なさそうだった。

そりゃあ、あんな化け物から守るにはそうするしかないよな。

「謝らないで。私は、凄くおばあちゃんに感謝してるから」

「そう言ってもらえると助かるわ。レオンス……」

「はい」

「私の役目、あなたに任せたわ」

「はい。任せてください」

お婆さんの真剣な顔に、俺も真剣な顔で応えた。

「ふう。それじゃあ、私はこの辺で失礼するよ」

「まったく……素直に泣けばいいのに」

「恥ずかしいんでしょ」

ベルのお婆さんが行ってしまってすぐに、ばあちゃんと聖女様がやってきた。

そういえば、二人も知り合いだったね。

本当、ベルのお婆さんは謎が多いな。

「結婚おめでとう」

『ありがとうございます』

「レオ、リーナを頼んだわよ」

「はい」

任せてください。

「リーナも守られているだけで、満足するんじゃないわよ？　私の教えをしっかりと思い出して、これからもっと精進《しょうじん》しなさい」

「うん。おばあちゃんを目指して頑張る」

「嬉しいことを言ってくれるじゃない。ああ〜。また涙が出てきた。もうダメ。カリーナ、行くわよ！」

「待ちなさい。私も孫と話させなさいよ！」

ハンカチで目頭を押さえながら、聖女様がばあちゃんを引っ張って行ってしまった。

「アハハ。相変わらず、ばあちゃんたちは元気だな」

まだまだ長生きしてくれそうだ。

「そうですね」


それからまたいろいろな人と挨拶を済ませ、コルトさんがやって来た。

「レオ、エルシー、結婚おめでとう」

「『ありがとうございます』」

「エルシーは念願の夢が叶ってよかったな」

「はい。私は凄く幸せです」

「それはよかった。兄貴もきっと喜んでいるさ」

「そうですね……」

「コルトさん、ここで言うことじゃないけど師匠の葬式に出られなくて申し訳ありませんでした」

結局、師匠の葬式は俺がダンジョンに潜っている間に行われてしまった。

あれだけお世話になったというのに……俺は何をしているんだろうな。

「ああ、そんなこと気にしなくていいぞ。それこそ、兄貴も自分の葬式に出るためにレオが辛い目にあったら嫌だろうからな。たまに墓に顔を出してやるくらいでいいと思うぞ」

「わかりました。今度、落ち着いたら全員で結婚の報告に行ってきます」

既に、もう十回以上は顔を見せているが、また明日にでも行ってこようかな。

「それは兄貴も喜びそうだな」

うん。喜んでくれるといいな。


そして、最後のほうに差し掛かってきて、カイトがやって来た。

今回、エレーヌは子供がいるため不参加だ。

「結婚おめでとう」

「ありがとう。エレーヌと赤ちゃんは元気なの？」

「ああ。元気だよ。エレーヌに似て、凄く可愛らしいんだ。もう、今すぐ会いに帰りたいくらいだ」

「すまないけど、当分は我慢してくれ。平和条約を結び直さないといけないんだから」

これから、皇帝と新国王になったカイトの間で長い平和交渉が行われることになっている。

まあ、ほとんどは王国側が謝罪する為の場所だな。

「ああ、わかっているよ。それくらい我慢する。あ、でも……ちょっとだけ転移で連れて行ってもらえない？」

「まあ……ちょっとだけならいいかな」

俺も赤ちゃんには会いたいし。

「ありがとう！　レオ、お前は一生の大親友だ」

まったく……調子のいい奴なんだから。

「本当、元気になったわね」

カイトの後ろ姿を見ながら、シェリーがそんな感想をポツリと呟いた。

「ああ。すっかり元気になってしまったな」

本当、一カ月以上も寝ていた奴とは思えないな。

「赤ちゃんの力は凄いですね」

「ああ。凄いな」

「というわけで、早くシェリーは子供をつくってくださいね。正妻の責務ですよ？」

「……!?」

リーナに耳元でとんでもない発言をされたシェリーは、顔を真っ赤にしてリーナに顔を向けた。

ただ、なんて言い返せばいいのかわからないみたいだ。

ちなみに、俺もなんてフォローしてあげればいいのかわからない。

それから次の挨拶が来るまで……気まずい雰囲気が俺たちの間で漂うのであった。

閑話13　将軍の意思

SIDE：エドモンド
ミュルディーン領に突撃する直前、俺は四千人の兵たちに演説を行っていた。

カイトたち魔砲部隊には先に出撃準備をしていろなどと適当なことを言って、演説には参加させなかった。

これから言うことはとても、カイトには聞かせられないからな。

「今日俺たちは死ぬ！」

「……」

一言目からこんなぶっ飛んだことを言えば、そりゃあ兵たちは沈黙するだろう。

俺は気にせず話を続けた。

「ただ、死ぬのは英雄としてだ！　決して負け犬としてではない！　退路は断たれた！　ここで逃げた者は帝国に捕らえられ、騎士として不名誉な負け犬として死んでも罵られることになるだろう！」

これは事実だ。傭兵たちを殺すために、レオンスが精鋭騎士たちを西に配置している。

だから、俺たちには逃げ道はない。

「なら、ここで勝利の為に死のうではないか！　我々の希望である勇者にこの四千の命を捧げようではないか！」

俺たちの命を最後の可能性に託《たく》すんだ。

「何度も言うが、我々は英雄になるのだ！　母国に勝利を届け、我々は誇り高く最高の騎士だったと歴史に刻み込もうではないか！」

そう言って、俺は剣を引き抜いて高く掲げた。

『うおおお！』

それに呼応するように、騎士たちが大声で雄叫びを上げた。

よし。士気は上々だ。これなら行ける。

「それでは、全軍出撃！」

俺は馬に乗って先陣を切った。


「将軍！　あなたが前に出る必要は……」

しばらく走っていると、部下のロニーがやってきた。

王国騎士らしからず真面目で優秀だから、仕事を学ばせるために俺の補佐をずっとさせていた。

もう、それも終わりだな。

「死ぬぞと言った奴が真っ先に死なないでどうする！　俺はそんなかっこ悪い死に方はできないぞ」

「そうですね……わかりました。僕もお供させて頂きます」

若いくせに何を言っているんだが。

「いや、お前の仕事はこの戦争の結果を国王に伝えることだ。この報告書に最後の状況を書いて、国王に報告してこい」

そう言って、俺は用意しておいた紙をロニーに押しつけた。

こいつが死ぬのは、未来の王国にとって大きな損失だ。

他の馬鹿共はどうでもいいが、こいつだけは絶対に生かしておかなければ。

「はい？　いや、私だけが生き残るなんて……」

「これは命令だ。生きて、必ず国に俺たちの雄姿を伝えるんだ。あとついでに、カイトにも脅《おど》して悪かったと伝えておいてくれ」

「……え？」

ロニーは何を言っているのですか？　という顔をしていた。

ん？　こいつ、俺が本気でカイトに死んでこいと言うとでも思ったのか？

「帝国にとっても、カイトに死なれるのは困るんだよ。だから、カイトがレオを殺せることはあっても、カイトが殺されることはないはずだ」

そう。カイトを一人にさせるのも、レオンスに手加減させやすくする為だ。

もちろん、ゲルトには、戦争が終わったら姫様をこっそり解放するように命令しておいた。

後のことは、レオンスとカイトが上手くやってくれるだろう。

「わかりました……。それでは、勇者様にはそのように伝えておきますね」

「おう。頼んだぞ」

ふう。やっと俺の役目は終わったな。

ロニー、俺の代わりは任せたぞ……。

SIDE：ロニー

「……」

今、将軍たちは全員死んでいった。

作戦どおり、少しでも勇者に攻撃が向かないよう、四千人が命を投げ捨てていったんだ。

「将軍……あなたの雄姿……しっかりと国に伝えさせて頂きます」

俺は報告書にこの結果を書き込み、馬を走らせた。

そして、次の日。

「あれは……」

まさか。もう、ここまで来ているとは。

もっと西のほうで傭兵と戦っていたはずの……ミュルディーン騎士団がこっちに向かってきていた。

くそ……この平野で隠れる場所はない。

「おい！　王国騎士だ！　捕らえろ！」

俺は逃げることを諦め、素直に摑まった。

「お前以外に騎士は見当たらないな……。一人で逃げてきたのか？」

「違う！　将軍に任された任務を果たすためだ」

逃げて来たと聞かれた俺は、怒りながら言い返した。

半分図星だからこそ、冷静ではいられなかった。

「その任務の内容は？」

「最後の戦いの結果と騎士たちの雄姿を母国に伝えることだ」

「そうか……。だからと言って、見逃すわけにはいかないな。とりあえず、捕虜として我々に同行してもらうぞ」

嫌と言える訳もなく、俺は素直に連行された。


それから……二日くらいミュルディーン城の地下牢に収容されていた。

特に何もすることもなく、俺はずっと硬いベッドで横になっていた。

「この男が唯一の生き残りか……」

久しぶりの声に起き上がると、鉄格子の向こうに一人の男が立っていた。

「あなたは？」

「俺はベルノルト。ミュルディーンでは騎士団長を任されている」

「あなたが……」

元Sランクの冒険者だったベルノルトだ。

「そうだ。エドモンドから話は聞いていたか？」

「はい」

将軍と知り合いだったことは聞いている。

どこで知り合ったとまでは聞いてないけど。将軍、あまり自分の過去を語りたがらないんだよな……。

「そうか。なら知ってはいると思うが、俺はあいつと同郷だ。こんな別れ方になってしまって、悲しく思うよ」

え？　将軍と同郷？　それは知らないぞ……。

「同郷なのは初耳です。それと……そうですね。でも、将軍は先陣に立って死んでいきました。最後まで格好よかったと思います」

「初耳だったか。最後まで格好いい……あいつらしいよ。まったく……昔から真面目すぎるんだよな……。俺は昔から言っていたんだ。あんな糞な国王なんかに仕えてないで、俺と一緒に冒険に出ようってな。騎士なんかよりもっと楽に稼げるからって……」

そうなんだ……。確かに、将軍ほどの実力があれば、もっと稼げていたはず。

貴族出身じゃないって理由だけで出世コースから外されて……給料は任されている仕事を考えれば、随分と少なかったはずだ。

「だがな、あいつは一度たりとも頷くことはなかった。冒険者はリスクが高いとか、騎士も給料は悪くないだとか、毎度違う言葉で断られたが……本当の理由は、自分の力で王国をよくしたいって夢の為だったんだろうな」

「王国をよくしたい……ですか？」

「ああ。そうだな……ちょっと昔話をしてやる」

そう言って鉄格子の鍵を開けると、ベルノルトさんは牢屋の中にある椅子に腰掛けた。

昔話って……将軍の過去について教えてもらえるのか？

「実はな。俺とエドモンドの故郷はもう、存在しないんだよ」

「え？」

存在しない？

「帝国の小さな村だったんだけどな……馬鹿な貴族のお遊びのせいで滅ぼされたんだよ」

「お、お遊びって……」

「本当にお遊びだったさ。俺たちの絶望した表情や悲鳴を聞きたいという馬鹿な思いつきのせいで、たくさんの村人たちが殺されていった」

「そんな……」

どうしてそんなに酷いことができるんだ。

本当に貴族という生き物は……。

「俺とエドモンドはまだ五歳で、何が起こっているのかもわからない間に大人たちに隠され、貴族に見つからずに済んだおかげで助かった。そして、村の生き残りは俺とエドモンドだけになってしまったことに気がついた時には、村は死体しか残っていなかった」

俺は何も言葉が出てこなかった。

五歳でそんな……。

「それから……数日して、村に二人の男女がやってきた」

旅人か商人だろうか？

きっとのその二人も相当ショックを受けただろうな……。

「片方は、この世界では珍しい黒髪だったが……当時の俺たちはもうそんなことはどうでもよかった。

遂に、俺たちも殺されるのか……という生に対しての諦めしかなかった」

黒髪？　もしかして……。

「ただ、その黒髪の男はお忍びで冒険者をしていた勇者だったんだ」

やっぱり。黒髪の特徴は、勇者様しかいない。

そうか……勇者様が暇さえあれば旅をしていたのは有名な話だもんな。

それにしても、そんなときに勇者様がやって来るなんて凄い運命だな。

「俺たちと村の惨状を見た勇者様と一緒にいた魔導師様は一緒に悲しみ、怒ってくれた。それから……二人は俺たちの代わりに村人全員の墓を立ててくれた。そして……俺たちと魔導師様を置いて、勇者様が村を壊していった貴族たちのところに向かって行った」

やり返しに行ったんだろうな。その貴族は、村人の恐怖に比べたら大したことはないだろうが……それでも恐怖したろうな。

「しばらく魔導師様に世話されながら生活していると、一人の男を引きずって勇者様が帰ってきた。その男は村を壊した貴族だった。見た目はボロボロで、いつ死んでもおかしくない状態だった。そんな男を俺たちの前に投げ捨て、勇者は俺たちに謝らせた」

殺さずに謝らせるか……。流石勇者様だな。

楽に死なせるくらいなら、一生残る苦痛を与えて生かしておいたほうが罰になる。

「そして、一緒に勇者様も謝ったんだ。二度とこんなことを貴族にはさせない。だから、どうか帝国のことは恨まないでほしいと言っていた」

いや、勇者様は俺と比べられないくらい君子《くんし》だった。

自分のしたことじゃないのに、自ら謝るとか同じ貴族だった人間としては考えられないことだ。見習わなくては……。

「俺とエドモンドはな……勇者様や魔導師様に憧れて育ったんだ。強く、優しく誰かに手を差し伸べてあげられるような人になりたいと思ってな」

そりゃあそんな格好いい姿を見たら、誰だって憧れるさ。

でも、あんな体験をしたのに……立ち直れたお二人も本当に凄いと思う。

「それから……俺たちは帝都の勇者様の知人がやっている孤児院に預けられた。その知人というのは、孤児院を開くまで世界中を旅していた凄腕の冒険者だったらしくてな。女なのにめちゃくちゃ強いんだ」

そういえば将軍……ミュルディーン騎士団のアルマについての報告書を提出した時に、いつもより質問が多かった気がする。特に、孤児院についてだ。

あのときはあまり気にしていなかったが、今考えるとそんな凄い場所だったのか。

「今でこそあそこは子供がたくさんいるが……当時は俺とエドモンドの他に二人しかいなくてな。勇者みたいに強くなりたいって言ったら、暇で当時は若かった婆さんが毎日泣くまで鍛《きた》えてくれたよ。まあ、あれのおかげで俺たちはここまで強くなれたんだが」

お二人が泣くまでって……その人は本当に強かったんだろうな。

でも、やっぱりどんなに天才と言われている人も、陰では想像もできないような努力をしているものなんだな。

「それから……孤児院を卒業した俺とエドモンドは、すぐに冒険者を始めた」

え？　冒険者？　将軍は冒険者になりたがらなかったのでは？

「意外だろ？　あいつも最初は冒険者だったんだぜ？」

意外だ……。でも、言われてみれば、当時は帝国にいたんだから、王国の騎士になる理由なんてないもんな。

「まあ、続いたのは五年くらいなんだけどな……」

五年か。大体、孤児院にいられる年齢って、十代前半だよな？

だとすると、十五から二十歳ぐらいまでは冒険者をやっていたってわけか。

それにしても、冒険者を辞めて王国の騎士になった理由はなんだろう……？

「あの日は、商人の護衛依頼で初めて王都に向かっているときだった。あと少しで目的地という辺りで、待ち伏せしていた盗賊たちに襲われた」

あ、やっと王国の名前が出てきた。何か、将軍が王国に関わることになる出来事があったんだ。

「盗賊といっても、数が異様に多かったし、とても盗賊が持っているような武器じゃなかった。そんな相手に先輩冒険者たちがやられ、俺とエドモンドは大怪我を負った。もちろん、護衛していた商人たちは殺されてしまった」

……え？　盗賊程度に将軍たちが？

いやでも、特徴を聞くに盗賊を装った暗殺者な気がする……。

お二人、どんな大物商人を護衛していたんですか？

「そして……血を流しすぎた俺とエドモンドもいつ死んでもおかしくない状況だった。死を覚悟したのは、人生であれが二回目だな。ただ……たまたまなのか予定どおりなのか、すぐに馬車が俺たちのところにやってきた。本来襲われる予定だった馬車だ」

なんてことだ……。暗殺者たちは、殺す相手を間違えて関係ない人たちを殺したというのか？

「その馬車の中には、今は亡き王妃様が乗っていた。当時は、もうすぐ国王と結婚というタイミングだった」

王妃様？　あの、悲劇の王妃様か……。

確かに、それならお二人がやられてしまうのも納得だ。

それだけ、あの王妃様は大物貴族たちに狙われていた。

「死にかけていた俺たちは、王妃様の聖魔法によって助けられた。俺は王国の貴族は誰一人として好きにはなれないが、王妃様……アルテイナ様は別だな」

確かに、王族の中で唯一王妃様の悪い噂は聞いたことがない。

他は、誰しも宝石狂いや男狂い、色狂いなど、二つ名が陰でこっそりつけられているくらいなのに。

「あのとき、助けられた俺たちは……二人で移動はきついだろうと王都まで同行させてもらえることになった。……そしたらまた奴らに襲われた」

そうなるだろうな。でも、今度は……。

「だが、前回とは違って俺たち以外にも屈強な騎士たちがいた。護衛は騎士たちに任せて、俺とエドモンドは盗賊たちの殲滅に専念した。そしたら、死にかけたのが嘘だったみたいに盗賊たちを簡単に退けることに成功した」

そうだろうな。騎士たちと一緒なら、お二人が遅れを取ることは決してないはずだ。

「それから……無事に王都に到着した俺たちはアルテイナ様の事情を聞かされ、王妃付きの騎士に誘われた」

アルテイナ様の事情というのは……国王に無理矢理結婚させられたという話だろう。婚約者も決まっていたというのに、本当に悲劇だな。

「まあ、俺は断った。助けてもらった恩はあるけど、勇者のような強い冒険者になるという夢を諦めたくはなかったからな。一方、エドモンドはアルテイナ様の誘いを断らなかった」

なるほど……それで、将軍は騎士の道に……。

「エドモンドの夢は俺とはちょっと違ったみたいだ。俺が勇者の強さを目指しているのに対して、エドモンドは勇者の優しさを目指していた」

将軍、格好いいな。誰しも、ベルノルトさんと同じ方向に向いてしまうところを……。だからこそ、将軍はあそこまで立派な騎士であれたのだろうな。

「あのときは盛大に喧嘩したな……。まあ、今思えばいい思い出だよ。思いっきり殴り合って、最後はお互いの主張を認め合って、それぞれの道を進むことになった」

もう、ずっと一緒に生活してきた兄弟みたいなものですからね……。そりゃあ、簡単には別れるなんてことはできないはずだ。

それを殴り合って解決するとは、なんと男らしいことか。

「それから……さらに十年くらい経った頃、アルテイナ様が死んだことを聞いて、久しぶりにエドモンドと会った」

確か、アルテイナ様の死因は病気だったはず。

王宮での心労に耐えられなかったとか。

「本当に可哀想だったよ……。それと同時に、俺は国王にとてつもない怒りを抱いた。相手が国王じゃなければ、すぐに殺しに行っていたな」

それに関しては……聞かなかったことにします。一応、僕は国王に仕える騎士なので。

「それで、エドモンドに聞いたんだ。そんな糞な王国にもう忠誠を誓う必要もないんだから、また俺と冒険者にならないか？　ってな。そしたら……あいつ、首を横に振りやがった。理由を聞いたら……アルテイナ様の娘を見捨てることはできないと言われた」

ああ、エレメナーヌ様。あの人も、本当に可哀想なお人だ。

王位継承権が一位でありながら、王宮で迫害され続けていたのだから。

それを見ていて、将軍は騎士を辞めることはできなかったんだ。

本当に、優しい人だな。

「そして、エレメナーヌ様が王になるころまでにこの腐った王国を俺が変えるんだ。と真剣な顔で言ってきた。あのときの顔を見たら、流石にもう誘う気にはならなかったな」

そうだったのか……。将軍は本当に格好いい人だな。

「まあ、後の話はお前も知っているだろうが、たくさんの武功を挙げ、将軍に成り上がった。そして、腐り切った王国を変えてみせた」

変えてみせた？

「お前は知らないと思うが、戦争が終結した日に国王に宰相、国王派の貴族たちが死んだ」

「え？」

あまりの事実に、一瞬冗談だと思ってしまった。

ただ、とてもベルノルトさんの表情は冗談を言っているようには見えなかった。

「死因は爆死だ。ゲルトの野郎が全員まとめて殺しやがった」

「ゲルトさんが……？」

あの……奴隷にされていた状況でどうやって？

「ああ。その様子だと……エドモンドからは何も聞いていないようだな」

「……はい」

騎士にとって、国王を殺すなんてあり得ないことだ。

そんなことは例え信用できる部下であっても、教えたりはしない。

「なら、お前は今日で解放だ」

「い、いいのですか？」

いきなりの解放宣言に、俺は思わず聞き返してしまった。

だって、俺は帝国に無礼な戦争を仕掛けた王国兵の生き残りだ。

普通は見せしめにして、殺されるはずだろ？

「ああ。レオンス様の許可も下りている。エドモンドたちの雄姿を王国に伝えるんだろう？」

「……はい」

そうだ。俺は将軍との約束があるんだ。

絶対、死んだ騎士たちの最後を国に伝えなくては。

「ほら、餞別《せんべつ》だ。王国に帰るまで大変だろうから、旅費の足しにでもしてくれ」

「あ、ありがとうございます」

金貨を一枚ポンと投げ渡され、俺は驚きつつすぐに頭を下げた。

正直、食べ物を何も持っていない状態で、ここから王都に向かうのはとても厳しかった。

「今まで、あいつの出世に響くから過去のことは妻以外に教えることはなかったが……もうそれも終わりだ。好きに広めてくれて構わない。ただ、あいつの意思はお前が継いでやってくれ」

「はい。もちろん、将軍の意思は僕が引き継ぎます」

将軍に生かされたこの命、無駄になんて絶対にしません。

きっと、将軍にがっかりされないような生き様を天国の将軍に見せてから死んでみせますよ。

「ああ。頑張れよ」


それから、俺は装備と馬を返してもらい、二週間ほどの食料を買ってミュルディーンを出た。

そして、予定どおり二週間くらいで王都に到着した。

「本当に王城が……」

倒壊している王城を前に、俺は膝《ひざ》から崩れ落ちた。

本当に、何もなくなってしまっている……。

これを……ゲルトさん一人でやったのか？

「お前、城の前で何をしている？」

ショックを受けていると、背後から肩を掴まれた。

振り返ると、私と同期の騎士が立っていた。

確か、こいつはエリートコースで、エレメナーヌ様のお付きだった男だ。

こいつなら、エレメナーヌ様の居場所を知っているかもしれない。

「俺は今、戦争から帰還した。エレメナーヌ様に、この報告書を渡したい」

そう言って、俺は将軍のサインが書かれた報告書を見せた。

「なんだと……？　確かに……将軍のサインだな。わかった。エレメナーヌ様のところに案内しようではないか」


それから案内されたのは、王城から少し離れた場所にある王族の管理する書庫であった。

こんな場所にエレメナーヌ様はいるのか。

そんなことを考えながら建物の中に入ると……玄関の広間に大きな机がいくつも並べられており、その中央にエレメナーヌ様が座っていらした。

「あなたは……確か、将軍の傍にいた」

なんと、俺のことを認知してくださっていたとは。

「私はロニーと申します。将軍から報告書を預かっておりますので、お受け取りください」

「そう……。読ませてもらうわ」

俺から報告書を受け取ると、エレメナーヌ様は静かに報告書を読み始めた。

「ここに書いてあることは全て本当なの？」

「ええ。間違いありません」

「将軍のことも？」

「はい」

俺は、ミュルディーンから王都に来るまでに、将軍の一生を報告書に纏めておいた。

これも、エレメナーヌ様には知っておいてもらわないといけないことだからな。

「そう……私は今回の戦争で、惜しい人を何人亡くしてしまったのかわからないわ」

そうですね。俺もそう思います。

「えっと……勇者様の容体は？」

俺はもう一つ、カイト様に将軍の真意をお教えするという任務が残っていた。

ここにいないということは、まだ目を覚まされていないのか？

「まだ目を覚まさないわ」

「そうですか……」

やはり。ですが、これればかりは仕方ありません。目が覚めたらすぐにお教えしなくては……。

「報告は以上かしら？」

「はい。以上です」

「そう。それなら、これからあなたには、これから残った騎士たちを纏める役割を任せるわ。あなたが今日から騎士団長よ」

「え？　も、もう一回お願いします」

突拍子もないエレメナーヌ様の決定に、俺は思わず聞き返してしまった。

まさか、自分が騎士団長に任命されるとは思いもしなかったからだ。

「あなたを騎士団長に任命するわ。いいわよね？　ホルスト？」

「はい。私たち騎士は王の指示に従うものですので。王の認められた者の指示は、王の指示として忠実に従わせて頂きます」

次期剣聖……いや、今は剣聖なのか？　そんなエレメナーヌ様の後ろに控えていたホルストがそう頭を下げながら答えた。

は？　いいのか？　俺は凄く弱いんだぞ？

「そう。なら、これから二人で騎士たちの意識改革を行いなさい。そうね……目標はレオのところの騎士よ。あれくらい強くて信頼度の高い騎士にするのよ」

「わかりました」

「ちょ、ちょっと待ってください。私が騎士団長なんて……」

勝手に話を進めていく二人に割って入って、俺はエレメナーヌ様に抗議した。

すると……エレメナーヌ様から冷たい視線が飛んできた。

「あら、あなたが将軍の遺志《いし》を継がないでどうするの？　それとも、あなたは今日限りで騎士を辞めるのかしら？」

「い、いえ……はい。そうですね。私がこの国をよくしてみせます」

あまりの恐ろしさに、俺はもうこれしか言葉が出なかった。

でも、エレメナーヌ様の言うとおり、将軍の遺志を継ぐなら騎士団長くらい余裕で務められるくらいの男にならなくてはならない。

そうだ。将軍の夢を叶えるなら、こんなことに悩んでいるようでは仕方ないじゃないか。俺には前に進むしか選択肢はないんだ。

「ええ。期待しているわ。ロニー団長。そうだ、今日からロニー・エドモンドと名乗りなさい。そうね……とりあえず伯爵にしておくわ」

「はい？」

俺がやっと騎士団長になる覚悟を決めると、またさらに突拍子もない発言が飛んできた。

俺が貴族？　それに、俺が将軍の名前をもらうだと？

「今、ちょうど貴族の枠がたくさん空いていたのよね。喜びなさい」

「は、はい。ロニー・エ、エドモンド……これから誠心誠意……この名に恥じない働きをしてみせます」

まさか、断れるわけもなく、俺は貴族になり……将軍の意思を名に刻むのであった。

やってやろうじゃないか。将軍、見ていてくださいね。

エドモンドの名をこの王国に轟《とどろ》かせてみせますから。

閑話14　親友の結婚式

SIDE：フランク
今週行われるレオの結婚パーティーに参加するため、俺とジョゼ、アリーは馬車に乗っていた。

王国との戦争も無事勝利に終わり、ここ最近は帝国全体がお祝いムードだ。

ミュルディーン領に行くまでに帝都を経由したのだが、帝都ですら皇女の結婚に凄く賑わっていた。

たぶん、ミュルディーンはもっと凄いことになっているだろうな……。

「本当、この国はパーティーが好きね。結婚パーティーはわかるけど……何かと理由をつけてパーティーを開いているじゃない。もう、多いときなんか週に四回もパーティーがあるなんて異常だわ」

そんなことを言うのは、教国出身のアリーだ。

確かに、毎日パーティーみたいなときがあったな。確か……知り合いの成人パーティーに学期末のパーティー、生徒会会長就任パーティー、新任教授の就任パーティー……あれ？　五回じゃないか？

どっちにしても外国の人からしたら、異常と言われても仕方ない頻度だな。

「仕方ないよ。いいことがあったらパーティーを開いて皆で祝う。それが帝国の文化なんだから」

これは帝国が建国されたころからの伝統だ。

パーティーで頻繁に帝国貴族は顔を合わせていたからこそ、帝国はこれまで貴族同士の大きな争いや内乱などがなかったのかもしれない、とよく歴史の授業では教わるものだ。

「本当、金持ちの帝国だからできる文化よね……」

「教国でパーティーとかはなかったのですか？」

うん。金の無駄遣いなのは認めるが、教国貴族も持っている金の量は変わらないだろ？

「そんな、いつ暗殺されてもおかしくないようなイベントに誰も参加するはずがないわ」

「本当……危なっかしい国だな」

アリーの教国の話を聞く度に、どんどん教国が危ないイメージに染まっていく。

最近では、教国が魔界のような国に思えてきた。

「帝国で暮らしていればそう思うでしょうね。まあ、そう言う私も帝国に慣れちゃって、教国にはもう帰りたくなくなってしまったのだけど」

「自分の故郷なのにですか？」

「故郷だからこそ、どれだけ危ない国なのかを理解しているのよ。妹のレリアなんて何回暗殺されそうになったかわからないわよ？　私も妹に間違えられて襲われることが多々あったし」

「それは確かに帰りたくなくなりますね……」

ジョゼの言うとおり、いくら故郷でも魔界のような場所に帰りたいとは思えないよな。

俺もできることなら、足を踏み入れたくない。

「そういえば、そのレリアさんがミュルディーンで修行中なんだろう？　今回、会えるんじゃないか？」

アリーの妹で、教国の聖女をしているレリアさんはリーナに聖魔法を教わっているらしい。

なんでも、リーナが教国に連れ戻されない為の交換条件だったとか。

そんな聖女様の名前を出すと、アリーはあまり嬉しくなさそうな顔をしていた。

「そうね……」

「嬉しくないのですか？」

「ええ。あまり、話したことがないから……」

「姉妹なのに？」

「だって、レリアは八歳の頃には聖女として担ぎ上げられて、教会に幽閉《ゆうへい》されていたのよ？　私なんかが会える機会なんてなかったわ」

「確かに、それは複雑な気持ちになるな」

あと、俺と出会って魔法が上達するまでは、レリアさんに劣等感を抱いていたからな。

それも少なからず、会いたくない気持ちに繋がっているのだろう。

「とは言っても、フランクの兄弟関係ほどではないけどね」

「あまり思い出させないでくれよ。今、一番俺と父さんの頭を悩ませているんだから」

ああ、もう。これから一カ月くらいは思い出さないでおこうって思っていたのに……。

俺の兄、ローラントは現在、教国で王国派の貴族たちと俺を失脚させようと動いているらしい。

まったく……少し頭を使えば、自分が道具として使われて終わることが理解できないのか？

ああ、思い出したらまたイライラしてきた。

「悪かったわね。それじゃあ、話題を変えましょう。何か、ミュルディーン領について教えてちょうだい」

「いいですよ。ミュルディーンはですね、土地としては凄く狭い領地ですが、納めている税は帝国一といわれています。つまり、それだけ儲かっているというわけですね」

随分と免除されていて帝国一だからな。これが普通に払われるようになったら、帝国はとても潤うことになると思う。

「そんなことは知っているわ。世界の中心と言われている場所ですもの」

「そうでしたね。それじゃあ、街の特徴について説明させてもらいます」

「うん。お願い」

「まず、一番の特徴としては大きな地下市街があることです」

「その地下市街って聞いたことはあるけど、実際にもう一つの街が地下にあるってこと？」

「はい。凄く広いですよ。昔は、犯罪者たちの溜まり場だったらしいですが、レオくんが取り締まって、一般の商人たちに解放したんです。今では、オークション会場や闘技場もあって、とても活気のある街です」

「へえ。それはぜひとも行ってみたいわね」

「これから一カ月は滞在するし、行けると思うぞ」

魔法学校も今は長期休暇だ。だから、しばらくレオのところでお世話になることにした。

新婚夫婦たちを邪魔したくなかったから宿でも取ろうと思ったのだが、城に泊めてもらえることになってしまった。

まあ、できる限り俺たちは外に出て夫婦の邪魔はしないつもりだ。

「それは楽しみね。案内は二人に頼むわ」

「任せてください。ミュルディーン領で数カ月生活していたころに、大体街の構造は覚えてしまいましたから」

「へえ。数カ月……それはちょっと羨《うらや》ましいわね」

「まあまあ。その分、これから思う存分観光しようよ。一カ月もあれば結構遊べるぞ？」

ちょっとムッとしながら本気で嫉妬し始めたアリーをそれとなく宥《なだ》めた。

喧嘩にまで発展してしまうと、こっちにまで被害が及ぶからな。いや、俺が一番被害を受ける。だから、最近はその前に止めるように心がけている。

「そうね……わかったわ。楽しみにしておくわ」

ふう。喧嘩する程仲良いのはありがたいんだけど、その間に挟まれる俺の気持ちも少しは考えてほしいよ。

「本当に大した賑わいね。ここが大国の首都だって言われても、全く驚かないわ」

ミュルディーンに到着すると、アリーがそんなことを言いながら子供のように外を眺めていた。

「ミュルディーン城も相まって、本当に一国の首都みたいな場所だよな」

「あれがミュルディーン城……単なる貴族が住むことを許されるようなものじゃないわよ？　あれは」

「まあ、四十年前にここの領主が有り余る金を使って建てられた城なんだけどな。壊すのももったいないし、そこら辺の貴族に任せるわけにもいかないし、そんななかで皇族になるレオに白羽の矢が立ったというわけだ」

下手したら帝都にある城より立派だからな。壊すだけでも莫大な金がかかる。

「なるほどね。それにしても、こんな場所に住んでいたら、さぞかし王様気分なんじゃない？」

「意外にもそんなことはない。どちらかというとあまり贅沢はしたがらないタイプだよ」

「あんな城で暮らしていて？」

「まあ、それは皇帝に頼まれたというか……シェリーと結婚するために仕方なくって感じだな。じゃなかったら、途中で投げ出していたと思うぞ。それくらい、この街をここまで発展させるには苦労していた」

「え？　この街で苦労することなんてある？」

「さっき地下市街が昔は犯罪者の溜まり場だってことは言っただろう？」

「ええ」

「レオが就任したばかりのころ、この街は非常に治安が悪かったんだよ。スラム街はあったし、地下では違法な薬や奴隷、暗殺者……。役人たちの汚職《おしょく》、憲兵は機能していないなどなど、誰も引き受けたくないほど酷い街だったんだよ」

とても、成人していない子供に任される街ではない。

皇帝も街がそんなことになっていると知らなかったとはいえ、ちょっと酷いよな。

「ここがそんな場所だったんだ……。本当にレオンス侯爵は噂どおり凄い人だったのね」

「凄いですよ。奥さんが五人もいることはどうかと思いますが」

確かにそうかもしれないけど、皆幸せにできているんだから、それも凄いことなんじゃないか？

「五人？　シェリア皇女とリアーナ、獣人のメイド、ホラント商会の会長以外にいるの？」

「そういえば、秘密だったな」

もう話しても大丈夫な気もするけど、俺から言うのは止めておいたほうが良いよな。

「え？　秘密？　秘密にしないといけない相手がいるの？」

「まあね。まあ、今日のパーティーでどうして秘密だったのかわかると思うよ。たぶん、ほとんどの人が凄い衝撃を受けるはず」

「他の四人と比べても？」

「うん。他の四人と比べても衝撃度は高いと思う」

まさか、魔族が人間界にいるとは誰も思わないだろうからな。

世界中に衝撃が走るんじゃないか？

「へえ。それじゃあ、楽しみにしておくわ」

城に到着すると、すぐにパーティー会場に案内された。

パーティー会場の広さも異常だったが、それ以上に人の数が異常だった。

「凄い人の数だな。まだ始まっていないのに、二百人は余裕で超えているぞ……」

本当、どこかの王が結婚するのか？　と思ってしまうほどの規模だ。

「ちょっと見渡しただけで、教国の有力貴族が何人も見つけられたわ。とても侯爵家の結婚式とは思えないわね」

「それだけ、皆がレオに期待しているってことだろうな」

これから西側のほとんどがレオのものになるのだ。

もし、レオがあの広いだけの荒れた土地を無事開発してみせたら、本当に一つの国並の力を得ることができるはず。

それをわかっているからこそ、世界中の貴族や商人がこぞって今回は参加しているんだろうな。

「そうですね。なんせ、勇者を撃退してみせたわけですから」

「まあ、俺はレオに傷を負わせることができた勇者のほうが凄いと思うけどな」

いくらベルを庇って負った怪我だったとしても、素直に凄いと思う。

普通の人なら、レオを引っ張り出すことすらできないんだからな。

「なるほど。レオンス殿はそこまで強いのか」

「え？」

知らない声に振り返ると、見るからに高貴な男の人が立っていた。

うん……帝国の貴族ではないな。教国の貴族か？

と思っていたら、その隣にアリーとそっくり……いや、そのまんまの少女が立っていた。

あ、この人誰かわかったぞ……。

「あ、お父様。それにレリア……」

予想どおりだった。この人は、フォンテーヌ家の当主であるガエルさんだ。

「お久しぶりですお姉様。お元気にしておられましたか？」

「え、ええ。魔法学校でしっかりと魔法の腕を鍛えているわ」

相手は妹だというのに、アリーの対応は凄くぎこちなかった。

やっぱり……まだ妹に対して苦手意識を持っているんだな。

「レオンス様から聞きました。フランクさんに魔法を教わっているのですよね？」

「そ、そうよ」

「なら。きっと凄い魔法が使えるはずです。今度、ぜひ見せてください」

これは純粋な気持ちで言っているのだろうか……？　それとも、皮肉か？

まあ、今のアリーは俺が鍛えたから自信持って披露できるんだけどな。

「も、もちろん。いいわ」

「私も忙しくなかったら見たかったのだがな。残念だ」

「ふふ。お父様には私がどれほど凄かったのか手紙で教えてあげますわ」

「おお、それは助かる。頼んだぞ」

「はい。任せてください」

二人は仲がいいな。どうして、姉妹でこんなに性格に差が出たのだろうか？

まあ、環境だろうな。

「それと、聞いたぞ。入学してからずっと首席らしいな？　凄いじゃないか」

レリアさんとの会話が終わると、今度はまた俺の話題のようだ。

「はい。といっても、レオンスやリアーナがいない中での主席なので、本当の一位ではないんですけどね」

主席は名誉なことだと思うけど、あまり嬉しくない理由はこれだ。

あの初等学校ではあのレベルの高さがあったからこそ、いい順位を取ることに燃えることができた。

今は……言葉は悪いけど、ちょっと周りのレベルが低く感じてしまう。

「それもそうか。レオンス殿たちと競い合っていた君からしてみれば、他の生徒たちなんて恐るるに足らずってところだな」

「そうですね」

「ハハハ。アリーンよ。よき相手に嫁げて良かったな」

「……はい。私もそう思います」

アリーの口からそう言ってもらえるのは、言わされている感があっても嬉しいな。

「おっと。私はこれから挨拶して回らないといけない。また、ゆっくり話そうではないか」

「はい。ぜひまたよろしくお願いします」

「ふふふ。お姉様、本当に変わられましたね」

ガエルさんがどこかに行ってしまっても、レリアさんは俺たちの所に残っていた。

一緒に挨拶回りしなくていいのかな？　とは思ったけど、ガエルさんが置いて行ったということは大丈夫なのだろう。

「そ、そうかしら？」

相変わらずたじたじのお姉様《アリー》を見ながら、俺はそんなことを考えていた。

「はい。雰囲気が柔らかくなられました。凄く、幸せな気持ちが伝わってきます」

「それを言うなら……レリアも、随分と明るくなったじゃない。前会ったときは、もっと疲れた顔をしていたわ」

疲れた顔ね……。

「それはもう、ここでの生活は天国のようですから。修行は大変なときもありますが、教国にいたころに比べたら毎日が充実していて……本当に楽しいんです」

それはそうだろう。魔界みたいな国とは違って、ここは凄く安全で楽しい場所だからな。

レリアさんの疲れが吹っ飛ぶのもよくわかる。

「そう……なら、よかったわ」

「はい。それと……そちらがジョゼッティアさんですか？」

「あ、ごめんなさい！　遅くなったけど紹介するわね。ルフェーブル家の長女のジョゼッティア、私と同じフランクの婚約者よ」

俺は、ずっといつジョゼを紹介しようか考えていたんだけどな。

ガエルさん、ジョゼに対して興味すら示さなかったから、紹介しようと思ってもなかなかさせてもらえなかった。

もしかすると、俺が側室を取ることをあまりよく思っていないのかもしれないな……。

はあ、また悩みの種が増えた。

「はじめまして。これからよろしくお願いしますね」

「こちらこそ。お姉様をよろしくお願いしますね。それと、ジョゼッティアさんも聖魔法を使えると聞いたのですが、本当ですか？」

「はい。といっても、私はもう一つの風魔法のほうが得意ですけどね」

「ジョゼの風魔法は凄いわよ。見たら絶対驚くわ」

レオの姉さん直伝だからな。

「それはぜひとも見てみたいです。三人とも、今月いっぱいミュルディーンにいるのですよね？」

「はい。なら、騎士団の訓練場に行く日があるので、その日に披露する形でどうですか？」

「それはいいですね！　私も訓練場でいつも修行を行っているので、いつでも呼んでください！」

ジョゼの提案にレリアさんは心の底から嬉しそうにしていた。

やっぱり……レリアさん、猫を被っているわけではなさそうだな。この笑顔が演技だったら……もう、俺の中で教国は魔界以上の恐ろしい何かになってしまいそうだ。

そんなことを考えていると、パーティー会場の大きな扉が開いた。

レオたちの入場だ。

「うんうん。五人とも本当に幸せそうだ」

親友の幸せそうな顔に、俺は思わず笑みがこぼれた。

そうだ。皇帝の言葉が終わったら、真っ先に祝いに行ってやるか。

それと、どこかで警備しているであろうヘルマンも見つけ出してやらないと。

あいつ、相変わらず脳筋な性格をしているのかな？　彼女ができて、少しは変わっただろうか？

それにしても……レオが幸せそうでよかった。

番外編十一　親友の領地で

continuity is the father
of magical power

レオの結婚パーティーの翌日。

俺たち三人は朝早くに城から出てきた。新郎新婦たちの邪魔をしたらいけないからな。

「ふああ。まだ眠いわ」

「私が起こしてあげましょうか」

「や、やめなさい！　そんなことしなくても、私の目は覚めるわ！」

大きなあくびをしたアリーの腹にジョゼが手を置くと、アリーは焦ったようにジョゼから離れた。

もう、何回もやられているのに慣れないもんなんだな。くすぐりとは、また違った感じなのかな？

男の俺にはわからないな。

「あら、そうでしたか。せっかくの休日を眠気で無駄にしたら可哀想と思ったのですが」

「余計なお世話よ！」

「こらこら。二人とも喧嘩しないで」

少しずつヒートアップしてきた二人の間に割って入った。

もう、放っておくとすぐに喧嘩を始めるんだから。

「喧嘩なんてしませんよ。ねえ？　アリー？」

「そうよ。これは喧嘩じゃないわ」

「喧嘩じゃなくてもいいから。お願いだから仲良くしてくれ」

せっかくの観光なんだから、楽しく過ごしたいだろ？

「言われなくてもしますわ。ほらアリー、手を繋ぎましょう？」

「べ、別に手を繋ぐ必要は……？」

「え？　手を繋いでくれないのですか？　旦那様……アリーがいじめてきます」

「わかったわよ！　繋げばいいんでしょ？　ほら！」

「ふふふ。これで、私たちは仲良しですね」

「そうね……」

アリーのほうが口は強いけど、ジョゼのほうが態度はでかいことで、二人は上手くバランスが取れていたりする。

まあ、お互い強すぎて喧嘩にまで発展してしまうことは多々あるのだが……最近、やっと喧嘩にまで発展しないように二人を調整できるようになってきた。


そして、二人の喧嘩を止めている間に、目的の場所に到着してしまった。

「お、見えてきた。あれが、地下市街の入り口だよ」

「凄い……本当に地下に街があるんだ」

「ふふ。こんな大きいくらいの穴で驚いていたら中に入ったら大変ですよ？」


「え、ええ……これが地下市街？　もう、地上と変わらないじゃない」

ジョゼの予告どおり、地下に入るとアリーは上を見上げながらさらに驚いていた。

「そうなんですよね。本当に不思議な空間ですよね。家が建っても全く届かないくらい天井は高いし、何故か太陽はあるし……」

「太陽は、レオが後から創造したらしいぞ。前はなくて真っ暗だったから、闇市街と呼ばれていたらしい」

「太陽を造ったなんて、本当に意味がわからない男ね。本当に人間？」

「それは俺もたまに俺も疑いたくなったことはあったけど、一応血は赤かったよ」

創造神みたいな奴だけど、ちゃんと人間であることはこの目で確認した。あいつも、一応は俺たちと同じ人なんだ。

「そう。それで、今日はこれから何をするの？」

「午前中に魔法具工場を見に行って、お昼は地上に戻ったらミュルディーンで一番有名なレストランに行って、午後はオークションに行くのはどう？」

初日の予定は前から決めていた。

なるべく外にいようと思っていたからな。

「楽しそうですね！　それにそのレストラン、最近では予約が取れなくて有名な場所じゃないですか」

「レオが取っておいてくれたんだ。三人で楽しんでこいって」

一カ月前だったかな？　いきなりレストランの招待状が送られてきたんだよな。

「あら、それは後でお礼を言わないといけませんね」

「そうだな。ほら、あれが魔法具工場だ」

魔法具工場を外から見たことはこれまで何回もあるが、中に入るのは今回が初めてだ。

普通、部外者は入れてもらえないのだが、そこはレオの力で見学させてもらえることになった。

うん……レオにお世話になりすぎだな。あとで、高級な酒を買っておくか。

「うわ～。凄く広いですね。それに、流れるように魔法具ができていきますよ」

中に入ると、広い空間にいくつもの作りかけの魔法具が流れており、それが流れながら少しずつ形になっていって、最後には完成して箱に詰め込まれていた。

凄い、本当に無駄がないぞ。

「はい。これはレオンス様が開発したベルトコンベアと呼ばれる魔法具を使った量産方式です。この方式によって、ホラント商会は魔法具の生産量を従来の手法と比べて百倍以上に伸ばすことができました」

そりゃあ、これだけの人の数で分担していれば、百倍にもなるよ。

「す、凄い……流石ホラント商会だわ」

「ホラント商会も、実質レオのものみたいなものなんでしょ？」

「そうだね。昨日、会長のエルシーと結婚したから、実質レオのものだな」

「そう考えると、ミュルディーン家の総資産は想像もできない莫大な額となっていそうですね」

「だろうね。もしかしたら、国の予算並に持っているかも」

間違いなく、王国には負けない金は持っているだろうな。

流石に、帝国には負けるだろうが……。

「二人は、そんな凄い人と友人になれて、本当に運がよかったわね」

「まあ、俺は従兄弟《いとこ》だし」

「私も再従妹《はとこ》ですから」

「そういえば、帝国の上流貴族たちはほとんどが親戚みたいなものなのよね」

「最近は、自由恋愛が許されてきたからそんなこともないけど、ちょっと前までは政略結婚が当たり前だったからね」

俺たちの親くらいから、自由恋愛が許されるようになってきて、今では完全に皆自由恋愛となってしまった。勇者様の影響というのは本当に大きいな。

「教国は違うのですか？」

「教国で、安定して上にいられる貴族なんていませんから」

「あ、ああ……。うん。わかった」

もうこれ以上この話はしないほうがいいだろう。

また、教国に対してのイメージが悪くなってしまう。

そして、魔法具工場の見学を終えた俺たちは昼食を食べるために、地上の中心にあるレストランに来ていた。

「ここはいつ来ても、凄く美味しいですね」

俺たちが頼んだのは、もちろんおすすめパスタだ。

この店の名物だからな。

「ああ、美味しいな。アリーはどう？　ここのパスタ、凄く美味しいだろう？」

「うん。今まで食べた中でいちばん美味しいわ。これは、予約が取れないのも納得」

アリーはパスタを口に頬張りながら、幸せそうな顔をしていた。

その顔を見ることができただけで、俺はここに連れて来た甲斐があったよ。

「気に入ってもらえてよかった。予約しておいてくれたレオには感謝しないと」

「ふふ。今頃起きて、朝からイチャイチャしているかもしれませんね」

「かもしれないな」

いや、間違いなくしているだろう。あの六人のことだ。容易に想像つく。

「昨日見ていて思ったんだけど、五人って凄いわよね……」

「最近は大人しくなってしまったが……昔は、気に入った女子は無自覚で口説いていたからな」

「無自覚というのがポイントですよ」

「ええ……生粋《きっすい》の女誑《おんなたら》しじゃない。レオじゃなかったら、絶対に女に刺されていてもおかしくないわね」

「まあ、実際……シェリーには何度怒られたかわからないからな」

それでも懲りずによくあそこまで嫁を増やしたものだ。

「シェリー様もよくお許しになられましたよね。私なんか、もうこれ以上増えるのはとても耐えられませんのに」

「そうね。私たちは三人でちょうどいいわ」

「心配しなくても、俺はこれ以上増やそうとか考えていない」

俺はレオほどの甲斐性なんてない。俺にはジョゼとアリーがいれば十分だ。

昼食を取り終わった俺たちはまた地下市街に戻り、オークション会場にやってきた。

実は闘技場にも行こうかと思ったのだが、アリーがあまり血を見たくないということで、行くのはやめた。

「ここがオークション会場ですか。私たちも入るのは初めてですよね？」

「そうだな。俺たちが入ったところで、何も買えないからな」

ここで取引される物はどれも超高額で、俺なんかが買えるような物は存在しない。

「今回は何か、買いたい物でもあるの？」

「いいや。半分冷やかしだね」

手頃な酒が出てきたら挑戦してもいいが、たぶん無理だろう。


そして予想どおり、どれも俺には手が届かないような酒ばかりだった。

仕方ない。今度、街の酒屋でいい酒を買うか。

「ここでは、奴隷はオークションにかけられないのね」

全てのオークションが終わると、アリーがそんなことを聞いてきた。

お、よく気がついたな。

「それは、レオが地下市街での奴隷の売買を禁止しているからだな」

「どうして？　地上と地下で分ける意味ある？」

「闇市街時代に、違法奴隷がたくさん地下に隠されていたんだよ。だから、レオは同じようなことが繰り返されないように、地下での奴隷売買を禁止したんだ」

まあ、それは建前で、本音としては奴隷産業をそこまで盛り上げたくなかったのだろう。

レオは、元奴隷だったエルシーが奥さんにいたりするからな。

「なるほど。犯罪を未然に防ぐためなら納得だわ。それにしても、地下市街って話を聞けば聞くほど恐ろしいイメージになっていくわね」

「それは、俺たちからしたら教国も同じだよ」

「そうかしら？　流石に、闇市街には負けると思うわよ？」

そりゃあ、闇市街は犯罪百パーセントだからな。

それと比べてもヤバかったら、教国はもう国として終わっているだろう。


二日目からは、初日と違って予定は何も決めず、三人で自由気ままに街の探索をした。

その間に、酒屋に立ち寄り、そこそこ高い酒を買っておいた。

今度、レオと飲むのにはちょうどいいだろう。

そして、一週間くらいかけて街の探索を終えた俺たちは、久しぶりに孤児院に来ていた。

「皆、大きくなったな」

しばらく見ないうちに、皆背が伸びていた。

子供の成長って早いものだな。

「フランクにい、ジョゼねえ久しぶり！　それと……その人誰？」

「この人はアリーだよ。魔法が得意だから、魔法を教えてもらいな」

「わかった。アリーねえ！　魔法教えて！」

「わ、わかったからスカートを引っ張らないで！」

俺の紹介を聞くと、子供たちは雑にアリーを魔法練習場に連れて行ってしまった。

ははは。さっそく子供たちに気に入ってもらえたじゃないか。

それに比べて、ジョゼは丁寧に扱われていた。

怒ると怖いのをちゃんと覚えているようだ。

「ジョゼねえも行こう？」

「いいわよ。皆、どれくらい上達しているかしら？」

ジョゼも、子供たちと手を繋ぎながら魔法練習場へと向かっていった。

そして、庭に残ったのはビルはじめとした剣が得意な男たちだ。

「フランクにい、久しぶりに手合わせしてくれる？」

「いいよ。前からどれくらい強くなったか見てやるよ」

そう言って、俺は木剣を取り出し、一人一人相手してやった。

いくら魔法学校で剣術の授業を取っていないとはいえ、子供に負けるほど体は鈍っていないぞ。

と思って挑んだのだが、なかなか苦戦させられた。

特に、一番年上のビルには何度か危ない場面があった。

それでも、全員に意地で勝ってやった。

「ふう。強くなったな。来年にはここを卒業するんだっけ？」

俺は、最後に戦ったビルと会話していた。

レオが期待している少年で、確かにヘルマンみたいな剣の素質を持っている男だ。

きっと、将来は騎士団長になっているだろう。そう思っていたビルも、もうすぐ十四歳。

孤児院から出なければならない歳だ。

「……うん。来年、騎士団の試験を受けるんだ」

「そうか。なら、もっと頑張らないとな。あそこの試験、異常に厳しいからな」

お前くらいの歳で受かったのは、アルマとヘルマンくらいだ。

あいつらと張り合うには、もっと強くならないと。

「やっぱり、今の俺だと受からない？」

「俺に剣で勝てないようでは、無理だと思うぞ」

魔法使いに負けているようでは、いつになっても騎士は名乗れないな。

とはいっても、来年には俺も勝てなくなっていそうだ。

うん……なんか悔しいし、次の学期から剣術の授業を取ろうかな。

「そ、そうなんだ……。それじゃあ、あと一年で俺はもっと強くならないといけないのか」

「まあ、この調子で頑張っていれば、きっと受かると思うぞ」

才能があるのは確かだからな。努力していれば、絶対実るはずだ。

「わかった。頑張るよ」

「ああ、頑張れ。どうだ。もう一戦やっとくか？」

「うん」

その後、普通に一回負けてしまった。

普通に悔しかった。俺、やっぱり次の学期から剣術の授業をとらないといけないな。


それからまた数日経ち、アリーの妹であるレリアさんとの約束の日になった。

騎士団の訓練場に入ると、玄関でレリアさんが待っていてくれた。

「ふふふ。もう、この日が待ち遠しくて仕方ありませんでしたわ」

「私もです。今日は訓練場の案内、よろしくお願いします！」

「はい。任せてください」


そして、ひととおり訓練場の中を案内してもらい、今日のメインイベントとなった。

今日、騎士団は休みらしく、ほとんど人はいなかった。

そして、最後に案内された魔法訓練所にも俺たち以外の人はいなかった。

「魔法練習場はここです」

「わあ。魔法学校の訓練場と比べても、随分と広いですね」

「それだけではありませんよ。いくら強い魔法を撃っても、この訓練場は壊れないんです」

「ああ。孤児院にあるやつと同じつくりなのね」

「はい。そうです。シェリー様の魔法でも壊れないので、安心して使ってください」

「シェリーの魔法でも？　それなら、俺たちには絶対無理だな」

「そうですね。壊す心配はなくなりました」

「それじゃあ、まずは俺からだな。よっと」

俺は、得意の土魔法をレリアに見せてあげた。

六つの石を高速で一つの的に当てた。

「な、なんですかその速さは⁉」

「まあ、俺の魔法は速さが売りだからね」

速さだけだったら、シェリーにも負けないぞ。

「さ、流石、魔法学校主席です」

「それじゃあ、次はジョゼの出番だな」

「わかりました。ふふ。見ていてくださいね？」

そう言うと、ジョゼは風の刃を複数作りだし、部屋にある全ての的に当てた。

「す、凄い精度ですね」

「私は精度が売りですから」

流石にシェリーほど細かい動きはできないが、俺よりは自由に魔法を動かせる。

「それじゃあ、最後はお楽しみのアリーだな」

「私は二人に比べたら……そんなに大したことないわよ」

そう言いながら、アリーは手に炎を作り出した。

ただ、その炎は普通の炎ではない。

真っ青な炎だ。アリーがその炎を飛ばすと、俺たちの魔法では傷一つつかなかった的が熱で溶けてしまった。

ただ、本人はその凄さをわかっていなかった。

「ね？　私は、速くないし、たくさん魔法を出せたりもしないわ」

魔法を撃ち終わったアリーは、そう言って自嘲した。

はあ……もう少し自信を持てといつも言っているんだけどな。

そう思っていると、レリアさんがアリーにキラキラした目を向けていることに気がついた。

「あ、青い炎ってどうやっているんですか？　私、初めて見ました！」

「な、何を言っているの？　魔力操作で魔力の濃さを変えればこれくらい簡単なことだわ」

俺も前にそんなことを言われて、魔力の濃度を変えてみようと何度も試みているが、まだ一度も成功したことはなかった。

これは、アリーだけにできる特技と言っていいだろう。

「まあ、火力がアリーの売りだからね」

「さ、三人とも凄いです！」

「アリー、褒められてよかったな」

「よかったですね」

「わ、私の魔法なんて……」

折角褒められたというのに、アリーはまたネガティブな発言を始めた。

はあ、少しくらい自分を認めてあげればいいのに……。そんなことを思っていると、レリアさんがアリーの両手を握りしめた。

「そんなことないと思います！　お姉様の魔法、とても凄かったです！　私、とても感動しました！」

「そ、そうかしら……？　ありがとう」

「こちらこそ。素晴らしい魔法を見せてくれてありがとうございました！」

「やっと、二人が姉妹らしくなってきましたね」

「そうだな」

手を握り合って、笑い合う二人は誰どう見ても仲のいい姉妹だった。

よかったなアリー。これで、少しはトラウマを克服《こくふく》できたんじゃないか？

番外編十二　恋の多難

continuity is the father
of magical power

SIDE：フレア

私は、貴族相手に日用品から宝石まで販売している比較的大きな商家の娘として生まれました。その為、子供のころからお金に困ったことはないし、教育も貴族並みに受けさせてもらえました。

そんな私は、昔から優秀だと持てはやされていました。

単に、人より勉強が好きなだけだったのですが、家庭教師の先生やお父様やお母様に期待されてしまい……魔法学校に入学することになってしまいました。

あのころの私は、魔法を学ぶよりも早く家を継いで商売を学びたいと考えていました。なぜなら、人が生きていくために必要なのは、魔法よりもお金のほうだからです。

それでも、学校で貴族子女たちと交流を持っておくことは今後の商売に役立つぞ、という親の意見を無視するわけにいかず、魔法学校に入学することになってしまいました。

と、最初はまったく乗り気ではなかった魔法学校の入学ですが、入学してみると案外楽しいものでした。

魔法学校では魔法だけしか学べないと思っていたのですが、そんなことはありませんでした。魔法の授業は絶対に受けないといけませんでしたが、他は経済学や政治学など好きに取っていいのです。

勉強が好きだった私は、それはもうたくさんの授業を受講しました。そこそこの成績が残せる程度の練習で魔法は済ませ、後の時間は全て経済や政治、歴史などの勉強に割きました。

そして……気がついたら、平民としては二人目の一年生での成績優秀者に選ばれていました。

魔法の成績は中の上くらいだった私は、とても勇者に選ばれるはずがありません。ですので、私はすぐに学校に何かの間違いだと問い合わせました。

すると……他にたくさん取った成績は全て一位だったらしく、総合的な成績をつけると間違いなく優秀な成績であると答えられてしまいました。

そのようなわけで、私はエリーゼ様以来の平民出身優秀者として学校内で一躍有名になってしまいました。

そして、有名になってしまった私は、今まで関わったことすらないような貴族の方々から「自分たちの領地で文官にならないか？」というお誘いが来るようになりました。

一言断れば諦めてくれる方たちもいましたが、ほとんどの貴族はいくら断ろうと諦めてくれませんでした。朝から晩まで、学校でも寮でもお構いなしに誘ってくるのです。

もう、私は学校を辞めてしまおうと思いました。


そんなとき、クリフさんが私を生徒会に誘ってきたのですよね……。

生徒会は毎年二年生と三年生に任されていまして、二年生は前年の成績優秀者五人から生徒会長が選任することになっていました。

私は平民だったので選ばれないと思っていたのですが……当時は本当にまさかと思いました。


「君がフレア？」

「は、はい」

あのときほどの緊張はかつて味わったことがありません。

私なんかの平民の名前を皇子様が知っていること自体が怖いし、これから私はどうされてしまうの？　などと、すぐにでも逃げ出したいくらい不安でしかたありませんでした。

「なるほど。確かに君は頭がよさそうだ。どう？　僕の生徒会で書記をやってくれないかい？」

「せ、生徒会？　私なんかに務まるとは……」

「そんなわけないでしょ。君以上の適任者はいないよ。なんと言ったって、魔法抜きで考えれば、歴代最高の成績を叩き出しているんだから」

それは知らなかった。魔法以外の成績が全て一位だったことは聞かされていたけど、他が歴代最高というのは聞かせてもらえなかった。

まあ、私としては成績なんてどうでもいいことなのですが……。

むしろ……こうして、厄介事を引き込んでしまうのなら、次の試験からは手を抜いたほうがいいかもしれませんね。

「最近……貴族たちに悩まされているんでしょ？　なら、生徒会に入ることをお勧めするよ」

「……え？」

急に耳元で囁かれ、驚きのあまり私はすぐに声が出てきませんでした。

そして、遅れて内容が頭にやって来ました。

「生徒会に入って僕たちと親しくなれば、流石に他の貴族たちも君に手は出せないからね」

「な、なるほど……」

皇子様に誘われたとなれば、最近しつこい貴族たちも私のことは諦めてくれるでしょう。

「どう？　やる気になってくれた？」

「……はい。ぜひ、やらせてください」

もし、私にメリットがなかったとしても、相手が皇子様では……断るという選択肢はなかったんですけどね。

「おお。それはよかった。それじゃあ、これからよろしく頼むよ」

「こちらこそよろしくお願いします」


そして、私はすぐに生徒会の一員として働くようになりました。

「はじめまして。フレアと申します。これからよろしくお願いします」

「よろしく。それじゃあ、手短に説明していくね。副会長のイヴァン・フォースター」

「力仕事は俺に任せてくれ」

イヴァンさんは、ガッチリとした体格をしていまして、フォースターの名前に負けないくらい強そうでした。

「同じく副会長で次期会長のアレックス・フォースター」

「君の成績は聞いているよ。まさか、魔法以外全敗するとは思わなかった」

そう言って握手を求めてきたアレックスさんは、兄のイヴァンさんと違って細身ですが、爽《さわ》やかで格好いいという印象を受けました。

この人が主席……確かに頭が良さそうです。

そう思いながら、私はアレックスさんと握手させてもらいました。

「そして、会計のフィオナ・メルクリーンだ」

「はじめまして。アレックスの婚約者をしております。これから仲良くしてくださいね?」

「は、はい」

アレックス様と違って、フィオナ様の握手は少し力強かった。

もしかして……私、何か反感を買ってしまったのでしょうか?

そうだとしたら、後で謝っておかないと。

「ああ。先に言っておくが……こいつ、異常なまでにアレックスを愛していて……嫉妬されると面倒だから、アレックスと会話するときは気をつけたほうがいいぞ」

「は、はい……」

ああ、そういうことですか。確かに、婚約者と他の女性が仲良くしていたら許せないですものね。

これから、アレックス様とお話しするときは、細心の注意を払うようにしましょう。

「そんな！　酷いです！　まあ、否定しませんけど」

「いや、せめて否定しろよ！」

「アハハ。まあ、こんな生徒会だけど、よろしく頼むよ」

「はい」

皆さん、とても仲がよろしいですね。私、この中に入っていけるか凄く不安です。

「まあ、魔法学校での生徒会なんてお飾りだから、そこまで気負わなくていいぞ。初等学校の面倒な生徒会と違って、週一世間話をすればいいだけだからな！」

「初等学校で一切生徒会の仕事をしなかった人がよく言うよ……」

「それに、世間話で済んでいるのは兄さんだけだよ……」

どうやら、生徒会の仕事というのは、そこまで楽ではないようです。

そして次の週、私は初めての生徒会の仕事に緊張しながら、生徒会室に入りました。

「お、フレア。早いね」

「早すぎましたでしょうか？」

生徒会室に入ると、クリフィス様しかいませんでした。

「まったくそんなことはないよ。そうだ。皆が来るまでにそこの書類仕事を頼んでもいい？」

「はい。わかりました」

クリフィス様の指さした机には、たくさんの書類が山積みになっていました。

よく見ると……倶楽部活動での活動報告書や要求書など、倶楽部に関する書類のようです。

これに目を通して、活動報告書の問題点や本当に必要な要求なのかを見極める仕事ということでしょうか？

そう考え、私は席に座って書類に手を伸ばした。

「フレアの家は貴族相手に商売をしている家なんだっけ？」

「はい。ボードレール家やフィリベール家など西と南の貴族と取引させてもらっています」

「なるほど。それじゃあ、随分と儲かっているだろう？」

「……そうですね。こうして、私が魔法学校に入学させてもらえる程度には……」

クリフィス様たちから見たら、大した金額ではないと思いますけど、儲かってはいると思います。

「フレアは兄弟はいるのか？」

「はい。兄が二人と妹が一人います」

三人とも優秀で、妹も来年から私と同じように魔法学校に入学することになっています。

「そうか。兄たちは家業を継いでいるのか？」

「はい。二人ともお父様の手伝いをしております」

「そうか」


そんな世間話を続けていたら、全ての書類に目を通し終わってしまいました。

そして、後から生徒会室にやって来たフィオナさんたちには驚かれてしまいました。

「え？　私の仕事までやってくれたのですか⁉」

「す、すみません。仕事を奪うつもりはなかったのです。机に置いてある書類全てと勘違いしてしまいまして……」

よく考えれば、予算関係の書類は私の仕事ではありませんでした。次からは気をつけないと……。

そう落ち込んでいると、フィオナさんが抱きついてきました。

「そんな、謝らないでくださいよ！　私、そこまで生徒会の仕事を頑張りたいとか思ってないので、むしろ感謝しています。アレックスとイチャイチャできる時間が増えるし……もう、感謝しかないわ！　ありがとう」

「い、いえ……」

フィオナさんの喜びについていけずに少し戸惑いながらも、ここまで感謝されたことが初めてだった私は嬉しくなってしまいました。

そして、ここまで喜んでもらえるなら、これからも頑張ってみよう……と思ってしまいました。

「それにしても……僕が頼んでから、この短時間でこれだけの仕事を処理できてしまうとは……」

「本当に優秀なんだな？　どうだ。フォースター家で文官でもやらないか？　超好待遇で雇うぞ？」

「こら。生徒会での引き抜きは禁止だと先に言ったはずだぞ？　だが……ここまで優秀なら、帝国としても雇いたいな……」

「え、えっと……」

「二人とも、フレアが困ってるからやめなよ」

私がどう断ろうか悩んでいると、アレックス様がお二人を止めてくれました。

ありがたいです……正直、私などが断っていい誘いではなかったので。

「おっと。すまん」

「い、いえ……」

「フレアさんは家を継ぐ予定なんですよね？」

「はい。そのつもりです」

「フレアさんの家、私のところでも取引していて、卒業してからもお世話になるかもしれませんね」

フィオナさんはメルクリーン家でしたよね？　それなら、確かに私の家の管轄に入っていたはずです。なるほど……それなら、尚更フィオナさんとは仲良くなっておかないといけませんね。

「いや、結婚したらうちに来ることになるんだから、世話になることはないと思うぞ」

「そ、そうでした！　ごめんなさい」

「い、いえ」

どうやら、そんなことはなかったようです。

そして、次の週も早めに来てしまいました。感謝されたのが嬉しくて、つい来てしまいました。

「お、今日も早いな。今日も皆の仕事をやってしまうのか？」

「い、いえ……やっぱり、よくないことですか？」

「やっちゃっていいと思うぞ。どうせ、あいつら生徒会なんて面倒にしか思っていないし。僕だって、イヴァンの仕事をやっているしね」

そう言ってぽんぽんと叩いた種類の山は、凄い高さでした。

あれに比べたら、私のしていたことなんて……。そう思わずにはいられないくらいには、クリフィス様の仕事の早さは異常でした。

「凄いですね……」

「イヴァン、頭はいいんだけど、こういう書類仕事が本当に苦手なんだよね。だから、こうして僕がやってあげているんだ」

「なるほど……。お二人は小さいころから仲がよろしいのですか？」

「そうだね。小さい頃から、イヴァンとはずっと一緒だ。イヴァンは唯一僕が心を許せる人だよ。イヴァンも僕の為に日々努力してくれているしね」

「クリフィス様の為に……ですか」

「僕のことはクリフでいいよ。それと、様もいらない。ここでは身分なんて関係ないんだからね。僕たちがその模範にならないと」

「そ、そうでした。ク、クリフさん……で、よろしいでしょうか？」

恐れ多いと思いながらも、言われたとおりに愛称で呼ばせてもらいました。これ、本当に怒られないのでしょうか？　凄く不安です……。

「うん。いいよ。それで、イヴァンが僕の為に頑張っているというのはね、皇帝直属の特殊部隊で隊長になって、皇帝となった僕を補佐したい……ということだよ」

「それは素敵な夢ですね」

「……そうだね。でも、僕はその気持ちに応えられそうにないんだよね」

「え？」

クリフさんの悲しそうな声に、私は思わず作業の手を止めてしまった。

応えられないというのは、どういう意味でしょうか……？

「おっと。この話はこの辺にしておこう。僕はイヴァンの仕事もやらないといけないからね」

「は、はい」

クリフさんは余計なことを言ってしまったという顔をして、すぐに会話を止めてしまった。

次の日、私はクリフさんの言っていたことが気になって、朝から図書館で貴族情勢の資料を読みあさっていた。

その結果、クリフさんの置かれている状況がよくわかった。

「なるほど……」

現状、クリフさんが皇帝になるのは厳しいんですね。

「やっぱり、知っちゃったか」

「……え？」

急に肩に手を置かれ、聞き覚えのある声に私は固まってしまいました。

「ちょっと生徒会室まで来てくれる？」

「は、はい」

私に拒否権などありませんでした。


「急に連れて来ちゃって悪いね」

生徒会室に到着すると、クリフさんはそう言ってにっこりと笑いました。

いつもなら、私も笑顔で返すのですが……今はとてもそんなことはできません。

「い、いえ……」

「ああ。別に怒ったりとか、脅したりするわけじゃないから気にしないで」

「ですが……」

私は隠れてクリフさんのことを調べてしまいました。しかも、皇位継承権争いという平民が立ち入っていけない領域に入ってしまいました。

「まあ、原因は昨日ポロッと弱音を吐いてしまった僕に原因があるから」

「やはり……クリフさんが皇帝になることは難しいのですか？」

「ハハハ。気になる？」

「す、すみません……」

さっきあれほど怖い思いをしたのに、私は好奇心に負けてしまいました。これは、本当によくない癖です。

「別にいいよ。この数週間で、僕は君に期待しているからね」

「あ、ありがとうございます」

「そうだね……。まあ、このままでは僕が皇帝になるのは難しいと思う。僕は側室の息子だからね。現状、妹のシェリアよりも皇位継承権は低い」

私が今日一日調べた内容と一致しています。やはり、クリフさんが皇帝になるのは難しいのでしょう。

「なるほど……その差はあと半年では覆《くつがえ》しようのないものなのですか？」

「流石、成人のしきたりまで知っているなんて。普通、そんなこと平民は知らないからね？　僕以外と話すときは気をつけたほうがいいよ。フレアは少し、頭がよすぎる」

「は、はい……。ご忠告、ありがとうございます」

これは本当に気をつけたほうがいいでしょう。いつどこで貴族様たちの逆鱗《げきりん》に触れてしまうのかわかりませんから。

「いえいえ。それにしても、難しい質問だね。僕としてはどうにか皇帝になりたいと思っている。お母様の期待に応えたいし、イヴァンとの約束も果たしたいからね。でも、現実というのはそこまで僕の思いどおりになるわけじゃない」

つまり、頑張ってはいるけど、現実は厳しいというわけですね。

「シェリアが普通のお姫様だったら僕もそこまで困らなかったと思う」

「……違うのですか？」

クリフさんのことを調べるだけで手一杯で、シェリア姫まではまだ手が回っていませんでした。私の知っていることといえば、皇帝が寵愛《ちょうあい》した平民との間に生まれた娘ということだけです。

「そうだね。まず、とんでもない魔法の才能を持っている。大人になるころには……魔導師になっているくらいにね。特殊部隊の隊長、現役世界最強と名高いダミアンさんに教わって、その才能をどんどん磨いているんだ」

「それは……確かに、強敵ですね」

この国……特に貴族は昔から、魔法至上主義なところがあります。

魔法の能力がその人の価値を左右するという極端な考えですが、意外と魔法というのはその人の全体的な実力に繋がる為、今でもそこそこ重視されていたりします。

「そうだね。でも、シェリアの強いところは他にもあるんだ」

他にも？

「君も貴族相手に商売をしていれば、聞いたことのある名前だと思うのだが……レオンス・フォースターは知っているか？」

「はい。フォースター家の麒麟《きりん》児《じ》と言われている方ですよね？　最近では、子供ながら皇帝陛下から男爵位を叙爵《じょしゃく》されたはずです」

イヴァンさんやアレックスさんの弟で、噂を信じるなら二人のいいところを全て持っているような人です。

「そう。そのレオンスがシェリーと婚約しているんだ」

「それは……」

「もう、勝てる気がしないよ」

「……弱気になってはいけません。勝てる可能性が少しでもあったとしても……諦めた瞬間に、クリフさんの勝ち目はゼロになります」

まだ、何か逆転の一手があるかもしれないのですから。

「ははは。そうだよね。はあ、どうしてだろう。何故か、君が相手だと弱音がぽろぽろ出てしまう。イヴァン相手でも、ここまで弱気な発言はしたことがないんだけどな」

きゅ、急に恥ずかしいことを言わないでくださいよ。どう応えたらいいのかわからないじゃないですか。

「べ、別に、いいと思いますよ。ずっと張り詰めていれば、誰しも疲れてしまいます。なら、私が相手のときぐらいその気持ちが緩んでしまってもいいと思います。幸い、私は貴族とは無縁……とまでは言えませんが、皇位継承権争いに影響力がまったくない平民の娘なので」

「ははは……ありがとう。君には本当、感謝しないと」

「いえ。こちらこそ、助けていただいた恩がございますから」

それに、勝手に調べてしまった後ろめたさも……。

「あれくらい、助けたことには入らないと思うけどな。でも、君を生徒会に誘ってよかったと思うよ」

「ありがとうございます」

それから、私はたまに仕事がない日でも生徒会室に呼ばれることが増えました。

クリフさんの愚痴を私が聞いてあげる為ですね。

あの日もそんな流れで、クリフさんと会話していました。

「はあ、最近お母様の機嫌がどんどん悪くなっているんだよね……」

その日はお母様に対しての愚痴でした。

「クリフさんのお母様は、どういった方なのですか？」

「そうだね……。典型的な貴族主義だと思うよ。フィリベール家出身だからね。どうしても、考えが王国に似てしまったのかな。この国では実力主義が原則だというのに……」

私もお父様の手伝いでフィリベール家に顔を出したことがありますが、他の貴族と比べても偉そうな態度が印象的でした。あれが貴族主義というのですね。

「なるほど……。クリフさんを推している方々は、そういった貴族主義の方々が多いのでしょうか？」

「残念なことに……そうだね。僕の派閥は皆、時代遅れだ」

クリフさんの話を聞いていると、私のイメージでのクリフさんがどんどん崖《がけ》のふちに追いやられていきます。

クリフさんはどれだけ劣勢に立たされているのでしょうか……。

「今回の鍵となるフォースター家はどちらなのですか？　長男であるイヴァンさんはクリフさんを推しているのですよね？　でも、レオンス様とシェリー様が婚約していることを考えると……」

「ああ。生粋《きっすい》の実力主義だよ。傲慢《ごうまん》な貴族が嫌いな勇者様の家だからね……フィリベール家とはずっと敵対関係にあるよ」

なるほど。やはり、時代の最先端はフォースター家にあると。

「そうなると……イヴァンさんは家の方針に反してクリフさんを応援しているということなのでしょ

うか？」

「いいや。フォースター家は、別に次期皇帝を指名したりしていない。実力のあるほうが皇帝になればいいという考えなんだ」

「本当の意味での実力主義ですね……」

最強の勇者様らしい考えで、本当に男らしいと思います。

「そう。だから、僕がイヴァンと仲良くできたのも僕に人望という実力があったからこそ認められている」

「なるほど……。それなら、まだ勝ち目はありそうな気がしますね」

フォースター家が敵に回っていたとしたら、正直クリフさんには勝ち目はありません。

それだけ、フォースター家の影響はこの帝国では絶対的でありました。

「そうかな？」

「はい。とはいっても、結局は皇帝陛下次第になってしまうのですが……」

どれだけ貴族たちの指示を得ようと、結局選ぶのは皇帝なのですから。

「そうだね……。どうすれば、皇帝《父さん》に気に入ってもらえると思う？」

「皇帝陛下は貴族主義と実力主義のどちらなのでしょうか？」

「実力主義だね……。皇妃は平民出身だし……」

そういえばそうでしたね……。またクリフさんが崖に追いやられてしまいました。

「そうなると、平民寄りの発言、行動をするのはどうでしょうか？」

「……いい案だと思うよ。例えば、何をすればいいと思う？」

やった。認めてもらえました。

「例えば……そうですね。えっと、例えばですよ？　例えばですからね。えっと……私と婚約するのはどうでしょうか？　平民と婚約すれば皇帝陛下から親近感を得られるのではないでしょうか？」

「……」

や、やめてください。これは半分冗談で言っただけですから。

そんな驚いた目をして黙り込まないでください。私まで恥ずかしくなってきますから。

「とてもいい案だね。ぜひとも、僕は君と婚約したいよ。でも……それはできない」

「できない？」

「そんなことをしてしまえば、僕は後ろ盾を失う。それに……お母様が絶対に許さないだろう」

「貴族主義だからですか？」

「そうだね。あと、お母様は正妻の座を平民に取られてしまったことを今でも根に持っている。もし、君と婚約するなんて話をすれば、君に何をされるのかわかったものじゃないよ」

「そうですか……わかりました」

あまりにも周りがクリフさんの足を引っ張っていて、クリフさんが不憫《ふびん》に思えてしかたありません。

クリフさんはお仲間が違いさえすれば、絶対立派な皇帝になれた方だと思うと、本当に悔しいです。

「うおっとっとっと」

私がクリフさんを哀れんでいると、そんな声と共にドシン！　と大きな音を立てて一人の男の人が部屋に入ってきました。

「イヴァン……何をしているのかな？」

「いや。えっと……ごめん！　盗み聞きするつもりはなかったんだ。ただ、クリフを昼飯に誘おうと思ってだな……ごめん」

「相変わらず、君は言い訳が下手くそだね」

イヴァンさんが言い訳を始めようとするもすぐに謝る姿を見て、クリフさんは苦笑いを浮かべていた。

イヴァンさん、ちょっとポンコツなところはありますけど、どこか憎めないところがありますよね。

「ご、ごめん。だが、心配しないでくれ。誰にも言わないから！　そ、それじゃあ！」

「おい！　って……あいつ、絶対勘違いしているぞ」

「……そうみたいですね」

たぶん、私が告白をして振られたのだと勘違いしていると思います。

「まあ、イヴァンなら誰かに言ったりしないから大丈夫かな」

「……そうですね」

クリフさんの味方であるイヴァンさんなら、クリフさんが不利になるような噂を流したりしないでしょう。

それに、誤解はクリフさんに解いてもらえるはずです。

そして、時はあっという間に経ち、私が生徒会に入ってから早くも五カ月経ってしまいました。

「ふう。結局、何の進展もないまま帝都に向かわないといけないのか」

「……明後日には出発ですものね」

そう。クリフさんは成人パーティーの準備とイヴァンさんの成人パーティーに参加するため、一カ月前から帝都に滞在することになっていました。

この一カ月がクリフさんにとって最後のチャンスになるでしょう。

「うん。フレアは本当に、僕の成人パーティーに参加してくれないのかい？」

「はい。私なんかが参加できるようなパーティーではありませんから」

名のある商人ならまだしも、私なんかが参加したら浮いてしまいます。

「そうだよね……。まあ、醜態《しゅうたい》をフレアに見られなくて済むから、僕としてもありがたいかもしれないけど」

「いつも言っていますが……どんな状況でも、最後まで諦めてはいけません。最後まで胸を張っていてください」

「わかったよ……。でも、もうそこまで気を張り詰める気はないかな。もう、流石に疲れた」

「今日は随分と弱気ですね。残りは一カ月ですよ？　あと一息です」

いつもなら、にっこりと笑って「頑張るよ」と応えてくれるはずが、今日はさらに弱音を吐いていました。

それだけ……クリフさんが追い込まれているってことですよね。

「そうなんだけど……皇帝になれなくても、別に死ぬわけじゃないし」

「それはそうですが……」

「はは。こんなこと、お母様に聞かれたら平手打ちされていただろうな」

「……」

クリフさんはどうして、ここまで自分の母親を気にするのでしょうか？　そんな、自分のことしか考えていないような母親の意見なんて聞いていたら、クリフさんは破滅するだけなのに……。

「ねえ……もし僕が皇帝になれなかったら……僕と結婚してくれない？」

「はい？」

急に飛んできたとんでもない内容の声は耳に届きましたが……内容を頭で処理することはできませんでした。

「えっと……皇位継承権が僕になくなれば、僕はそこら辺の男と変わらない。そうなれば、フレアと結婚もできるはずだ」

「……」

「どう思う？」

「……ふざけないでください」

本当に何を言っているんですか？　弱気になって血迷うのもいい加減にしてください。

「え？」

「私を逃げ道に使わないでください！　そういうことは、最後まで諦めずに頑張ってから言ってくださいよ！　皇帝になって、周囲の反対を押し切ってでも結婚してやるくらい言ってくださいよ！　イヴァンさんとの夢はどうするんですか？　二人の友情はそこまでだったのですか？」

私は不敬など気にせず、思ったことを全てクリフさんにぶつけました。

今のクリフさんは正直……かっこ悪いです。

「ご、ごめん……そうだね。僕が馬鹿だった。うん。皇帝になってから僕は君にもう一度プロポーズさせてもらうよ」

「はい。そうしてください。ふふ。そうです。その目です。私は、クリフさんのその闘志の宿った目が好きなんですから」

クリフさんのやってやるという目、この逆境でも気持ちだけは負けていないという目が私は好きです。

「ははは……。そうだったんだ。それじゃあ、この目で来週から頑張ってくるよ」

「はい。頑張ってください」


それから一カ月くらいして……クリフさんが皇太子になったという情報が魔法学校にまで流れてきた。

最初は夢か何かと思ってしまいましたが、どの新聞社も次期皇帝としてクリフさんの名前を挙げていたので、間違いないでしょう。

ふふふ。やっぱり、諦めなくてよかったじゃないですか。

「はあ、早く帰って来ないかな……」

クリフさん……おめでとうございます。と早く伝えたいです……。


それからさらに一カ月後、クリフさんが魔法学校に帰って来ました。

「ふふ。皇太子様、この度はおめでとうございます」

「ありがとう……」

久しぶりに会ったクリフさんに私は元気よく挨拶すると、クリフさんからあまり嬉しくなさそうな返事が返ってきました。

「どうしたのですか？　あまり、嬉しくなさそうですね」

「ごめん……ちょっと。今日、授業が終わったら予定を空けといてくれないかい？」

「……はい。わかりました」

どうしたのでしょうか？


そして、その日の授業が全て終わると、私はクリフさんの待つ生徒会室に向かった。

生徒会室に入ると、頭を下げたクリフさんが立っていた。

「すまない。フレアとの約束は果たせなくなってしまった」

「どういうことですか？　皇帝になったではないですか……」

夢だった皇帝にやっとなれるというのに、どうしてそんなに落ち込んでいるのですか？

「いや……フレアに求婚するという約束だ」

「誰か結婚しないといけない人がいるのですか？　それなら、仕方ないことだと思います。身分的にも、私には不相応ですから」

少し……残念ですが、こればかりは仕方ありません。きっと、皇帝になる為、クリフさんはどこかの有力貴族に援助してもらう代わりに、その貴族の娘を皇妃にするという契約を結んだのでしょう。

皇帝になる為には必要なことです。私のことなど、気にしないでください。

「不相応なんてことはない！　別に、他に相手ができたとかではないんだ。それに、フレアは凄く素敵な女性なのは間違いない」

「あ、ありがとうございます。えっと……そこまで言うのでしたら、何か私の想像もつかないようなわけがあるのですよね？　その理由について教えてもらえないことには……私もどう答えればよいのかわかりません」

「そ、そうだよね。それじゃあ……帝都で何があったのか話させてもらうよ……」

それから、クリフさんから聞かされた内容はとんでもないものだった。追い詰められたクリフさんのお母様によるシェリア姫の誘拐……。レオンス様によって助けられたからそこまで大事《おおごと》にならなかったものの、普通なら親子で死刑になっていてもおかしくなかったでしょう……。

本当に、最後までクリフさんの足を引っ張り続けましたね。

一つだけよかったことといえば、クリフさんにちゃんと正義感があって、皇帝に出頭したこと。それがなかったら、私はとてもクリフさんを擁護《ようご》できませんでした。

「僕が皇帝になるのは償いなんだ。皇帝になりたくないというシェリアの代わりに、この国を責任持って導いていかないといけない。そして、僕は一代限りの皇帝になるつもりだよ」

一代限り……ということは、子供は残さないということでしょう。

となると、やはり結婚はできませんね。

「わかりました。その目をしているクリフさんに私が言うことはありませんよ」

私の好きな真っ直ぐな意思が籠もった日、クリフさんは何を言っても自分の決心を変えることはないでしょう。

「ありがとう……。本当に申し訳なく思っている」

「いえ。でも、そうですね……はい。頑張ってください」

私はもう何も言葉が思い浮かばず、頭を下げて生徒会室から出てしまいました。

そして、寮の自室に戻ると思いっきり泣きました。

強がっていましたが、初めての失恋というものは私に大ダメージを与えました。

「う、うう……」

「フレアあなたに手紙よ……って、大丈夫？」

「……はい。大丈夫です。それより手紙って……」

ルームメイトが入ってきたので慌てて目を拭うと、手紙を渡された。

その手紙の差出人は……、

「あなたのお父様からよ」

今まで手紙なんて送ってきたことのないお父様からでした。

「え？　何かあったのかしら……」

私は慌てて手紙を読み始めました。


元気にしているか？　お前の魔法学校での活躍は、こっちにまで届いているぞ。

急に手紙が届いて驚いていると思うが……さっそく本題に入らせてもらうぞ。

実は、商売が立ち行かなくなってしまった。ここからの回復はもう絶望的だろう。

原因は、この前の次期皇帝争いに負けたことだな。いや、私が推していたクリフィス殿下は次期皇帝になれた。だが、完全に我々の派閥と切り離されてしまった。

その結果、フィリベール家にたくさん投資していた私としては、家が潰れてしまう程の大損だ。

本当、皇帝にはしてやられたよ。

そんなわけで、我々はもうすぐ商人ではなくなる。

幸い、お前の学費は全て払い終えている。

だから、安心して魔法学校を卒業してほしい。

まあ、優秀なお前なら何にでもなれるだろうから、そこまで心配してない。

今回は本当にすまなかった。

それじゃあ、元気でいろよ。


泣きっ面に蜂《はち》とは、正にこのことでしょう。

「そ、そんな……」

私は失恋したその日に実家を失ってしまったのです。


それから……私は無難に魔法学校を卒業し、実家を継ぐという夢をなくした私は帝都のお城で働く文官になりました。

「あなたがフレアさん？」

「はい」

私は魔法学校での成績が優秀であったため、必要以上の過大評価をされてしまい……入ったばかりであるというのに宰相であるエリーゼ様の部下になってしまいました。

「殿下から聞いているわよ。私の成績を越えて卒業したんだって？」

「そ、そうですが……アレックス様にはかないませんでした」

「ふふ。それは歴代最高の成績を出されたのだから仕方ないわ」

「そうでしょうか……？」

「そうよ。それで、あなたには当分、私の補佐をしてもらうわ。ゆくゆくは私と同じ立場になってもらうつもりだから、頑張ってね？」

「エリーゼ様と同じ立場……」

入ったばかりの私に何を言っているのですか？

「将来的にだから、今はそこまで心配しなくて構わないわ。とりあえず、任された仕事を全力で頑張りなさい」

「は、はい」


それから……私はエリーゼ様の言葉どおり、周りの期待など気にせず任された仕事を全力で熟し続けました。

誰よりも働いた自信はあります。まあ、エリーゼ様以外の誰よりもですけどね。

エリーゼ様……朝から晩まで、常人の倍、いや三倍は働くんです。

あの人は本当に仕事の鬼です。とても私ではかないません。

そんなエリーゼ様に憧れ、私は毎日少しでも役に立てるように夢中で働きました。

そして、あの運命の日が来るのです。

あの日は……早朝から慌ただしかったのを覚えています。たぶん、私が就職してから一番忙しかった日だったと思います。

朝出勤してすぐに、二時間足らずで汚職を取り締まるはずだった監査官たちの汚職を調べ上げなくてはならなくなってしまったのです。

なんでも……皇帝自ら褒美としてレオンス様に渡した領地が汚職だらけのとんでもない場所だったことが発覚したのです。

これは、皇帝のプライドに関わる問題なので早急に解決しないといけません。

そう思って必死になって汚職資料を探していると……エリーゼ様に呼び出されました。


「何か他にも仕事が？」

「そうじゃないの。いや、そうね。これも仕事だわ」

「えっと……何をすれば？」

エリーゼ様の言葉の意味がわからず、首を傾げました。

「今から急いで長期間出張できるような準備をしてちょうだい」

「え？　長期出張ですか？」

「あなたは、今日からミュルディーン管理官代理よ。後で領主補佐に名前が変わると思うけど、これからミュルディーン領の管理をお願いしたいの」

「わ、私なんかが……」

私、まだ仕事に最近やっと慣れてきたような新人なんですよ？

とても、そんな大事な領地を管理できるはずがないですよ！

「大丈夫。これは、出来不出来じゃなくて、信用できるかどうかの問題だから。お願い、現状あなたしか信用できる文官はいないの。どうか、この仕事を受けて」

なるほど……もし、監査官の汚職が本当だとしたら、城の文官にも汚職をしている人が紛れていてもおかしくありません。

となると、完全な潔白を証明できる私が一番安全というわけですか。

「それなら……わかりました」

「ありがとう！　この恩はいつか返すから！」

それから急いで家に帰って荷物を準備して城に戻り、レオ様とすぐに対面することになりました。

レオ様は……思っていたよりも見た目は子供でした。ですが、中身は凄く大人で丁寧な方でした。

私みたいな一文官に対しても敬語を使うのですから、とてもびっくりしました。

でも、それ以上に我《わ》が儘《まま》で傲慢な方じゃなくてホッとしてしまいましたね。

凄く強いと聞いていたので、もしかしたらアレックスさんよりもイヴァンさんみたいな方なのかと思っていたんですけどね……。噂どおり、アレックスさんとイヴァンさんのいいとこ取りみたいな方でした。

そして、領地での仕事が始まると、それからずっとレオ様には驚かされ続けました。

まず、一人だけで汚職していた元管理官の家を制圧してしまったのです。

強いとは聞いていましたけど、まさかあそこまでの実力だったとは……と当時は凄く驚いた記憶があります。

ただ……まだ驚くのは早かったのです。

今でこそ地下市街は娯楽都市として世界的に有名ですが、当時は闇市街と呼ばれ、犯罪者の溜まり場みたいな場所でした。

レオ様はそんな場所に一人で乗り込み……全て一人で解決してしまいました。

魔族の少女を捕獲してきたときには、私は夢の世界に迷い込んでしまったのかと、自分の正気を疑ってしまったほどです。


そんな、信じられないほどの強さを持つレオ様ですが、いよいよ街の再開発になると、自分の独断で進めるのではなく、何度も私の意見を求めてきました。

普通貴族の方というのは、自分の領地は自分のやりたいようにするものなのですが、レオ様はそんなことはありませんでした。

いや、普通ではないからこそ、レオ様はこんなにも大きくなることができているのでした。

そんなことを思いながら、意見を求められた私は治安の改善をレオ様に求めるのです。

すると、すんなりと私の意見は通ってしまい、新兵の募集と憲兵の待遇改善が私のミュルディーンでの初めて取りかかった仕事になりました。

それから、孤児院の創設という大仕事もありましたが、すぐにもっと大きな……数年単位のお仕事が舞い込んでまいりました。

地下市街の開発という一大事業です。

とても、私だけでは手が回らないと思った私はエリーゼさんに支援を求めようか迷いましたが、それも強力な助っ人が来てもらえたことでそんな必要はなくなりました。

そう。助っ人というのは帝国一の商会として有名なホラント商会の会長であるエルシーさんです。

レオ様の婚約者ということもあり、彼女はミュルディーンを更に発展させようと頑張ってくれました。時には、私以上に働いていることもあり……体調を崩さないのか心配することが多々ありましたっけ。


そして、伯爵となったレオ様は騎士団の保持を皇帝陛下に認めてもらえるんです。

学校が始まり、忙しくなってしまったレオ様の代わりに、騎士団員の募集や面接などは全て私が行い、レオ様には実技試験だけお願いしました。

そんな毎月の試験が始まり……確か、四回目だったかな？　スタンさんと初めて面接で顔を合わせるのです。

スタンさんが言うには、その時点で私に惚れていたらしいのですが、毎月百人以上の面接を行っていた私は、どんな質問をしたのか覚えてないのですよね。あくまで、合格者の一人としか見ていませんでした。


そんな印象が変わったのは……それからしばらく経ってから行われた騎士団最強決定戦です。

上位三人はミュルディーン関係者なら誰でも予想できるので、四位は誰になるのかが注目を浴びるなか、ほとんどの人の予想を裏切り、スタンさんが勝ち残ってみせたのです。

あれには……普段、闘技場などには行かない私でも盛り上がってしまいました。

そして次の日、たまたまお城の中でスタンさんとすれ違いました。

昨日の熱が冷めていなかった私は、思わず挨拶だけでなく、試合の感想まで言ってしまいました。

そしたら……スタンさんにお付き合いを申し込まれてしまったのですよね。

驚きでしたね。そして次にちょっと嬉しさが込み上げてきました。昨日の戦いを見て、スタンさんのことを正直格好いいと思ってしまいましたから。

ただ……その後すぐにクリフさんの顔が思い浮かび、すぐには了承できず、食事に誘うことで許してもらいました。

そして、初めてのデートは一週間後になり、私はそれまでに、自分の気持ちになんとか折り合いをつけました。

私もそろそろいい歳、クリフさんのことをいつまでも引きずっているわけにもいきません。だから、これはいい機会だと自分に言い聞かせました。

そうして臨んだデートは、案外楽しいものでした。

「こ、今回はお食事に誘って頂き、ありがとうございます」

「ふふ。こちらこそ、素敵なレストランを予約してくださりありがとうございます。それと、そんな畏まられても困ります。私のほうが年下なのですから」

「そ、そうですか……。い、いや、それなら普通に話させてもらうよ」

「はい。それでいいと思います」

見るからに緊張しているスタンさんに、そんなに私のこと好きなんですね……ちょっと可愛いです。

などと、生意気な感想を心の中で述べてしまったのは、内緒です。


それから……食事をしながら私の魔法学校での話をしました。

スタンさんは今、魔法の練習に力を入れているみたいで、魔法の授業内容なども聞かれました。

本当、努力家なんですね。

「へえ。フレアさんはあの有名な魔法学校で次席だったのか、流石だな……」

「スタンさんのほうこそ、教国最強の傭兵だったのでしょう？」

実は、デートをするまでにスタンさんの履歴書を引っ張り出してきて、改めてスタンさんの過去を調べさせてもらいました。そうです。職権を濫用しました。

「まあ、傭兵の中で天狗《てんぐ》になっていただけだよ。聖騎士になれば、もっと強い人はいたから」

「それでも、スタンさんはあの精鋭揃いの騎士たちの中で四位に入れたのですから、凄く強いと思いますよ」

「そ、そうかな？　フレアさんに褒められると嬉しいな」

「そうですか？　あの試合を見て、皆がスタンさんのことを見直したと思いますよ？　私も、凄く格好いいと思いました」

素直な感想を述べていくと、スタンさんはどんどん顔が真っ赤になっていくんです。

やっぱり、この人可愛いかも……などとまた生意気なことを思ってしまいました。

「ほ、本当ですか？　そんなに褒められるなんて……今まで頑張ってきて本当によかった」

「ふふふ。そこまで喜んでもらえたら、褒めた私も嬉しくなってきます」

「そう？　なら、もっと喜ぶよ」

「ふふふ。それで……もうすぐ今日はおしまいとなってしまうわけですが……」

既に食事を終え、楽しい時間が終わってしまう前に、私は心に決めてきたことをスタンさんに話し始めました。

「は、はい」

私の緊張感が伝わったのか、スタンさんも姿勢を正し、真剣な顔を私に向けてきた。

「これからも……こうして食事に誘ってください」

「い、いいの⁉」

真剣な顔は、一分も続きませんでした。スタンさんは凄く驚いた顔をしていました。

私はそれに畳みかけるように、話を続けた。

「はい。それと……お付き合いの件ですが……」

「は、はい……」

「こんな私でよければ、よろしくお願いします」

「や、やった！　あ、えっと……こちらこそよろしくお願いします」

ふふ。やっぱり、可愛らしい人ですね。

こうして、私たちは付き合うことになったわけですが、それから本格的な戦争の準備が始まった影響で忙しくなってしまった私たちは、なかなか二人で会うことはできませんでした。

そして、気がついたら三国会議が間近になっており、三国会議が一カ月前になると……皇帝陛下やエリーゼ様、そして……クリフさんがミュルディーンにやってきました。

私はあくまで領地経営が仕事ですので、あまり三国会議には関わらなかったのですが……遂にクリフさんと接触してしまう機会がやってきてしまうのです。


その日は、ちょっと夜遅くまで仕事をしており、いつもより遅くにお風呂へと入ることになってしまいました。

お城での生活が慣れてしまった私は、もう毎日お風呂に入らないと疲れが取れないと感じてしまうほど、贅沢な体になってしまったのですよね……。

そんなときに、たまたまお風呂から上がったクリフさんとばったり遭遇してしまいました。


あのとき、私からは声をかけられませんでした。

スタンさんとお付き合いしていても、まだ私はクリフさんとの失恋を引きずっているみたいです。

「あ、フレアじゃないか。どうだ。ここでも元気にやっているかい？」

「……はい。レオ様にもよくしてもらえて」

私は、どう話せばいいのかわからず、とりあえず無難な言葉を選んで答えました。

「レオくんは優しいし、優秀だからね。僕もいい領主だと思うよ」

「はい」

「それにしても……僕が魔法学校を卒業してからだから……こうして話すのはもう七年ぶりだな」

「はい。七年ぶりです。本当に久しぶりですね」

七年ですか……忙しくてあっという間でしたね。

「僕も忙しかったし、君も文官になってすぐにミュルディーン領に行ってしまったからね」

「そうですね」

「どう？　あれから……素敵な男性を見つけることはできたかい？」

私は遂に来てしまったと思いながらも、表情は変えないように意識してその質問に答えました。

「……はい。今は、ミュルディーン魔法騎士団長とお付き合いさせてもらっています」

「魔法騎士団長……レオくんの騎士たちは皆強いからな……きっと素敵な人なのだろうね」

「……はい」

表情を変えなかった私と違って、クリフさんは悲しい顔を隠そうとしませんでした。

そ、そんな、やめてくださいよ……。やっと、気持ちを切り替えることができてきたのに……。

「あ、忙しいのにごめんね。それじゃあ、おやすみ。ゆっくり温まっておいで」

「は、はい。おやすみなさい」

こうして、私はまたクリフさんを意識してしまうようになってしまいました。

そして、こういう時に限って、神様というのは意地悪をしてくるのです。

「え？　結婚したい？」

「うん。もちろん負けるつもりはないが、戦争というのは何が起こるかわからないからな。だから、戦争が始まるまでに婚約してしまいたいんだ」

クリフさんとの接触から二日くらい経ったある日、スタンさんにそんなことを言われてしまいました。

三日前の私でしたら、了承していたでしょう。

「えっと……すみません。少し考える時間をもらってもいいでしょうか？」

ですが、あのときの私はとても頷くことはできませんでした。

「そ、そうだよな。急に聞かれても困るよな。ああ、もちろんいくらでも待つぞ」

「……ありがとうございます」

心の中で、何度スタンさんに謝ったことか……。


そして、私は一カ月経っても答えを出せずにいました。

クリフさんのことを忘れたくても、忘れられないのです。

「だから、もう少しお時間をください」

「もう一カ月は待っているんだぞ……。それに、もう戦争が始まる。これから何があるかわからないのに……」

流石のスタンさんも少し苛立《いらだ》ちを感じていました。

そうですよね……。普通、こんなに待ってなんてくれませんから。

「わかっています。戦争が始まるまでには……」

心の中で謝りつつ、私はスタンさんから逃げた。

すると、その日の夜にスタンさんがやって来ました。

「え？　返事を急がなくていい？」

「ああ。その代わり、戦争が終わったらちょっと旅に出ないか？　そうだな……オオクラにでも行って一緒に温泉にでも入らないか？」

「え、ええ……オオクラですか。確かに、一度は行ってみたいと思っていました。いいですね。行きましょう」

スタンさんの意図がよくわかりませんでしたが、本場の温泉というものに興味があった私は、特に何も考えずに了承してしまいました。

「やったー!!　よし、そうとなったら戦争で活躍して、なるべく長い休みをもらうぞ！」

「ふふふ。頑張ってくださいね」

スタンさんたちなら、王国に余裕で勝ってもらえるでしょう。


そして今、私はその考えが甘かったことを思い知らされていました。

スタンさんが勇者に斬られてしまったのです。私は、スタンさんから血が噴き上がるあの瞬間の映像が……頭の中でずっと止まらず流れ続けています。

もう、どれくらい泣きわめいたかはわかりません。

気がついたら、スタンさんのいる病室に案内されていました。

「心配しなくても大丈夫です。命には別状ありません。二日、三日程度経てば自然と起きてくれるはずです」

そう言って、リーナ様が勇者に斬られたスタンさんのお腹を見せてくれました。

確かに……傷跡すら残っていませんでした。流石、リーナ様です。

「ほ、本当に……助かるのですか？」

「はい。ですので、安心してお傍にいてあげてください」

「わ、わかりました……。リーナ様、本当にありがとうございました」

私は部屋から出て行こうとしたリーナ様に、深々と頭を下げた。

今の私にできることは、これくらいしかありませんから。

「いえ。これくらい治せなくては、私が普段している鍛錬の意味なんてなくなってしまいますから。それでは、他の人の様子を見てきますので……」

「はい。ありがとうございました」

彼女こそ、聖女様にふさわしい。そう思ってしまう程の対応に、私は再度頭を下げてリーナ様を見送りました。

「う、うう……。ごめんなさい。ごめんなさい」

そして、目を覚まさないスタンさんに泣きながら謝り続けました。

どうして、私はすぐに結婚したいと言えなかったのか。

どうして……私はちゃんとスタンさんを愛してあげられなかったのか。

そう自分を責め続けました。

それから……気がつくと、私は眠ってしまっていました。

そして、どうして私が起きたのかがわかると、私は飛び上がるように起きてしまいました。

「え⁉」

頭をスタンさんに撫でられていたのです。

「あ、起きた。おはよう。よく眠れた？」

「え、えっと……どうして起きているのですか？」

外が明るいのを見るに……まだ一晩しか経っていませんよね？

リーナ様だって、二、三日はかかるって言っていたのに……。

「いや……どうしてだろうな？　俺、死んだと思っていたんだけど」

「傷は……リーナ様が治療してくださいました」

「そうなのか……やっぱり、リーナ様は凄いな」

「はい。そうですね。どこか痛むとかはないですか？」

「うん……ないみたいだね。リーナ様の治療は完璧だ」

「それはよかったです……う、うう……」

安心したら、また涙が溢れ出てきました。もう、本当に無事で良かったです。

「心配させてしまって悪かったね」

「本当ですよ。あなたが斬り倒された時、私はひどく取り乱して……とても恥ずかしい思いをしたのですからね？」

スタンさんの申し訳なさそうな声に、私はムスッとした顔をして、そんな言葉を返しました。

今思うと……もう、いい大人なのにとんだ醜態を晒《さら》してしまいましたね。

明日から……どんな顔をして職場に入ればいいのでしょうか。

「そんなに心配させてしまったのか。本当に悪いことしたな」

「本当ですよ。まったく……」

「でも、それだけ心配してもらえたというのもなんか嬉しいな」

「そ、そうですか？」

「ああ。あと、戦争前と比べてフレアから壁を感じなくなったのも凄く嬉しいな。前のフレアは、絶対俺に冗談なんて言ってくれなかったし」

確かに、言われてみれば……素が出ていたかもしれません。

もう、寝顔に泣き顔……恥ずかしいところは見られてしまったので、自分を美化する必要はなくなってしまったからかもしれませんね。

あと……この人を愛そうと決めたからかも。

「そ、そうですね……。やっと、あなたが大切な人だということに気がつきました」

大切なものほど、なくなりそうになってから気がつくんです。私も、やっと気がつくことができました。

「その……私と結婚してくれませんか？」

私は自然な流れで、プロポーズ……いえ、一カ月持ち越した答えですね。

「え、ええ……？　い、いや、もちろん。こちらからお願いしたいくらいだ」

「はい。一カ月前からお願いされていました」

「ハハハ。やっぱり、そういうことを言えるフレアのほうが好きだな」

「え～。前の私には不満だったのですか？」

「そ、そんなことない！　さらに好きになったと言いたかっただけだ！」

ふふふ。やっぱり、スタンさんの困った顔が可愛くて好きです。

どんどんからかいたくなってしまいます。

「ふふふ。期待どおりの冗談でしたか？」

「ああ。よかったよ」

「あ、そうだ。今回頑張ったご褒美……私からあげますね」

「ご褒美？　何をくれるんだ？」

キョトンとした顔をしたスタンさんに、私は抱きついた。

そして……、

「ちゅ。私の初めてのキスです」

驚くスタンさんに速攻のキスをした。

「……」

スタンさんは顔を真っ赤にして口をパクパクしていました。

ふふ。成功です。また、可愛い顔が見ることができました。

書き下ろし短編

出張勇者と赤ちゃん

continuity is the father
of magical power

結婚式からもうすぐ一週間が経とうとしている日の夕方……俺はカイトにしがみつかれていた。

「レオ～～。マミに会わせてくれ～～～」

「昨日会ったばかりだろう！　一日くらい我慢しろ！」

流石の嫁とイチャイチャしたい俺も、最初くらいは許してあげていた。

だが、毎日となると流石に断りたくなってくる。

「本当は一秒たりとも離れたくないんだぞ?!　我慢できるはずがないだろ！」

「うるさいな……。わかったよ。明日、何時から？」

非常に鬱陶しいけど、憎めない奴だから結局許してしまうんだよな……。

「九時からだ」

九時からだと？　だとすると迎えに行くのは八時前じゃないか。

「早いな……。少しは新婚に気を遣うとかしないのか？」

「そんな気遣いより、マミの笑顔のほうが一万倍大事だからな！」

「あっそう。わかったよ。ほら、行くぞ」

どんな言葉もこの親馬鹿勇者には効かないことを悟った俺は、諦めてさっさと送ってしまうことにした。

「ありがとう～!!　やっぱりお前はかけがえのない大親友だ」

「はいはい。ほら、行くぞ」


「ただいま～」

「あら、今日も帰ってきたの？」

現在、壊れた王城の代わりにエレーヌたちが使っている建物に転移すると、書類が積み重なる机に向かっていたエレーヌが少し驚いたように出迎えてくれた。

「こいつが帰らせろってうるさいんだ」

「もう。子供じゃないんだから、少しは我慢しなさい」

「イタ！」

「それで、交渉はどうなったの？　私の言ったとおりになった？」

カイトにデコピンを食らわせたエレーヌがすぐに仕事の顔になった。

それには愛妻家のカイトも嫌な顔になった。こうなると長いからな。早く娘と会いたいカイトには辛いだろう。

「うん。概《おおむ》ね……」

「概ね？　聞き捨てならないわね。どの話が上手くいかなかったの？」

カイトの適当な答えに、エレーヌが襟首を摑んでカイトに詰め寄った。

相変わらず馬鹿だな。こういうときはめんどくさがらずにさっさと報告してしまったほうが早いのに。

「えっと……。その前に、マミと会わせて？」

「嫌よ。きっちり報告を聞いてからよ。なに、一時間もあれば終わるわ。ほら、こっちに来なさい」

「ちょっ！　ほんの少し！　ほんの少しだけ！」

「その少しが長いんじゃない！　ほら、行くわよ」

「ハハハ。それじゃあ、俺は帰らせてもらうよ」

「ええ。わざわざありがとうね。シェリーたちによろしく伝えておいて」

「了解。それじゃあね」

引っ張られていくカイトに手を振りながら、俺は転移した。


帰ってくると、シェリーとリーナが部屋でくつろいでいた。

「相変わらずの親馬鹿よね」

「まあね。単純なカイトらしいと思うよ」

家族思いの優しい奴だからな。

とは言っても溺愛《できあい》しすぎな気もする。たぶん、将来大きくなったマミちゃんにパパウザいとか言われるんだろうな。

「エレーヌさんは元気そうでしたか？」

「うん。元気だったよ」

元気よくカイトを引っ張っていた。

「それはよかった。一時期、声もかけられないくらい気が沈んでいたから」

「そうですね。カイトさんもよくあそこから目を覚ましてくれたと思います。今だから言えますが……正直、私は無理だと思っていました」

「あそこまで大怪我していれば誰でもそう思うわ」

「凄い怪我だったな。これからベルは怒らせないようにしないとって、しみじみと感じてしまったよ」

「シェリーも怒ったら怖いと思いますけど？」

「そうかしら？　多少、ビリビリするかもしれないけど、そんなに怖くないわよ？」

そう言いながら、シェリーが掌にピリピリと発生させた電気を見せてきた。

怒ったら、俺を感電死させるつもりってことか？

「し、心配しなくても、怒らせるようなことはしませんせん」

「ふふ。冗談よ。最近はレオの女好きもおとなしくなったからね」

「流石に六人目は出てきませんでしたね」

「もう、許してよ……。確かに、俺が悪かったけどさ」

確実に俺が悪いのはわかっているよ？　でも、もう十分責められたじゃないか。

「これから、また再発するかもしれないじゃない。その予防よ」

「そうですね。念を押しておくことに越したことはありませんから」

うう……信用してくれてもいいじゃん。まあ、これまでの所業を振り返ると、信用してなんて口が裂けても言えないけど。

「はいはい。わかりました。俺は風呂に入ってきます」

これ以上話していても分が悪いから、風呂場に逃げることにした。

長風呂して帰ってくるころには、二人もこの話題のことは忘れているでしょ。

と思ったら、二人に手を摑まれた。

「ふふ。逃がさないわよ」

「ふふふ。お風呂でゆっくりと話しましょう？」

え？　あ、そう来ますか……。

「えっと……」

「なに？　私たちと入るのは嫌なの？」

「昨日はエルシーさんと、その前はベルと入っていましたよね？　シェリー、やっぱり私たち……」

そうなんだよね。だから断れないいんだよね。

はい。諦めます。

「も、もちろん二人と入るのも凄く嬉しいよ！　ほら、それじゃあ行くよ」

俺は開き直って二人を風呂に連れて行った。

まあ、夫婦になったわけだし、風呂くらいで動じる必要もないか。

SIDE：エレメナーヌ
「それで、今日の話を聞かせなさい」

カイトを部屋に連れて来るなり、私はすぐに今日のことについて質問した。

何が帝国を領かせられなかったのか、しっかりと確認しておかないと。

「概ね。昨日、エレーヌが言っていたとおりになったよ」

はあ……子供じゃないんだから、拗《す》ねるんじゃないわよ。

「だから、その私が言ったとおりにならなかったことを聞いているんじゃない。もう、ちゃんと報告しないなら、会議が終わるまでカイトを帰さないようレオに頼むわよ？」

「そ、それだけはやめてくれ！」

私の言葉に、カイトが地面にひれ伏すよう謝ってきた。

本当、最初からそう素直に答えていればいいものを……。

「それじゃあ、真面目に私の質問に答えなさい」

「わかった」

「それで、どうなったの？　教えなさい」

「えっと……昨日言っていたとおり、賠償金を十年延ばしてもらえることは認められた」

「へえ。それじゃあ、その分賠償金を吊り上げられた？」

「ううん。むしろ、減らしてもらえた」

へ、減らされた？

「嘘でしょ？」

あれでも、帝国が負った損害を考えれば随分と少ない額だったのよ？

それを減らすなんて……。

「嘘じゃないよ。条件は出されたけど」

「条件？」

「うん。王国に帝国と同じように貴族学校を創設することが条件だって」

貴族学校？　あの、帝国にある先代勇者の学校を真似て王国にも造れってこと？

「貴族学校ね……。確かに必要だけど……。期限とかは言われた？」

正直、今すぐには無理よ？

「期限は賠償金と同じ」

「そう……わかったわ」

「厳しいなら、明日期限を延ばしてもらえるよう交渉するけど？」

「大丈夫。賠償金を減らしてもらったのだから、これくらいは王国も頑張らないと」

ちょっと厳しいけど、十年なら何とかなる範囲だわ。

「そうだよね……」

「それで、明日からはやっと友好化に向けての話？」

「そうだね。難しいことはわからないけど、この調子でいけば来週にでも帰ることができるって文官の人たちが言っていたよ」

「結局、負けた王国は黙って従うしかないからね。条約に関しては、帝国が出してきた条文にサインするだけになると思うわ」

今、王国はボロボロ。帝国にちょっと小突かれただけで崩壊してしまうくらい不安定だわ。

だから、たとえ従属する形になったとしても、帝国に逆らってはいけないわ。

「変な内容が入っていても？」

「まあ、帝国に限ってそんなことはないと思うけど、そのときは刃向かっていいわ。帝国も、今回勇者の恐ろしさを理解してくれたみたいだから、意外とあなたの要望を聞いてもらえるかもしれないわよ？」

「いや、無理だよ……。だって、今回はレオの精鋭たちがいるんだもん」

「冗談よ。というより、どんな条約を叩きつけられても絶対暴れたりするんじゃないわよ？　もう、あなたに死なれたら本当に困るんだから」

無理なことくらいわかっているわ。前回の戦争は将軍の頭があったからこそ、あそこまで戦えたんだもの。馬鹿なカイトだけで勝てるわけがないじゃない。

「わかってるよ。それに、レオたちならそんな酷いことはしてこないさ」

「私もそう思う」

レオなら無理な条約を押しつけてくることはないことを理解しているからこそ、私たちはこうして冗談を言い合えている。

レオには本当、感謝だわ。マミが大きくなったら、ちゃんとお礼を言いに行かないと。

「ねえ……もういいでしょ?」

「はあ、わかったわ」

あなたは本当、マミのことしか頭にないのね。

少しは私にも興味も示しなさいよ。もう。


「マミ～～～。会いたかったよ～～。あ、寝てる……」

カイトが元気よく子供部屋に入ると、すやすやと眠るマミを見てすぐ口に手を当てた。

「ふふ。残念だったわね」

「うう……撫でてあげたいけど……起こしたくないし……」

あなたのそういう優しいところ、本当に好きだわ。

カイトの見せる気遣いに、思わず微笑んでしまった。

「こうやって眺めているだけでもいいじゃない」

「そうだね。この寝顔を見ることができただけで、明日も頑張れる」

本当、親馬鹿ね。子供が大きくなって、ちゃんと叱ることはできるのかしら?

このニマニマしただらしない顔を見ると不安になってくるわ。

はあ、叱《しか》るのはお母さんの役目ね。

「こうして二人で眺めていられるのも、マミのおかげなんだからね？」

「うん。凄く感謝してる。それとエレーヌ、何度も謝るけど本当にごめん……。俺が不甲斐ないばかりに、寂しい思いをさせてしまって」

「確かに、あの二週間は凄く、凄く寂しかったわ。でも、あの産声が部屋に響き渡った瞬間……隣で寝ていたカイトが目を覚ましてくれて……本当に嬉しかったわ」

赤ちゃんが生まれて、生まれてきたことをカイトに報告しようと思った瞬間、カイトの瞼《まぶた》が開いたあの瞬間はもう一生忘れることはないわ。

おばあちゃんになったとしても、鮮明に覚えていられる自信があるわ。

「目が覚めたら赤ん坊の泣き声とエレーヌの泣き顔で、あのときは状況を呑《の》み込《こ》むのにえらく時間がかかったな」

「ふふ。確かに、マミを見せられたときのカイト、戸惑っていたわね」

「そりゃあ、そうでしょ。戦場で気を失ったと思ったら、次の瞬間我が子を見せられているんだもん。どんな名前をつけるか悩むよ」

え？　あ、それでしばらく話しかけても答えてくれなかったわけ？

もう……あのとき、必死になって話しかけていた私が馬鹿みたいじゃない。

「その割にはすんなりと出てきたわね。てっきり、既に考えていたのかと思ったわ」

名前を考えるには時間が短かった気がするんだけど。普通、名前ってもっと何日もかけて考えない？

「あのとき、パッと思いついたんだよね。何万回とこの子には笑ってほしいって意味も込めて、万の笑いでマミにしようかと思ったんだ。だけど、漢字にすると万笑《まみ》はなんか微妙だな……。と思って、同じ読みで何かいい組み合わせがないか考えたときに、真に美しいで真美《まみ》になったわけ」

「そのカンジというものがなんなのかは知らないけど、ちゃんと意味があってつけてくれたなら問題ないわ。もしかしたら、寝ぼけた頭の思いつきでつけられてしまったのかと、心配になっていたの」

馬鹿なカイトなら、十分あり得るからね。

「失礼な。ちゃんと考えてのマミだよ。たくさん笑ってほしいし、エレーヌのような美しい女性になってほしいからね」

そう聞くと本当にいい名前ね。カイトの愛を感じるわ。

「ふふ。そうね。この子があなたの望みどおりに成長してくれるといいわね」

「うん」

あとがき

まず初めに、『継続は魔力なり7』を読んでいただき、誠にありがとうございます。また、WEB版の読者様、TOブックス並びに担当者様、イラストのキッカイキ様、一～六巻を読んでくださった読者の皆様、etc……今回七巻制作に関わってくださった全ての方々に感謝申し上げます。

さて、今回は王国との決着がやっとつきましたね。いや……本当に長かった。一年前くらいの予定では五巻で王国との戦争は決着がついている予定だったのですが……相変わらず寄り道を入れすぎて長くなってしまいました。

まあ、結果的に寄り道は悪くなかったんですけどね。

例えば、今回も活躍したカイトとエレーヌ。今では第二の主人公とヒロインになってしまった彼らですが、本来この二人のエピソードを本編に入れていなければ、たぶん当初の予定どおりとまではいかないと思いますが、六巻で王国と決着はついていたはずです。ですが、カイトとエレーヌを単なる新勇者と暴君な王女と軽く扱っていたとしたら、五巻、六巻、七巻の面白さは半減どころではなかったと思います。

あ、今巻で起きた重大イベントを忘れていました。戦争のことよりもこっちを先に紹介すればよかった。そう。レオたちの結婚です。

レオたちも遂に成人して、結婚ですよ？　八歳辺りを書いていたころを凄く懐かしく感じます。小さいころは好きなことを好きなときに挑戦する自由な少年だったレオですが、大人になるにつれて、少しずつ領主としての自覚を持ち始め、考えが大人になってきていると思います。

それと、ヒロインたちは結局五人で落ち着きましたね。シェリーにリーナ、ベル、エルシー、ルー。誰が欠けても物足りなく感じますし、これ以上増えたら多すぎる気がします。なるべくしてなった五人のヒロインだったのかもしれません。

七巻まで読み終わった皆さんは正直、どのヒロインの推しですか？　僕は、いつかのあとがきでどのヒロインも好きだと言っていましたが、正直に言います。最近ベル推しです。たぶん、レオの傍に一番いて、最近登場回数が多いからだと思うんですけどね。ということで、次回はリーナがメインなので、八巻のあとがきを書いているころには僕はリーナ推しになっているかもしれませんね。

とまあ、何気なくネタバレをしてしまいましたが、次章からは教国へ旅に出ます。ついに、リーナの故郷に向かうときが来ました。教国でどのようなことが起こるのか、八巻をお楽しみに！

どうしても気になるという方は、『小説家になろう』にて先の話を読み進めてみてください。

それじゃあ、また八巻のあとがきでお会いしましょう！

おまけ漫画　コミカライズ第3話（後半）

漫画：鶴山ミト

原作：リッキー

キャラクター原案：キッカイキ

continuity is the father
of magical power

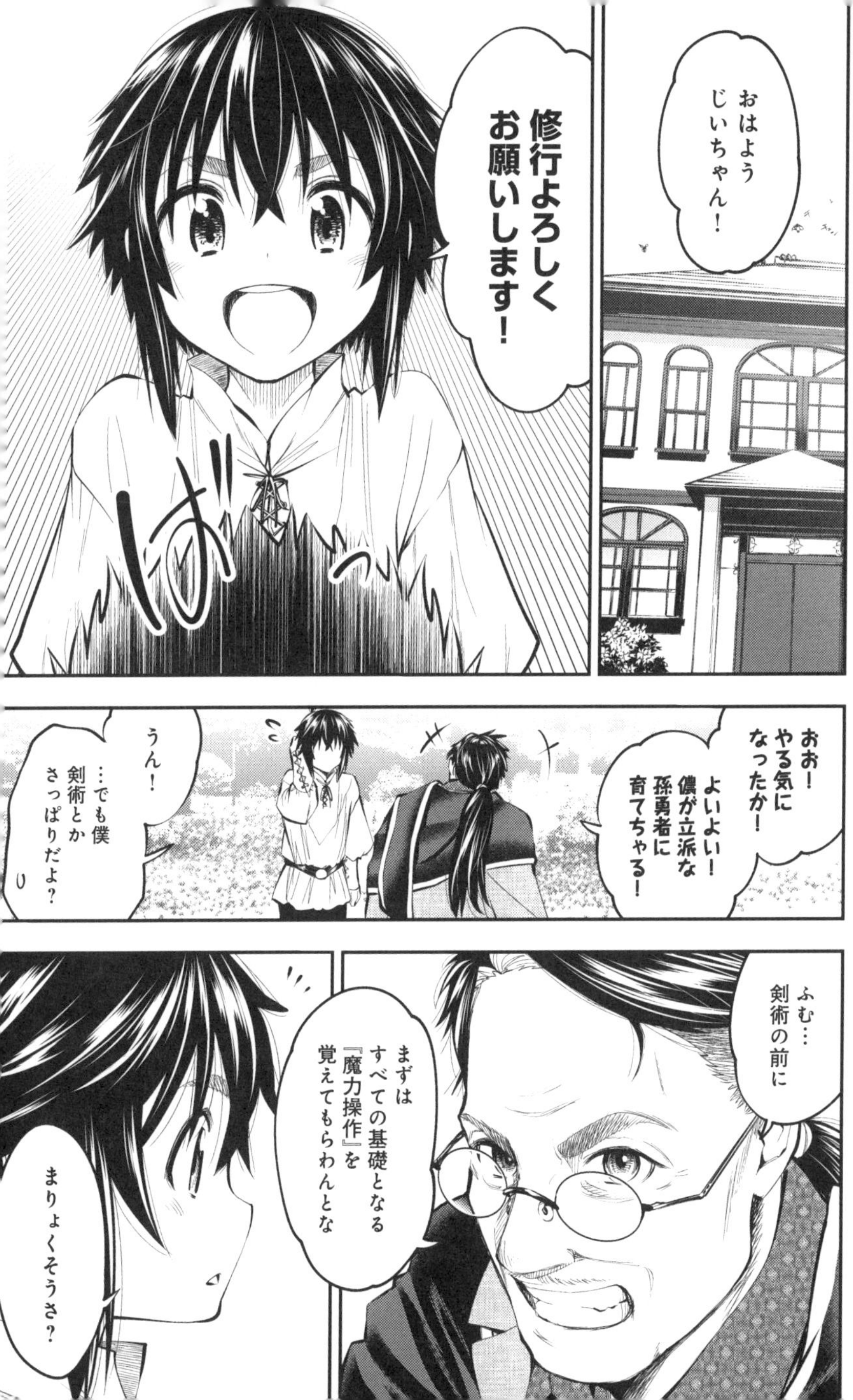
おはよう
じいちゃん！
修行よろしく
お願いします！
ばっ
おお！
やる気に
なったか！
よいよい！
儂が立派な
孫勇者に
育てちゃる！
うん！
…でも僕
剣術とか
さっぱりだよ？
ふむ…
剣術の前に
まずは
すべての基礎となる
『魔力操作』を
覚えてもらわんとな
まりょくそうさ？

己の魔力量をコントロールすることなんじゃが
特に無属性魔法には必要不可欠での
筋肉や感覚器官体の至るところに最適な魔力量を無駄なく送り込むことが重要なんじゃ
レオにはこれを半年…いや3か月でマスターして
もしかしてこういうこと?

な 何でできるんじゃ!?
見事すぎる!!
えっ!? …と
な 慣れてるから?
ふむ… こりゃ予想以上に成長が早いようじゃな
な なに?
プラン変更じゃ!

よし レオ
無属性魔法を使って
走ってみるんじゃ
うん
やってみる!
速く走るなら…
足に魔力を
移動させて…
よーい…
どん!

ウソ!?
いってぇ!!
足だけに集中し過ぎじゃ!
他がついてきとらんぞ!
魔力量のコントロールと同時に
強化が必要なとこを見つけないといけないのか!
立てレオ今度は棒きれで遊ぼう!
ただ走るだけじゃつまらんからの!
へ?

力任せに振っとるぞ
もっとバランスよく魔力を流さんと
!?

実戦では話にならんぞ？
いって!!
さて続きは飯の後じゃ

!?
くっ!

がっはっはっ
まだまだじゃのう
せなか～!!
痛いよじいちゃん!!
信じられん!
もう習得しつつあるとは!!

!?
ゴゴゴゴ
ごめんなさい!!

早かったじゃないかセリーナ！
いい風が吹いてたお陰さ
悪いね匿《かくま》ってもらって
いいんだよさ中に入りな
ば
ばあちゃん
??
?
ああレオには言ってなかったね
私の友人とそのお孫ちゃん
今日から一緒に暮らすんだよ
セリーナ・アベラール
ガルム教国
現聖女

リアーナ・アベラールです
男の子がいるなんて聞いてないよぅ！
リアーナ・アベラール(7)
聖女の孫
不束者ですが よ よろしくお願いしましゅ！
暮らす!?
一緒に!?

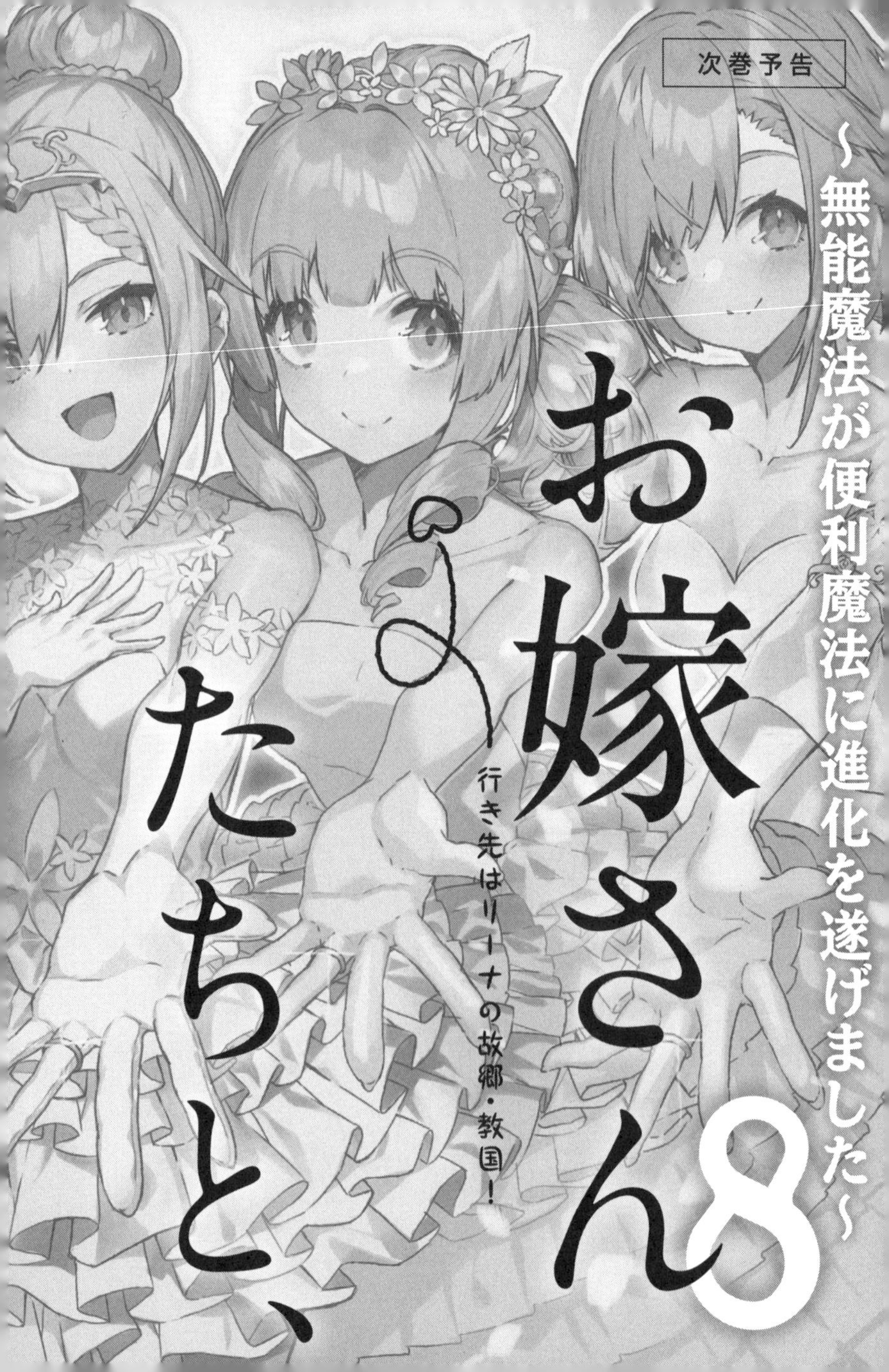
次巻予告
〜無能魔法が便利魔法に進化を遂げました〜
お嫁さんたちと、
行き先はリーナの故郷・教国！
8

いざ新婚
旅行へ!!
リッキー
イラスト・キッカイキ
継続は魔力なり
continuity is the father of magical power
2021年春発売予定!

INFORMATION

次巻2021年春発売決定！

I was reincarnated as a poor farmer in a different world,
so I decided to make bricks to build a castle.

——VS.メメント家

王の身柄を巡り

“大貴族”と衝突！

戦いの果て、別れ、そして継承へ

「炎鉱石で武器や
気球も開発するぞ！」

異世界の貧乏農家に転生したので、レンガを作って城を建てることにしました 5

カンチェラーラ＝著　RiV＝イラスト

継続は魔力なり7
～無能魔法が便利魔法に進化を遂げました～

2021年3月1日　第1刷発行

著　者　リッキー

編集協力　株式会社MARCOT

発行者　本田武市

発行所　TOブックス
〒150-0002
東京都渋谷区渋谷三丁目1番1号　PMO渋谷Ⅱ　11階
TEL 0120-933-772（営業フリーダイヤル）
FAX 050-3156-0508

印刷・製本　中央精版印刷株式会社

ISBN978-4-86699-130-6